博尔赫斯的面孔

格非 著

译林出版社

图书在版编目（CIP）数据

博尔赫斯的面孔／格非著．—南京：译林出版社，2024.1
（格非作品）
ISBN 978-7-5447-8534-1

Ⅰ.①博… Ⅱ.①格… Ⅲ.①随笔－作品集－中国－当代 Ⅳ.①I267.1

中国国家版本馆 CIP 数据核字（2023）第 237491 号

博尔赫斯的面孔　格　非／著

责任编辑　管小榕
装帧设计　金　泉
校　　对　梅　娟
责任印制　颜　亮

出版发行　译林出版社
地　　址　南京市湖南路 1 号 A 楼
邮　　箱　yilin@yilin.com
网　　址　www.yilin.com
市场热线　025-86633278
排　　版　南京展望文化发展有限公司
印　　刷　南京爱德印刷有限公司
开　　本　850 毫米 ×1168 毫米 1/32
印　　张　11.875
插　　页　4
版　　次　2024 年 1 月第 1 版
印　　次　2024 年 1 月第 1 次印刷
书　　号　ISBN 978-7-5447-8534-1
定　　价　75.00 元

目 录

辑一

当木匠，还是上大学？ / 3

乡村教育：人和事 / 11

乡村电影 / 28

师大忆旧 / 52

印度纪行 / 66

《中国》笔会 / 85

短文十篇 / 93

当代文化与环境的对立 / 112

物象中的时间 / 123

文学的他者 / 131

中国小说的两个传统 / 134

辑二

废名的意义 / 147

列夫·托尔斯泰与《安娜·卡列尼娜》/ 160

《包法利夫人》与福楼拜 / 177

白色的寓言 / 195

1999：小说叙事掠影 / 210

《城堡》的叙事分析 / 221

卡夫卡的钟摆 / 250

加西亚·马尔克斯：回归种子的道路 / 281

詹姆斯·乔伊斯：《都柏林人》/ 293

博尔赫斯的面孔 / 310

现代文学的终结 / 327

伯格曼的微笑 / 351

布努埃尔与超现实主义运动 / 365

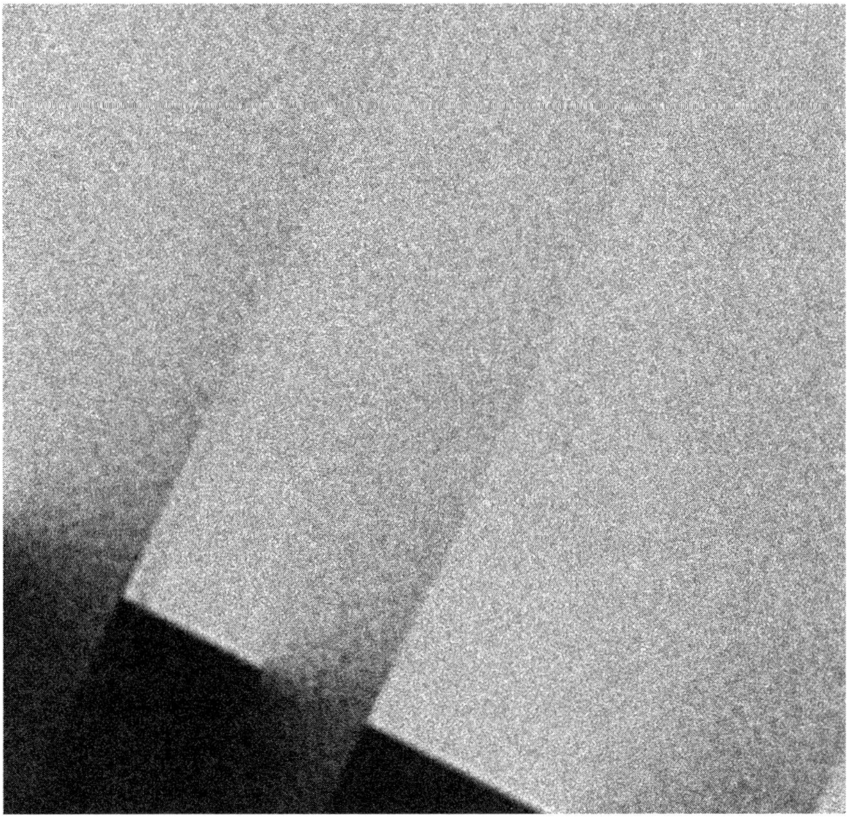

辑一

当木匠，还是上大学？

一九八〇年夏天，我参加了第一次高考。成绩公布后，没有人感到意外。我的物理和化学都没有超过四十分。我的母亲决意让我学木匠。

师傅请来了，他是我们家的一位亲戚。初次见面，我们彼此都很厌恶。他对我的笨手笨脚心中有数，而我则对他那句有名的格言记忆深刻。当时，他坐在我们家唯一的一张木椅上，跷着腿，剔着牙，笑嘻嘻地对我说："手艺不是学出来的，而是打出来的。"我对于自己的未来产生了深深的忧虑。

母亲已经在教我她所理解的待师之道了。骂不还口，打不还手；吃饭要快，饭后给师傅递上一条热毛巾；眼观六路，耳听八方，不要像个蜡烛不点不亮……记住了这些口诀，我就要前去投奔师傅了。然而就在这个时候，一位陌生人的来访改变了我日后的命运。

他姓翟，是镇上中心小学的教师。他说他有一位朋友在谏壁中学任教研组长，如果我愿意去那里读补习班的话，他可以帮忙推荐。我与这位翟老师非亲非故，素不相识，而且我当年的高考成绩并不出色，他是如何从众多的落榜生中挑中我，并挨家挨户一路寻访来到我们村的，至今仍是一个谜。

我的母亲当即表示同意，这倒不是因为她对那所全县仅有的重点中学有什么清晰的概念，也不是因为她对于我能考上大学有任何具体的信心，而是来访者的盛情超出了她的日常经验和想象力，让她感到惊慌失措。我如此轻而易举地逃过了师傅日后可能的摧残，也没有什么理由感到不高兴。

当我带着翟老师的亲笔信来到谏壁中学的时候，事情远非我想象的那样顺利。翟老师的那位朋友在谏壁中学并不是一言九鼎的人物。我能来谏中读书的先决条件之一，就是语文、数学的高考成绩必须达到六十分。“否则，我也没有什么办法。”他读完了信，皱起了眉头，“把你的高考成绩单拿出来让我看看。”

“成绩单让我给弄丢了。”我回答说。其实，那张成绩单就在我的口袋里。无论如何，我不能将它拿出来。

“丢了？”他反问了一句，眼睛盯着我看，似乎在判断我是不是在撒谎，“那这样吧，你到县文教局跑一趟，他们那儿有存底，你去抄一份回来就是了。”

他给了我一张小纸片，上面写着县文教局的地址。我捏着那张小纸片出了校门，来到了马路边。看上去我有两个选择：往东约十五公里处，是我的老家，我只要随时拦下一辆过往的汽车就可回到那里；假如我跳上3路公交车往西去，最终可以抵达镇江市，那是县文教局的所在地。两个选择都会指向同一个结果：我将不得不与学校作永久的告别，成为一名木匠学徒，每天给我的师傅搓上几条热乎乎的毛巾。

我在路边徘徊了两个小时，最后选择了没有希望的希望，选择了垂死挣扎，选择了延迟的判决，决定去做一件毫无意义的事情。

我来到县文教局，正赶上下班时间。传达室的老头把我拦住了，我勉强做了一番解释、央求，他只有一句话：现在下班了，你不能进去。这倒也好，反正我也不是非进去不可。这本来就是一件荒唐的事。我口袋里有一份成绩单的原件，却非要进去弄一份一模一样的抄件干什么。我正要离开那儿，一个声音从背后把我叫住了。

“小鬼，你有什么事？”

我看见一男一女两个人正朝门口走来，女的梳着齐耳短发，男的夹着一只公文包。

我说我想办一份高考成绩证明。

“现在下班了，你明天再来吧。”男的说，他仍在急急忙忙地往外走。

“我看我们还是替他办一下吧，反正也用不了多长时间。”女的说。男的犹豫了一下，就站住了，他们把我带到了办公室。

他们一边为我翻找档案，一边问我是哪里人，高考成绩单是怎么弄丢的，还能不能记住准考证的号码，以及我需要这样一张成绩单派什么用场。

“我的成绩单没有丢。”这时，我突然说了一句。

“那你还到这儿来干什么？”他们显然有些生气，“怎么回事？”

“我想去谏中读补习班，可他们规定语文、数学必须达到及格线……”我答道。我把该说的都说了。还说了不该说的，比如母亲让我去做木匠那件事，我不愿替那位我既害怕又憎恶的师傅搓热毛巾。

“这怎么行！”她朝那位同事看了一眼，似乎在征询他的意见。他一声不吭地抽着烟，像是在盘算着什么心事，终于，他朝我摆摆手，让我到外面去等一会儿。十分钟之后，他们又把我叫了进去。十分钟，一切都决定了。

她把一张写有语文、数学成绩的证明公函递给我：“你看这样可以了吗？”

“可以了。”我说。我记得在这份公函上，我的语文成绩六十八分，数学是七十分。

接下来发生了一点小小的麻烦。他们怎么也找不到公章。他们翻遍了所有的抽屉，关上又打开，一遍又一遍。我的心又沉了下去。我担心他们在最后一刻会改变主意。

其实，公章就在她手边，她太紧张了。我看见她将公章从旧信封里取出来，朝它呵了一口气，接着就是“啪”的一声。我的眼泪流出来了。

“苟富贵，毋相忘。”她轻轻地说了一句。

她是我迄今见过的最美丽的女性。

在谏壁中学，我最害怕两个人。一个是校医，另一个是教导处的罗主任。校医对我表示憎恶是有理由的，因为我屡屡通过让自己生病这一“锦囊妙计”去折磨他的耐心。后来，他甚至拒绝给我治疗，我只得穿过浮尘蔽日的谏壁发电厂厂区，去那儿的职工医院注射青霉素。

至于罗主任，他那军人般高大结实的身材、具有摧枯拉朽魔力的金属嗓音、饿鹰般的眼神都让我不寒而栗。我每次在校园里遇到他，总要远远地站住，叫他一声“罗主任”，可他从来没有搭理过我，只是上上下下地打量着我。有时，他已经走远了，却突然转过身来，再朝我看上两眼。莫非，他从我身上看出了什么破绽？也许他已经发现我的入学成绩是假的了？这个念头很快就缠上了我，压得我喘不过气来。我几乎每晚都要梦见他有板有眼地宣读开除我的决定。

当我把心中的沉重顾虑向一位同学和盘托出时，他立刻哈哈大笑起来：“原来是这么回事。怪不得你成天心事重重的，你知道我是怎么混进来的吗？”我没有追问他，他也终于没有说出答案，不过，我总算可以暂时卸去压在心头的大石头了。

我原来学的是理科，对于历史、地理这两门新课完全不知从何下手。期中考试结束之后，历史老师把我叫进了他的办公室。“你这不是考试，而是背书。我让你回答孔子的教育思想，你却给我来个什么孔子字仲尼家中排行老二人称孔老二……什么乱七八糟的，狗屁不通。”他气得口吐白沫，我那张可怜的试卷也随即被他扔到了空中。

经过他这一番调教之后，我的答题方法丝毫不见长进，期末考试时的背书功夫竟然可以精确到标点符号。他照例把我叫到办公室训话，不过他终于没有骂我，而换了一副笑脸，轻描淡写地说："你的记忆力倒也不得不让我佩服。"

语文课最让人开心。老师是一位乡村宿儒，据说做过陶铸的秘书。第一堂课他就使我们大开眼界。我记得那天讲的是碧野的《天山景物记》，他读一段，讲一段。我们怀疑他在上课之前是否预先看过课文，因为他一边讲，一边满腹狐疑，最后竟至于气得破口大骂："这算什么文章，竟然也会选入教材？不可思议……"以我们当时的眼光看来，满纸烟云、词藻华丽的《天山景物记》可称得上难得的美文，老师何至于如此动怒呢？选入那本教材的现代散文，除了毛泽东和鲁迅他不便妄加议论之外，几乎没有什么文章不被他批得体无完肤。而且，他在上课时，对文章的中心思想、段落大意和写作特色从来不置一词，而对于某些毫无意义的枝节却大加阐发。有一次课文中出现了"鱼翅"这个词，他突然神秘地对我们说：

"同学们，你们谁吃过鱼翅吗？哈哈，没有吧？我呢倒是吃过那么两三回……"

开心过后，担忧跟着就来了。这种说书艺人信马由缰式的授课倒是让人"赏心悦耳"，可高考怎么办？这是每一个削尖脑袋钻入谏中的学生必须面对的严峻课题。这种担忧很快就传到了那位老先生的耳中。"不用担心，考卷总是人出的，再复杂的锁，也总有一把打开它的钥匙。没有什么好担心的，到时候，我给你们做两套模拟试题，作文不出大问题，及格总是起码的吧？”他这样解释了一番，随后又绘声绘色地考证起了韩信遭受胯下之辱的准确地点。

转眼就到了一九八一年的夏天。六月份，整个镇江地区举行了一次据称难度超过高考的模拟考试，考试成绩对考生本人严格保密。校方的用意再明显不过了：到了这个节骨眼上，骄傲和气馁都会葬送一个学生的前途。考试结束后不久，我在校园里又碰到了罗主任，他仍然是上上下下地打量我。这次我没有和他打招呼，他倒反而叫出了我的名字，把我吓了一跳。

“你的身体似乎不太好，”他说，“我已经注意你很久了，要补充营养，麦乳精要天天吃，吃不下也得吃。要多休息。书嘛，就不要看啦，放心回宿舍睡大觉。你想想看，高考虽说很难，但整个镇江市成千上万的考生，总不至于只录取两个人吧？”

他见我仍然站在那里发愣，就干脆对我说：“这次模拟考试，你是镇江地区的第二名……”

我回到宿舍之后，果然照罗主任的吩咐蒙头大睡起来，这一睡可不要紧，高考前就再也爬不起来了。考试前一天的晚上，我的体温升到了40摄氏度。我不敢去找校医看病，而去发电厂的路我是再也走不动了。寝室里乱哄哄的，弥漫着汗臭和麦乳精的气味，考生的父母们正在给他们的儿子做最后的战前动员。我看见邻床的一个考生，只穿着一条三角短裤，像个拳击手那样向空中挥动着拳头，嘴里念念有词：拼了，拼了……

我知道自己明天上不了考场了。我的意志坍塌了。我忽然想起了母亲，想起了她让我跟着去学艺的那个木匠师傅。我不再憎恶他了。当个木匠似乎也没什么不好。干什么都行，反正我不想上考场了，我的每一根神经都已经断掉了。

大约十一点钟的时候，罗主任来到了我的床边，他把校医也叫来了。他说养兵千日，用在一时，他说不到长城非好汉，他说自古无场外的举人……我说让举人见鬼去吧，反正我是不考啦。

“这可不能由你说了算，”罗主任严厉地说，“你的父母不在身边，现在得听我的。如果你明天上午仍然高烧不退，我也不会逼你……”

他让校医给我往静脉里推射了一针葡萄糖，又让人将我架到他的家中，逼着我当他面喝下三大碗稀粥。

现在，我已无法回忆起这个夜晚是如何度过的，第二天早上我又是如何走进考场的。我只记得，当我从考场回到学校，罗主任正在门前生煤球炉。他又上上下下地打量我，对我说：“如果你想放弃高考，现在仍然来得及。”

随后，我们都笑了起来。

乡村教育：人和事

学校

一九七一年九月，我开始上小学。那时我才七岁，还没到法定的上学年龄。奇怪的是，我们村的孩子，大多数都是属兔子的，属龙的只有我一个。母亲担心我落了单，找到了大队革委会主任，好说歹说，总算让我当了一名插班生。

学校设在大队部所在地的唐巷村，距我们村庄只有一箭之遥。校舍是一座年久失修的祠堂，甚至连屋顶的瓦楞上都长着芦苇和蒿子。因要自己准备课桌和凳子，母亲就将家里的一张枣木长几抬到学校，权作课桌。我们唯一的老师姓薛，名字已忘了，只记得他略微有点驼背，我们都叫他“薛驼子”。这个薛老师并不每天来学校，他家里的事情忙着呢！

祠堂里趴着一头巨大的“水龙”，那是从古代流传下来的灭火神器。据说附近的村庄一旦发生火灾，报警的敲锣人还没有抵达我们村庄，那水龙就会未卜先知，提前发出呜呜的叫声。长长的压水杆上绑着一条红绸布，大概是图个攘灾去祸的吉利吧。老师不在的时候，我们就围着这条水龙跳上跳下，心里暗暗盼望着由远而近的锣声。偶尔从这里路过的大队干部如果看见我们在嬉戏打闹，就会让我们派两个同学去老师家，“把那个懒虫从床上揪起来”。

有一次，我和一个同学去找薛老师。他家住在村子的最东边，他老婆正蹲在院子的碌碡上喝粥。我们问她薛老师在哪儿，她也懒得搭理我们，只是用手中的筷子朝外面开阔的庄稼地里胡乱一指。原来老师到地里拔黄豆去了。等到老师拔完黄豆，挽着裤腿，赤着脚来到教室的时候，已经快到中午了。可我们老师十分严谨，一点都不含糊，一本正经地从屁股口袋里掏出一本翻得烂糟糟的小人书来，开始给我们讲《捕象记》。那是一本薄薄的连环画，故事讲的是动物园的驯兽师如何去西双版纳捕捉大象。用小人书作教材是薛老师的一大发明，等到我们差不多能够将这本小人书的故事都背下来了，老师就会弄来另一本小人书。比如《泥塑收租院》：妈妈拉着我的手，往泥塑收租院里走。比如《奇袭白虎团》：那是一九五三年，美李匪帮盘踞在安平山……

会讲小人书，已经让我们对老师佩服得五体投地了，可他竟然还是一位远近闻名的篮球裁判。他有一枚亮晶晶的铁皮哨子，从不离身。有时，他正给我们讲小人书，大队里就有干部来请他去吹裁判，我们当然前呼后拥地跟着他前往观战。一般来说，只要薛老师在，我们人队的篮球队基本上就不会输球。人家刚得球，他就吹人家“走步”；人家明明是投进了两分，他把哨子一吹，说人家“犯规”在先；人家气急了，用篮球砸他，他手一挥，就将人家罚出场外。乐得我们这些围观的人拼命地鼓掌。在那个年代，会打篮球的人多的是，可要说裁判，除了他就没别人了。我们之所以会盲目地崇拜他，是因为他让我们很早就懂得了一个真理：真正重要的不是规则本身，而是对规则的解释权。

薛驼子无疑是我们小学时代最受爱戴的老师。他永远是笑嘻嘻的，从来不生气。因缺了颗门牙，嘴巴关不住风，我们即便当面模仿他说话，他也是笑嘻嘻的。可惜的是，不久之后，薛老师因为“误人子弟”这一莫须有的罪名，从学校里消失了。大队给我们一下派来了三位新教师，与此同时，学校也开始向所谓的“正规化”大踏步迈进了。

我们不仅有了课本和作业本，大队还为我们修建了新的校舍。新校舍不仅有走廊，有教师的办公室和宿舍，门外还修了一个大操场。不过，课桌却是泥砌起来的。桌面由麦秸秆、芦苇和泥巴之类的东西糊成，上面刷了一层白石灰。这样的课桌虽然经济，却不怎么实用。我们的铅笔一不小心就会扎穿桌面。时间一长，几乎每一张课桌上都布满了大大小小的圆洞。到了春天，这些洞里就会孵出蜜蜂来。当那些肥肥的蜜蜂的屁股从洞里钻出来的时候，哪怕我们班上胆子最小的女生，遇到这样的场面都会显得镇定自若。蜜蜂刚刚爬出洞口，她们通常是用课本重重一拍，身体微微一侧，瞄准窗户，用指甲轻轻一弹，那可爱蜜蜂的尸体即刻便飞到了窗外。

在那个年代，钢笔是身份或权力的象征。通常，你看见一个干部朝你走过来，你只要数一数他中山装口袋里插着多少支钢笔，就可以大概判断出此人的官衔大小。当然也有例外的情况。比方说，我们村里有一个名叫张旭东的人，有事没事，口袋里总插着七八支钢笔。原来他是修钢笔的。这人原来是国民党部队里的一个副团长，虽是大名鼎鼎的历史反革命，却没有什么人敢惹他。据说此人骑在飞驰的摩托车上都能双手打枪。这人不仅会修钢笔，还会自制钢笔墨水。那个年代的常识之一是，凡是反革命分子，一般来说都聪明过人。我们老师用来批改作业的红墨水，就是张伪团副亲自勾兑出来的。

相对于钢笔的朱批，可以涂改的铅笔字迹的权威性必然大打折扣。老师在作业本上给我们的成绩，大抵是优、良、中、及格、差等几个等级。班上有几个捣蛋的同学，因为总也得不上“优”而对老师衔恨在心。有一天，他们终于想出了一个绝妙的主意：趁老师不在，悄悄地溜进办公室，将作业本上那些得优的同学（一般是女生）的名字用橡皮擦去，大大方方地写上自己的名字，再将自己脏兮兮的作业本上的姓名擦去，写上对方的名字。等到第二天上课，作业本发下来，课堂里女生们“咦”声一片。有个女生带着哭腔向老师提问说：“老师呀，你说学校里会不会闹鬼呀？”

我们最喜欢体育课。可学校里没有什么体育设施，除了跑跑步，做做广播体操，就再没别的花样了。有个老师在操场边上挖了一个坑，填上沙子，再用两段方木支起一根竹竿，让我们练习跳高。据见多识广的老师介绍说，跳高有三种方式：背越式、俯越式（也称翻滚式）和跨越式。因没有海绵垫子的保护，要练背越式看来是不行了，我们只能采取俯越式或跨越式。俯越式的优点是容易取得好成绩，缺点是姿态不够优美。助跑以后，整个人跳将起来，脸部朝下，从竹竿上翻滚而过时，那样子仿佛不是在跳高，而是不慎从高空跌落，落在沙坑里还要连滚带爬，很不成体统。因此，尽管老师示范了多次而毫发无伤，这种姿势还是遭到了我们一致的拒绝。我就是采取了跨越式，在公社的运动会上荣夺小学组第二名。可是我们老师还是不满意。他说，若是采用他所擅长的翻滚式，说不定就能得冠军了。哎，谁知道呢？

即便是跳高，也常常无法练习。我们学校的操场不是被大队用来开群众大会，就是被附近的村民用来晒谷子。我们老师与大队交涉过好多次，总也没什么结果。若是晒谷子的人家刚好有小孩在学校念书，这个同学在上课之余，还得肩负驱赶麻雀的重任。有时，课上到一半，就会有同学猛不丁地站起来，朝窗外成群袭来的麻雀扔石头。老师也会终止上课，走到外面的走廊里，“哦嘘哦嘘”地轰鸟。

我们的语文老师是田间地头文艺宣传队的骨干，会唱歌，会说快板，还会说三句半。当然，他的课也上得很好，常让我们觉得他高深莫测。按照他的理论，写作文最重要的秘诀之一，就是要经常使用“突然”这个词。老师说，这个词具有魔法般的效果，一旦出现在文章中，往往能让人吓一跳，至少也会让人眼前一亮。我们试了试，还真是这样。去年我在美国爱荷华国际写作中心，听说美国著名作家雷蒙德·卡佛在教人写作时，竟然也是要求学生重视“突然”的妙用。这样一比较，我们老师在当年写作方面的造诣之深，是不难想见的。除了“突然”之外，我们老师还要求我们多用转折性的词。有一次，他在黑板上写了这样一个句子：

今天生病了，但我还是坚持来上学了。

老师说，生病了，当然是不舒服的，但仍然坚持来上课，说明什么？说明精神可嘉。这样一转折，意思就往前进了一层，关键在于这个“但”，是不是？我们一琢磨，还真是这样。可问题也跟着来了，我们若把这个“但”字改成“却”，这句话应该怎么说呢？老师可没教。放学以后，班上的同学为此事发生了激烈的争论，最后得出了两种截然不同的意见。一种以彭荣林同学为代表，他觉得这句话应当改为：今天生病了，我却坚持来上学了。另一种意见以唐德顺同学为代表，他坚持认为“却”的使用应与“但”完全一致，即：今天生病了，却我坚持来上学了。两种意见相持不下，最后我们就簇拥着他们去办公室问老师。也许是为了保护我们讨论问题的积极性，他的看法是两种意见都对。这样，我们就皆大欢喜地散学回家了。

老师在高兴的时候，也会教我们唱唱歌。我学会的第一首歌就是他教的，歌名叫作《祖国的好山河寸土不让》。他让我们唱歌时用丁字步站立，其姿态和“稍息”差不多，简单易学。而且用了丁字步，确实有那么一点气度不凡的意思，我们很高兴地采纳了。可这位老师的另一个音乐理论，却被实践证明是完全错误的：他说，如果将“方”这个音，拆成“福”和“昂”两个音来唱，会好听得多。我们试了无数次，觉得“福昂”唱法和“方”字唱法基本上没有什么区别，就对他的发明不予理睬。

不久之后，学校里来了一位神仙。

此人名叫解永复，体硕身长，仪表不凡，说一口标准的普通话，只是脸相有点凶。他从不体罚学生，因为他根本用不着。他成天神情肃穆，眉头紧锁，其长相很像电影《铁道卫士》里的国民党特务马小飞。同学们见了他就害怕。可他一旦笑起来（这样的时候极少），我们就更害怕了。

这个人的一切都是神秘的。我们都知道他是正规大学建筑系的毕业生，正欲鲲鹏展翅九万里，不料因言获罪，落入人间城郭，屡遭贬谪，最后被发配到我们这个荒凉的小村庄来了。他有些怀才不遇，因而自高自矜，不足为怪。我们当时并不知道他从哪里来，犯了什么“罪”（多年之后，我们才知道，解老师所谓的政治问题，仅仅是因为说了一句“海参崴是中国领土”），只晓得他一来，我们学校的其他教师几乎全都立即变成了杂役。他像是变戏法似的变出一门门课来。我们终于知道，这世上的课除了念小人书之外，尚有语文、算术、音乐、美术诸多名堂。不用说，所有这些课都由他一人承担。

久而久之，我们的教室常常一分为二，或一分为三，他教过了一年级语文，再教二年级算术。教完了算术，三年级同学又在那里咿咿呀呀地唱起歌来了。我们学校最值钱的家当，就要算那架不知他从哪里弄来的破风琴了。解老师虽然用它来教音乐，但更多的时候是一个人在那儿自弹自唱。当然，他也教我们弹琴，教会一个，再教另一个。可差不多轮到我的时候，那架风琴却突然发不出声了。我看见解老师用脚拼命地踩它的踏板，弄得满头大汗，风琴依旧一声不响。从此之后，解老师的音乐课只能改教大合唱。那不是一般的大合唱，而是三声部轮唱。我被分在第一声部，歌曲快要结束时，我们要连唱三遍“干革命”，才能等到二、三声部同学的“靠的是”追上来，最后，三个声部合而为一：干革命靠的是毛泽东思想。声震瓦屋，响遏行云。我们第一次知道歌还能这样唱，感觉太奇妙了。比那个教我们用“福昂”代替“方”的老师不知高明多少。

我们都觉得他是魔法师。谁都不知道下一堂课，他会变出什么花样来。他什么都能教，甚至还教我们作诗和游泳。我曾写过一首题为“丰收”的诗，老师在课堂上对它赞不绝口，可说实在的，连我自己都不知道那首诗好在什么地方。我还记得诗中有这样一句“拖拉机隆隆响”，本来极稀松平常，可我们老师认为，这个句子，即便是他本人来写，也不过如此。而我们班的另一位同学，在形容山之高峻时，写下“撕块白云擦擦汗，凑上太阳煮壶水”这样充满了革命浪漫主义情调的句子，我们的解老师却将它怒斥为“陈词滥调”。说实话，我当时心里虽然因为受到老师的表扬而沾沾自喜，可还是觉得老师对那位用白云擦汗的同学不够公平。毕竟，我做梦都想写出人家那样漂亮的句子啊，老师为什么觉得它不好呢？解老师最反感抄袭。有一天上课，解老师让一个同学站起来，问他知不知道作文为啥得了0分，那同学说不知道。解老师说，你的作文是抄的。那个同学大叫冤枉，发誓赌咒般地否认。解老师就不慌不忙地拿出了他的证据：原来那位同学的作文开头，竟赫然写着“本报讯”三个字。

有一次，他在课堂上问我们，会不会演讲。我们问他什么是演讲，他说，就是当着很多人说话。我们说，说话谁不会？就是不敢。于是他就一个一个地训练我们演讲。我们不知道他为何要这样做。终于有一天，我记得还在上小学二年级，我被解老师安排去全大队社员大会代表学校发言。我和大队书记并排坐在台上讲话时，我看见母亲一直在下面哭。回家后，我问母亲为什么哭。她先是不语，然后又流下泪来。她说：“你竟然和大队书记坐在一块儿，天哪，能当着上千人说话，要是换成我，早就吓死了。”原来如此。我明白了，她是在为我骄傲。

又有一次，他上课时问我们，想不想看看真正的火车？说实话，尽管我们都一致认为解老师深不可测，是个无所不能的神仙，可这一次我们全都觉得他是在吹牛。火车能随便让人看么？谁知第二天，他真的不知从哪里弄来了一辆手扶拖拉机，把我们拉到了几十公里外的一处铁道边。我们全都屏住呼吸，焦急地等待火车出现。等到天色将晚，火车还真的来了。我们几乎都不敢相信自己的眼睛，那家伙喘着气，冒着白烟，还拉了整整一车煤，尤其是汽笛那一声怪叫，当场让我们激动得直打哆嗦。回家后，我写下了记忆中的第一篇日记，题目叫作“终身难忘的一天”。

另一所学校

在当时的生产队里，劳动力一般分成甲、乙、丙三个等级。甲等劳动力大多是些男女青壮年，结婚生子后的妇女一般被划入乙等，而丙等劳动力只能是一些老头老太了。但这种按年龄划分劳动力等级的做法也并非绝对，还要考虑到社员的身体状况、对农事稼穑的熟悉程度以及生产积极性等因素。五十出头的老头由于膂力过人而被划入甲等的例子也并不少见。当然，丙等还不是最低的。在我们的生产队里，最让人瞧不上的劳动力大概就是从上海来的那帮插队知青了。他们什么活也干不了。说他们分辨不出麦子与韭菜，大概有点夸张，可让他们在除草时准确地区分秧苗和稗子，简直是太难了。这些人一个个胆小如鼠，见到蛇就吓得到处乱跑。我曾亲眼看见一个知青挑稻子，扁担刚刚落到他的肩膀上，就自动滑落了，一连几次都是如此。最后，这名知青对队长说：“没有办法，我的肩膀天生是圆溜溜的，压不得扁担，还是让我去干点别的吧。”除了出出黑板报，搞点慰问演出之外，他们下地干活也就是装装样子而已。

奇怪的是，我们这些十多岁的孩子在作为劳动力投入生产的过程中，一般会被评为乙等。一个甲等劳动力全年的工分大约是一千二，而初中以后我们这些孩子的工分也会接近八百，这也许可以从一个侧面反映出我们参加生产劳动的频密程度。事实上，每年三个月的寒暑假，我们当然会和社员们一起下地，而每年的春夏之交和秋冬之交各有一个月左右的农忙季节，这时，学校往往会以“学农”的名义放假，让我们回到各自的生产队参加“双抢”。所谓的“双抢”，在春末是抢收麦子，抢插水稻秧苗，在秋末则是抢收稻谷，抢种冬小麦。这还不包括每天早上 6 点至 7 点半的早工，午间的除草、施肥和积肥，晚上的开夜工脱粒。这样算起来，我们每年花在农事上的时间至少不会少于在学校的学习时间。繁重的体力劳动压得我们喘不过气来，学校自然就成了逃避劳动的天堂，只有傻瓜才会逃学或旷课。相反，我们在上课时，某一位同学被父亲或是母亲揪着耳朵拽回家去干活的事，倒是时有发生。

生产队有专人负责敲钟。钟声一响，社员们就会丢下碗筷，赶往村中的打谷场集合排队。首先是队长讲话——既有政治形势，也有生产动员，最重要的当然是劳动分工。通常社员们会被分为四至五个劳动小组，由组长带队，从事完全不同的生产序列。刨地的刨地，拔秧的拔秧，挑粪的挑粪，采桑的采桑。生产队长或副队长会四处巡查，察看进度，如有必要，也会临时调配人力。

一天的劳动结束之后，全体社员会在晚饭后集中到记分员的家中，参加工分的民主评议。因为记分员也要参加劳动，她（他）不可能获悉每一个社员在劳动中的表现。在评议过程中，首先由社员本人陈述一天的劳动状况，并提出自己应得的工分数，交由社员们集体讨论，适当增减。我参加过很多次这样的评议，但从未见到评议中发生争执的情况。社员们对于“公论”的信赖十分明显，这种公论的存在不仅保证了分配的相对合理，同时也是激发社员劳动积极性的重要保证。

自从一九八一年去上海读大学至今，我不知不觉中已在城市里生活了将近三十年。七十年代的农村生活与如今的城市生活是两种完全不同的经验。不管你是否愿意，将这两种经验进行比较，往往会成为习惯的一个部分。思考的角度和切入点不同，答案也会完全不一样。比如就我的经验而言，在对儿童的教育方面，七十年代的农民对待孩子的方式也许是今天城市里的父母难以想象的。其中最重要的一点，是大人们从未将我们当作孩子看待。尽管大人们时常体罚自己的孩子，但它并不影响他们对孩子真正的尊重。成人世界几乎所有的奥秘都是向儿童敞开的。

不过话说回来，这种尊重可不是什么好事。举例来说，孩子虽然只有七八岁，父母都下地干活去了，如果不让孩子学会做饭，那么他们中午回来吃什么呢？大人们将不谙世事的孩童强行拉入成人世界，除了情势所迫之外，也有代代相传的习惯所起的作用——在这个传统中，现代意义上的儿童尚未诞生。总而言之，大人们根本没有什么耐心等待你慢慢长大，而是一下子就将你的童年压扁了。当然，这种教育或对待，也并非没有好处。日本学者柄谷行人曾比较过传统和现代社会对待孩子的方式，其结论似乎让人大吃一惊：在传统社会中，真正意义上的儿童是不存在的。儿童，乃是近代才被“发现”或“发明”的一种新生事物。柄谷认为，现代人与儿童打交道的方式，是建立在将儿童视为一种特殊动物的基础上的。由于这种动物在成长过程中与成人世界的人为隔绝，等到他们在十八岁之后被投放到社会中去，他们与这个社会的紧张关系是不言而喻的。社交恐惧等精神问题只不过是后果之一。

在高考制度恢复之前，对绝大部分家长而言，孩子上学不过是识几个字而已。一般来说，初中或高中毕业后，他们照例将要复制他们父母的一生。家长们很少关心孩子的学习成绩，倒是对他们在文艺表演方面的成长比较留意，异想天开地希望孩子将来被选拔进县里的文工团、公社的文化站或成为大队里的文书一类的角色。我曾三次参加各类文艺团体的面试，每次都落选了。而我们班的孙小康同学则顺利地被招进了县文工团，当了一名二胡演奏员，一时间在我们那个村庄里成为爆炸性新闻。当然，父母们更重视的，还是对孩子生产和生活技能的学习和训练。需要说明的是，这种训练或学习过程，并不意味着大人会教你什么。他们挂在嘴边上的一句话是：需要教的孩子是不会有出息的。相对于“教”，他们更重视“看”。

我记得第一次下地插秧时，母亲将我领到水田边，帮我拉好秧绳，抛下几个秧把子，转身就走了。我问她怎么插秧，她说，别人怎么插，你就怎么插。我曾多次央求父亲教我游泳，每次都遭到了他的拒绝，他的理由永远是：这还需要教吗？我让他教我捕鱼，教我制作“棺材弓”抓黄鼠狼，他总是说，不用教，你慢慢就会了。还真是这样，所有这些本领，我们自然而然就会了。在农村，很少有什么技艺是被教会的，农事如此，游戏如此，待人接物、迎来送往的礼仪也是如此。我到今天也想不起来是如何学会游泳和骑自行车的。大人们通常直接将你抛入实践，而所谓的技巧或技艺都是实践的后果而非前提。举例来说，插秧时，在你的双脚踩在污泥里向后退的过程中，不能将脚提起来。这是插秧的要点之一。但这确实不需要有人来教你，因为你若是将脚提起来，刚插下去的秧苗就会跟着浮起来，漂在水面上，太阳一晒，秧苗就死了。那么，怎么办呢？你在后退的过程中，只能让脚在污泥中拖行。这是最简单不过的事，在实践中，你会立刻知道要如何去做。

在孩子的成长过程中，生活和劳动技能的训练固然十分重要，但它仍然不是最为关键的环节。在我们老家，大人们经常向你灌输的最为重要的理念，是如何与他人相处、打交道，简言之，如何待人接物。按照他们颇为世故的逻辑，一个人不认识字可以有饭吃，但若是不认识人，是绝对不会有饭吃的。对人的认识，必然要求孩子及早向儿童意识告别，了解成人世界的真相，特别是成人世界的规则。我们很早就被告知，这个世界的运行规则，从外表看充满了鲜花和笑脸，而其内在机理实际上是十分危险的。规避危险的前提，必须建立在对人的基本判断之上。而这种教育或规训的基本方法，就是将成人世界的所有奥秘无保留地呈现在你的面前。这当然十分残酷。正因为如此，与城市里的孩子相比，农村的孩子要早熟得多。我这里所说的“早熟”，当然也包括“性”。

在七十年代的农村，关于“性”的知识几乎是完全公开的，其传播的深度和广度都已达到令人吃惊的程度。农民们在干活时随便的玩笑和闲聊，比任何毁禁小说都要“黄”得多。我至今不太明白的是，他们为何会当着孩子的面说出那些“令人发指”的昏话，究竟是出于无心，还是故意让我们一饱耳福。那些最粗俗、直接、污秽的话语，由于极不雅驯，不便一一记述，此处仅举一例，或可说明那时农村性知识的“解神秘化”程度。到了上海之后，我也曾目睹过城里人闹洞房的礼俗：什么新郎新娘当众接吻啦，什么新郎新娘同时咬住一块水果糖啦，城里人也许将它视为一种开化或开放的标志，但在我们这些乡下人看来，这种拙劣的表演十分乏味、毫无创意。须知在七十年代农村的“闹洞房”礼俗中，被捉弄的对象根本不是什么新郎新娘，而是新娘和公公。这是每一场婚礼的高潮和压轴大戏。在婚礼的尾声，公公头戴一顶破草帽，手执一根扒灰的木榔头粉墨登场，当众表演与儿媳“扒灰”的整个过程。扒灰者，偷锡（媳）也。面对宾客的刻毒提问，公公都必须面带笑容地“照实”回答，一直到客人满意为止。出于对新娘的尊重，儿媳无需直接介入游戏，通常只在一旁傻笑而已。

不过话说回来，真正的偷媳之事，在现实生活中绝少发生。而一般意义上的男女苟且之事，倒是较为常见。今天再来回忆那时的生活，让我感到奇怪的，不是这一类事情的频繁程度，而是当事者的态度。在我的记忆中，从未发生过什么人因为婚外情而大打出手或杀人放火之事，大人们通常只是心照不宣而已。我们村有一个拖拉机手与一个有夫之妇偷情，女人的丈夫是个拉着不走、打着倒退的老实人，对此事假装不知。但后来，居然发展到拖拉机手大白天潜入女人家中，关起门来干好事的地步。女人的婆婆被彻底地激怒了，她找来一个小板凳，堵在儿子家的门口。事情明摆着：老人一刻不走，拖拉机手一刻不能回家。眼看着红日西坠，天色将晚，全村的人都为拖拉机手捏着把汗，最后妇女们主动去做那老太太的工作，好说歹说将她哄走，给拖拉机手争取仓皇出逃的机会。我的意思当然不是说，那时的农村是一个乱性世界，事实上，大部分妇女对贞节都看得很重。可反过来说，“性”这种事，对他们来说实在是一种十分自然的行为，没有什么神秘之处，只是他们的态度通常更为大度、开通而已。

最后说说桑林。读大学时，常有城里的同学问起“桑中之约”，言下之意，“偷情”何必桑中？要明白其中的奥妙，必须先了解桑园的规模和特点。我们家乡是丝绸产区，桑林通常宽阔无边，一对男女钻进去，往往便于隐蔽。此外，桑树的特点是上密下疏（桑叶繁茂，桑根稀疏），男女在桑中幽会，偶尔被人撞上，即便是在很近的地方，对方可以看见你的脚，却不太可能看见你的脸。你若想规避，还来得及。况且桑林中通常十分幽寂，若是有人朝你走过来，拨动桑枝所发出的声响，老远就能听见。因此，从安全的角度来考虑，桑林的种种优点可想而知。但桑林之美，并不仅仅在于它的广袤和寂静，其中最重要的特质，在我看来，是它的幽暗。谷崎润一郎曾写过一篇脍炙人口的文章，题为《阴翳礼赞》，对中国和日本美学中的阴翳之妙赞不绝口，而在清真词中，周邦彦对于朦胧幽暗的光影也情有独钟。密密的桑叶所筛出的清幽之光，既非一无遮拦的"明"，亦非绝对的暗，妙在明暗之间，与外在世界隔又未隔，幽会的双方既在世界的中心，又在世界之外。在我看来，桑中所模拟的幽会氛围，只有一种情境可以媲美，那就是帐中。

对于江南农村那些懵懵懂懂的少男少女而言，有多少情窦初开的故事在桑林中发生？实在是难以历述。不过，他们似乎不必等到高中阶段的生理卫生课，一睹人体解剖图时，才会明白男女性别的隐秘差异。男生们往往用一把猪草向女生行贿，即可满足自己对异性的好奇。儿童或少年的游戏通常不及乱。即便出了乱子，比如私订终身甚至怀孕，也不会天塌地陷。想象中的惩罚从不会真正降临，被"规定"或"禁忌"所吓住的人，总是胆小怕事者。每遇到这样的麻烦，双方的父母往往会将门当户对的陈腐观念丢在一旁，面对现实，在为他们举办婚礼之前，耐心地等待他们长大成人。

桑林是童年的伊甸园，是胆大妄为者的天堂。遗憾的是，当我明白这个道理的时候，我的童年早已结束。

乡村电影

水滴

瓦尔特·本雅明的著名比喻。我记得他是在谈论普鲁斯特的《追忆似水年华》时使用这个概念的。一张巨大的网撒入水中，拉起来却什么鱼都没有，唯有水滴在阳光下闪闪发亮。普鲁斯特正是这些水滴的收藏者，它是记忆中不可磨灭的一个个瞬间，来如春梦几多时，去如朝云无觅处。晚年的英玛·伯格曼在解释拍摄《芬妮与亚历山大》的动机时，只是轻描淡写地说道，正是童年的一部幻灯机，打通了重返记忆的幽暗之路。

小时候，常听母亲说：只要一闭上眼睛，她所经历的往事就会像演电影一样清晰地呈现在眼前。“演电影”正是记忆的另一个绝妙的比喻。的确，对于我们这代人来说，没有什么比电影更适合成为通往记忆之路的通道了。它是我们全部童年生活的核心和枢纽。只要打开它的阀门，那个湮灭的年代的所有气息就会扑面而来。

那是炒熟的葵花子、南瓜子特有的焦煳味，是尘土和雨水的气味，是女人们香浓而迷人的雪花膏的芬芳，是哒哒作响的发电机散在空气中的柴油味，是月亮、星星高远而神秘的夜晚的气息……

消息

常常有这样的情景。清晨的时候，我们背着书包去上学。当我们走到大队部门前的大晒场边，在薄薄的晨雾中，我们隐约看见一个名叫牛高的人正在刨坑。我们的心一下子就提到了嗓子眼：他在挖坑，难道说今晚村子里要放电影？

通常，我们会立即上前将他团团围住，甚至会去帮助他将那两根巨大的毛竹埋入坑中，将四周的土踩平。牛高总是不耐烦地将我们推开。我们问他今晚是不是有电影，是什么片子，牛高从来都不屑于回答。他的沉默和傲慢不仅不会让我们生气，相反，更加激起了我们对他的崇敬。

每逢有电影的日子，我们根本无心上课。好不容易熬到第二节下课（二、三节课之间差不多有二十五分钟左右的休息和广播体操时间），我们像了弹一样冲出教室，从村东一直跑到村西。电影的消息终于被确证：那两根毛竹矗立在晒场靠近池塘的一端，上面暂时还没有银幕，那是因为电影放映队还未抵达。晒场上早已放上了一张小方桌，那是电影放映机所在的位置。围绕着这张小方桌，密密麻麻地挤满了各色各样的板凳和椅子。一些老人和还未到上学年龄的儿童在那里守护。但是我们的心里仍然不踏实。即将到来的快乐看似不可阻挡，但按照我们的经验来说，依旧十分脆弱。

天气是其中最重要的因素。南方本来就多雨，尤其是在春夏两季。有时白天阳光明媚，到了晚上却突然大雨倾盆，把我们整整一天的期待冲刷得干干净净。如果雨下得不大，放映员还会用一把雨伞罩住放映机，勉强支撑一段。若是雨量增大或一直下个不停，他们便会终止放映，让大家回家睡觉。下雪则没什么问题，反而会给观众增添某种别致的情趣。在我的记忆中，似乎很少出现因下雪而终止电影放映的事。除了天气之外，电影是否会如期放映，还有其他让人提心吊胆的拦路虎，它是潜在的威胁，却时常发生。我们后面会专门谈到它。

一般来说，邻村的电影消息，往往是通过那些走村串乡的商贩，比如说卖豆腐的、卖麦芽糖的、卖酒糟的、卖针线或渔网的带来。假如他们带来了电影消息，喜悦洋溢在每个人的脸上，他们的货就会销得比平常快一些，特别是当我们得知晚上放映的是一部战争片或双片（同一个晚上放映两部电影）时，情况更是如此。这些商贩大多较为诚信，通过散布假消息来销货的事从未出现过。如果他们的情报不准，让我们白跑了几公里的夜路，那一定是有什么非同寻常的事件发生，最常见的就是放映机故障或停电，再有就是某位国家领导人突然逝世，我们被告知停止一切娱乐活动，等等。当然，住在邻村的亲戚有时也会专门派人赶到我们村送信。

即使没有任何电影消息，我们有时也会得到意外的收获。村中那些电影迷们（主要是一帮十七八岁的男女青年，我们是他们的跟屁虫）站在漆黑的村头高地，放眼向四周一望，看看远处的地平线上是否会出现微暗的红光。通过这种方式来判断邻村是否有电影，仅具有某种参考价值，“扑空”的可能性极大。如果我们看到了红光，又碰上节假日，漫漫长夜令人难挨，父母也会同意我们跟随他们冒险去试一试。于是，我们朝着那片微暗的红光猛扑过去。有时，我们还没有到达目的地，熟悉的电影对白却已在寂静的旷野里隐隐约约地传来。毫无疑问，那就是来自天堂的声音。

比如：

“你们的炮是怎么保养的？炮弹离炮位太远了么！麻痹！太麻痹啦！”（《侦察兵》）

比如：

甲：你再往前看——

乙：是龙江的巴掌山。

甲：你再往前看——

乙：看不见了。（《龙江颂》）

再比如：

“苏维埃俄国被敌人包围了，反革命叛乱像火焰一样从这一端烧到那一端。摆在我们工人阶级面前的只有两条路：一条是胜利，还有一条路，那就是死亡，而死亡是不属于工人阶级的——”（《列宁在十月》）

不过，在很多情况下，那片红光不能说明任何问题。当我们兴致勃勃地赶到邻村后才沮丧地发现，原来那儿死了人，正在开追悼会，有时则是办喜事，或者发生了火灾。

放映员

我们县到底有多少个乡村巡回放映队，谁都说不清楚。从放映队每隔三四个月或更长的时间才来到我们村一次这个频率来看，放映队的数量想必十分有限。由于不通公路，电影器材（包括放映机、银幕、喇叭、胶片和发动机等等）被装在一辆独轮手推车上，放映员们要推着如此沉重的器械在丘陵地带来回穿越，并不是一件容易的事。因此，一般来说，放映队都要配备三个人。

如果事先得到电话通知，大队里必会派出专人早早前去迎接。放映队的负责人是一个大胡子，姓名不详，嘴里还镶着一颗金牙，听口音像是苏北人。大队里没有旅馆，放映队下榻的地方通常是我们村的知青点。为了接待从上海来的知识青年，大队专门给他们盖了五间大瓦房，可最后只来了两个知青，总有房子空着，放映队就在那儿歇脚。吃饭呢，一般就安排在大队书记、妇女主任或其他较为富裕的家庭。大胡子人挺随和，酒量却大得惊人。大队干部中间还找不出一个可以与大胡子斗酒的人来，革委会主任最后只得请牛高出马。

牛高原是放牛的，除了喝酒之外没有别的本事。平时，村子里有人家办大事，来了难缠而又善饮的亲戚或重要客人，一般也是牛高出面摆平。一来二去，牛高就和大胡子成了莫逆之交。后来，大队就干脆将接待放映队的艰巨任务交给他去负责，那两根竖银幕的大毛竹就搁在他的牛棚里。因为电影的神奇力量，牛高从一个放牛的一跃而成为我们心目中首屈一指的英雄。鉴于他和大胡子的特殊关系，我们往往提前两三天就从他口中知道电影放映队要来的消息。有时，他竟然能够说服大胡子在我们村多待一天，多放一场。孩子们有事没事都爱跟着他。我们崇拜牛高，连他的女儿都跟着沾光。他闺女和我们同班，每当村子里放电影，她的头上就会笼罩上一层神奇的光环，我们总是一天到晚围着她，打探关于放映队、大胡子以及电影的各种细枝末节。

牛高虽然为电影的事忙前忙后，却从来不看电影。据他女儿说，牛高陪大胡子喝完酒之后往往直接回家睡觉，让他的大儿子在现场照应。要是碰上停电，牛高就不敢怠慢，他得一个人蹲在池塘边的大柳树底下，照看那台珍贵的发电机。保证电影放映过程不出任何问题是他的职责，但所有这些事都是义务性的，除了一顿丰盛的晚餐之外，他得不到任何报酬。

因为要和牛高斗酒，大胡子就将放电影的事交给那两个副手去处理。在放电影时，放映机遇到故障是常有的事。最常见的故障是卡片（胶片在通过镜头时被卡住）和烧片（胶片由于温度太高被烧了一个焦洞）。遇到烧片，放映员需要用一把小剪刀将烧坏的胶片剪掉，然后再用橡皮膏重新粘上。两名副手手忙脚乱汗如雨下，怎么也无法排除故障的时候，他们就会派人去叫大胡子。等到大胡子满脸酒气地赶来，所有的人都把目光投向他。别看他满脸络腮胡子，长得高大粗笨，那双手却特别的白皙细长。只见他用一把小刷子这里刷刷，那里掸掸，变魔术似的随便摆弄了几下，放映机便很快恢复了正常。拥挤的人群自动让开一条缝，放大胡子回去继续喝酒。

我小时候，最大的愿望就是长大后做一名电影放映员。中学时有一年，我们公社要送两名文艺生去县城工作，一名是去县锡剧团拉二胡，还有一名就是去学习放电影。我也是参加面试者之一。最后获准进入县放映队的是一个瘦高个儿，我不知道他叫什么名字，哪所中学的，只记得面试那天他穿着一条西装短裤，大腿上还写着一行钢笔字：这边风景独好。

断路

拦路抢劫的同义语。在我们当地，所有父母为阻止孩子夜间外出，总会吓唬我们说：要是碰上断路的，你就惨了。据我的祖父说，在解放前，强人剪径的事常有发生，设伏的地点通常是荒无人烟的山沟峻谷，或如《水浒传》里所描述的某个静僻的“猛恶林子”里。在农村，一个人走夜路是免不了的。不过在我的记忆中，这些凶恶的剪径大盗仅仅生活在传说中，从未真正露面。那个时代的社会治安好得出奇，路不拾遗或许并不尽然，夜不闭户倒是千真万确。那个年代的“断路”行径大多发生在光天化日之下，是一种有组织的集体行为，带有相当程度的喜剧色彩。拦截的主要对象是迎亲队伍或乡村巡回放映队。“拦亲”的礼俗在我们乡村十分普遍，几乎是冗长结婚仪式中必不可少的组成部分。具体的细节和过程十分复杂，这里姑且不谈。拦截放映队则是另一回事。

县放映队从一个地点前往另一个地点的漫漫旅途中，要经过许许多多的自然村落。从理论上来说，任何一个村庄都可以实施拦截行为。而从实际发生的行为本身来考察，其实，很多的“断路”事件都是即兴的。他们只消派两个精壮的小伙子在放映队必经之地等候，就能轻易地将他们一举“俘获”。放映队员们早已见惯了这样的阵势，他们很乐意“变节”。只要有人拦截，他们不做任何反抗，就乖乖地跟人家走了。反正都是社会主义大家庭，在哪个村庄放都一样，好酒好肉一样不会少，只是害苦了我们这帮望眼欲穿的电影迷们。我们在晒场边一直等到日落西山，还是不见放映队出现，牛高也急得团团转。问题是，在很多情况下，我们并不知道他们是在哪个村庄遭到拦截。一般情况下，遇到这样的事，大队领导们也会听之任之，很少出面干涉。

我们村地处几个县和公社的交界处，村庄与村庄之间互不隶属，也没有任何电影放映方面的规章可依，行政命令或谈判交涉根本不起作用。再说，我们村亦经常拦截邻县（公社）的放映队，其剽悍和蛮横程度让邻县人望而生畏。有时，邻县的放映队为了顺利地通过我们村，不得不乔装打扮，或绕道而行，必要时还会派出手扶拖拉机和基干民兵押送。

有一年秋天，为了庆祝罕见的大丰收，大队革委会经过开会研究，联络上了在镇江市电影发行部门的一位“内线”，从市电影局专门包租了一台放映机，来我们村放映新片《火红的年代》。这部电影我们此前连名字都不曾听说过，可见其神秘程度非同一般。到了中午的时候，不幸的消息终于传来，我们的放映队被马祠人拦截了。由于事先付出了高昂的费用，按照和电影局的约定，这部电影的拷贝只能在我们村停留一天。革委会的头头们不敢含糊，立即派出了以牛高同志为首席代表的谈判小组赶往马祠。最后的谈判结果是，放映队同一个晚上在两村各放映一场，包租费两村均摊。从表面上看，我们村不吃亏，但因为是后放，等到放映队在马祠放完推着独轮车来到我们村的时候，已经是后半夜了。大家都认为牛高无能，订立了一个屈辱的协议。为了安抚大家的情绪，革委会主任当即决定，第二天上午放假半天，让社员同志们在家补觉。我记得电影散场的时候，已经是第二天的黎明，几乎每个人的头顶上都结了一层白花花的薄霜。

夜袭队

放映队遭到邻村拦截，对于有一类人来说，不仅不会感到失望，相反还会喜上眉梢。我猜测，他们内心暗暗希望这样的事发生。这类人就是夜袭队的队员们。因为他们拥有人人都羡慕的自行车。如果放映队被拦截，他们可以骑自行车去邻村看第一遍电影，第二天回到本村再看第二遍。这些二十来岁的青年人大都家境富裕，备受父母宠爱。由于时常骑自行车在夜色中出没，他们自称“武工队”。可村里的人只叫他们夜袭队。他们将大号手电筒绑在自行车的龙头上作探照灯，看上去还挺像那么回事。大人们说，他们都是一些精力严重过剩而又内心空虚的人。每当夜深人静，咣当咣当的自行车引发了狗叫，将我们从梦中惊醒，一束束光柱依次扫过我们家的窗户，父亲就会说：夜袭队进村了。由于这伙人中不乏女青年，村里不免会有些风言风语，说他们以看电影作掩护，实际上是在搞对象。但流言只不过是某种习惯性的联想而已，并不说明什么问题。如果说夜袭队的成员们在为人方面有什么瑕疵，那倒不是因为他们不纯洁，而是过于纯洁了。

武松，快跑！

有时候，两个村子或两个村子以上的放映队同时共用一个电影拷贝，那就需要跑片——在电影放映的过程中及时地把胶片从一个地方送往另一个地方。负责跑片的人必须擅长奔跑并且有足够的耐力。我们村的跑片任务通常由一个被人叫作武松的人来担任。

他原来姓什么，叫什么，我们都已记不清了，只知道大伙儿都叫他武松。此人个子不高，身材敦实，平时专门在砖窑上给人拉板车。这个人除了跑片之外，还承担了大队不少的信使工作。比如需要派人往公社送一封急信，或者村里发生火灾，必须敲锣往邻村报信，武松都是当仁不让的首选。村里的那些妇女常开玩笑地说：武松的卵子（睾丸）是铜做的。因此，村里也有人叫他铜卵子的，他听多了，竟然也会答应。因为跑片，平常根本不爱看电影的武松也沾了电影的光，和牛高一样，他也是我们孩子心目中绝对的英雄好汉。

跑片的方式通常有两种。第一种方式，就是等邻村的电影全部放映完之后，跑片人把所有的胶片一股脑儿地送过来完事。这样一来，在我们等待的两到三个小时中，一般是大队在电影现场召开社员大会。社员大会的内容照例是春耕秋收，照例是中央某号文件的照本宣科，大人们都在安静地听着，小孩子则满场疯跑。

忽然间人群中出现骚动。随着嘈杂声渐大，大家都把目光同时投向村子西边高高的坡道。我们忽然看见，一团火光跳跃着，从高高的坡道上跌跌滚滚直奔下来。眼尖的孩子很早就欢快地叫了起来：快看，武松，武松，武松来了……

既然武松来了，大队革委会主任也就识趣地长话短说，短话不说，最后迸出一句话来：大会到此结束，下面请同志们看电影。于是，大家热烈鼓掌。这个时候，我们看见有铜卵子之称的武松，打着赤膊的武松，脖子上缠着一条毛巾的武松，呼哧呼哧冒着热气的武松早已跑到了近前。人群自动让开一条道，让高高举着胶片的武松过去。

在等待的过程中，有时也会放映一些非正式的电影（我们一般称为“加演”)：新闻简报或者科教片。新闻简报的内容大多是有关中央领导人出访，或者重要外国元首访华，要不然就是东风轮下水等一类新闻事件。而科教片则和农民生活息息相关，有水稻纹枯病的防治，棉铃虫的危害，沼气池的制作工序及应用，等等。我记得我们看得最多的科教片就是《保护青蛙》。这类“加演”犹如饭前的小点心，我们因为知道正式的大餐在后头，所以这些小点心尽管不怎么可口，总也吃得津津有味。再难看的新闻简报也是电影啊。

第二种跑片的方式更为多见。因为三至四个，最多的时候有五个村庄同时享用一个拷贝，第一种方式显然不行，那就必须每放映一盘胶片，几个村庄依次传送。一部九十分钟的故事片至少要由四盘拷贝组成，每一盘拷贝的放映时间是二十多分钟。在短短的二十多分钟里，靠一个人折返跑上四五公里甚至更远的距离显然是不现实的。因此，在这样的情况下，大队部会给武松安排一个副手。这个副手，我只记得他的长相，是一个胖胖的年轻人，大家都叫他小武松。从这个名称即可看出，艰巨的跑片任务是由两个人共同完成的，但人们只把荣誉记在武松一个人的账上。

有时候，一盘胶片放完了，第二盘还没有到来。小嘎子和胖墩的决斗胜负如何？（其实，我们对答案早已烂熟于心，可还是假装不明白）刘阿太断腿里是否藏有向蒋介石发报的神秘发报机？（《海霞》）龙梅和玉蓉在漫天飞舞的大雪中是否会冻死？（《草原英雄小姐妹》）所有的观众都在跺脚，咂嘴，摇头，叹息。他们一边叹息，一边唠叨：真是把人急死了。这时候，人群中就会有人嚷嚷武松的名字。

老人们会说：武松啊，饭没吃饱还是怎么着？怎么搞的？

男人们会说：这小子他娘的遇见鬼了吧，怎么这么磨磨蹭蹭的！

女人们说：没准还真是遇见鬼了，是女鬼吧？

于是大家哄笑，笑完之后，大家又着急得大骂：日你娘的武松，死人的武松，短命的武松，没用的武松，泥卵子武松……

孩子们虽然心里更着急，但他们根本舍不得怀疑、侮辱他们心目中的英雄，他的奔跑能力举世无双。他们只在心里暗暗给武松鼓劲儿：

武松，快跑！

没命地跑！

骂着骂着，武松就来了。照例是手电筒的光亮飘飘忽忽，照例是脚不沾地的飞跑，照例是汗流浃背的喘息。武松一出现，人们早就把愤懑、不满丢到了九霄云外。于是，武松又成了大家心目中的大英雄；于是，大家又热烈鼓掌。

前年冬天，我回丹徒老家探亲，说起武松这个人，我母亲说：他呀，两年前就死掉了。我当时心里一愣。算起来武松也就五六十岁的年纪，身体那么结实，怎么忽然就死了呢？不知为什么，一想起他那敦实而又快疾如风的身影，就会泪不能禁。我问母亲，武松是怎么死的。母亲似乎对我的提问颇感奇怪，她说：嗨，就这么死了呗。

我的弟弟告诉我，改革开放以后，武松仗着一身蛮力，靠给人出死力干重活艰难度日。后来，他年纪大了，人家瞧不上他了，没人找他干活了，家里穷得叮当响。世道变了，力气又能值几个钱呢？为了显示自己还不老，腿脚还利索，他每天早上一口气跑到邻村北角，又从北角跑回到村里，天天如此。他是在为自己做广告。他要告诉那些“狗日的”有钱的雇主们，我武松还没老！老子还能跑！终于有一天，武松跑不动了。别说跑，就是原地挪动一下腿也比登天还难。他生了一种奇怪的病。他全身的骨头都发了黑。

重复

我的一个学生曾经问我，在你们那个年代，一部电影翻来覆去地看上十几遍，难道不腻味吗？言谈之间，似乎对我们那个年代的精神生活充满同情。我反过来问他：那么，你们在网络上将周星驰的《大话西游》看上二十遍，难道不腻味吗？他不语。

在今天的年轻人的心目中，二十世纪六七十年代很显然与一些特殊的词语联系在一起，比如政治一元化、匮乏、集体主义、公式化的文学艺术，诸如此类。这种描述本身似乎并没有错。问题在于，在所谓的“市场化”大行其道的今天，在所谓的“历史翻开新的一页”的文化错觉和扬扬自得中，这两个时代的精神生活果真像一些人理解的那样判若云泥吗？

在今天，政治一元化伦理已经让位于无孔不入的市场经济逻辑。这种逻辑表面温文尔雅，披着自由主义的外衣，而其“强制”性的“规训”手段则要隐秘得多。在过去的年代，重复观看同一部电影，往往被解释为精神生活的“匮乏”，而今天，我们在重复观看的不同的“新”电影，则是“过剩的”产物。在加西亚·马尔克斯看来，死于营养不良和死于糖尿病实际上是一回事，而在阿多诺和本雅明的视野里，在资本主义文化市场中，“复制”传播和繁殖能力几乎是无限的。流行电影、流行音乐与汽车装配线上的流水生产线并无太大的不同。一部新的电影与一部新的汽车的问世则有完全相似或相同的机制：品牌、商业噱头、外包装、全新的广告，令人眼花缭乱，可发动机是一样的。我们依然是在重复。

将《小兵张嘎》看上二十遍，与没完没了地纠缠于“007”

系列、康熙乾隆系列、金庸系列、反腐倡廉系列、奥特曼系列、樱桃小丸子系列……两者之间，究竟有多大不同？

女特务

小时候，我看过不下二十遍的电影除了《小兵张嘎》之外，也许还有《铁道卫士》。不过，我们对这部电影的结尾极其失望。我堂堂铁路公安高科长，竟然打不过区区一个台湾潜伏特务马小飞：高科长被人家掐住脖子按在铁轨上，直翻白眼，最后竟然昏死了过去。这太过分了，我们根本无法接受。对此，我们的班主任解释说，高科长原是打得过马小飞的，但那天他没有吃饱饭，加上长途追击过于疲劳，才会不幸落败。他那么振振有词，就像高科长是他们家的亲戚似的。

还有更让我们失望的事呢。村里的一位女裁缝竟然认为马小飞长得比高科长英俊，这下可把我们的肺都气炸了。下了课就到裁缝铺去与她理论，裁缝笑嘻嘻的，一点也不生气，她说：马小飞那双眼睛，多有神采啊！多勾人啊！你们这帮小赤佬哪懂这个？我的婶子正好在那做衣裳，我们就请她来评理。她说：要我说呀，那高科长虽然是正面人物，但一口大龅牙，个子又矮，实在说不上英俊。言下之意，一个人是不是英俊，与他是不是正面人物关系不大。这怎么可能呢？

后来，我们看到一部叫作《英雄虎胆》的电影，才觉得女裁缝和我婶子的话也有几分道理。扮演国民党女特务的王晓棠天生丽质，嫣然百媚。当她穿着国民党军服，尤其是那条皮裤子时（小时候，我们看见女人穿皮裤子，仅此一回），其风流婉转的身姿让我们的感情变得十分暧昧。我们在内心偷偷地喜欢她，同时也为自己竟然会喜欢一个国民党女特务而感到深深的不安。每次看这部电影，我们内心的羞耻感都会让我们的精神濒于崩溃的边缘。特别是到了最后，这样一个妙人儿竟然被我解放军战士乱枪击毙，令我们五内俱焚，心痛不已。

到了上中学的时候，我们惊讶地发现，我们班居然有个女生和《英雄虎胆》里的王晓棠长得一模一样，于是我们就骂她女特务。我们毫无缘由、坚持不懈地骂她女特务，于是她就伏在桌上痛哭。家长告到学校，我们的班主任找全班的男生谈话。他启发我们说：说人家长得像《英雄虎胆》里的女特务，我看还真有点像。不过，准确地说，应当说她长得像演员王晓棠。可王晓棠并不只演过这么一部电影啊，比如说《野火春风斗古城》里的双胞胎姐妹，你们为什么不叫她金环或银环呢？

可我们依然叫她女特务。

她是一个文静、胆子很小的女孩子，我们觉得如果不想尽办法折磨折磨她，实在有点对不起自己。我们一骂她，她立刻就哭。她一哭，我们心里就乐开了花。后来我们都入了团。当班上要推选一位团支书的时候，所有的男生都不要脸地偷偷写下了她的名字。于是，“女特务”就这样变成了我们的团支部书记。

倩影

正式放映电影之时，一般会有一段不到两分钟的幻灯片。或是毛主席语录（最高指示），或是应景切时的宣传口号。有时是正规的印刷字体，有时则是用毛笔临时写就。考究一点的，每张幻灯片的左下角或右下角，常装饰有一束鲜花和红旗之类的漫画图案。每张幻灯片在银幕上停留的时间大约一至两秒，幻灯片的色彩大多是红色。但最后一张幻灯片总是蓝色的，它是静场的提示图案：蓝色的背景代表着寂静的夜空，上面点缀着几颗金黄色的星星，左下方有一个斗大的“静”字。在有风的晚上，银幕在风中吹出一波波的涟漪，那个“静”字或星星就会微微浮动，仿佛是倒映在湛蓝的水中似的。这个图案在银幕上停留的时间相对较长，其目的是为了让喧闹嘈杂的人群安静下来。现在回想起来，这个图案虽然千篇一律，但却有一种迷人而恬静的美。

每部胶片快要放映完的时候，银幕上会出现一段较为短暂的片尾图案，背景有点类似于下雨或闪电，这些图像与故事片的内容完全无关。

考虑到电影放映机的工作原理——胶片是卷在一个镂空的金属转盘上的，为保证故事片内容放映的完整，每盘胶片大概都必须有一段废带，就像照相机胶卷前面一段空白一样。问题是这段废带并不是空白的。据我们猜测，这段废带是从其他的废弃胶片上剪下来接上去的，胶片的生产部门大概是为了节约成本。但这种猜测显然是站不住脚的，因为每次出现的图案中都有一个美丽的年轻姑娘。这个姑娘面带笑容，仪表端庄，健康而迷人，还经常穿着花格子衬衫。这究竟是怎么回事呢？幻想和猜测持续了我们整个的童年时代，至今我们也没有获得确切的答案。

我们一般把片尾出现的这个倩影画面称为“片花”。这个美丽的倩影在银幕上滞留的时间不过一秒，甚至不到1/2秒，她的美丽由于时间短暂而被无限放大，在我的童年记忆中占据着一个重要的位置。每次当我们要忘记她的时候，电影会一次次使她“复活”。为了看清她的面目，每盘胶片快要放完的时候，我们就会调整坐姿，屏住呼吸，睁大眼睛，期待着这个倩影的昙花一现，就像年幼的普鲁斯特在黑暗的床边调整好姿态，将自己的神经注意力完全集中到脸颊上，以便接受妈妈那令人心醉的一吻。可是这个倩影一闪而过，不知所终，留给我们长时间的怅惘和落寞。

这个姑娘是谁？每次在“片花”出现的美人是否是同一个人？无数次电影整合、拼凑的影像在我们脑海中扎下了根。我曾一度以为这仅仅是我个人儿童记忆中的一段“隐秘”，但到上海读书的时候，与全国各地的同学聊起这个细节，几乎所有的男生都对这个“神秘的倩影”铭心刻骨。当时，我还以此为题材构思过一个小说。小说以乡村电影为背景，写的是电影快完的时候，由于卡片，或放映机故障，这个姑娘的倩影被固定在了银幕上。所有的公社社员都大吃一惊，因为这个姑娘，竟然是我们村里的女赤脚医生。这当然是不可能的。一看这个开头，就知道它或许是一个超现实主义作品，不过，我并未写完。这个在黑暗中向我们露出甜蜜笑容的姑娘，这个由幻想滋养的美丽泡影，也许早已超越了肉体和性别的界限，成了寂寞童年的一个忧伤的象征。

《红楼梦》

一九七六年九月，毛泽东主席逝世。在日复一日的哀乐声中，一个全新的娱乐和传播工具——电视，突然切入了农民们的日常生活。“乡村电影”这样一个高度仪式化的集体娱乐形式也开始走到了它的尽头。不过，这种更替并非在一夜之间完成。当时，农民们对于飘着“雪花”，有着巨大噪声，常受信号故障困扰的电视机，暂时还没有表现出什么热情和兴趣。似乎一直要等到《加里森敢死队》的问世，电视才有能力与电影真正分庭抗礼。

随着国家体制的转轨，意识形态的悄然变更，《洪湖赤卫队》《早春二月》等一批曾经被禁止上映的电影开始进入了公众的视线。但是，让旧的“毒草”重见天日，并未阻止新的毒草的疯狂滋长。《春苗》《欢腾的小凉河》《决裂》等影片上映不久，就被宣布为问题电影而遭到禁止。那个时候的政治气候阴晴不定，令缺乏政治敏锐性的农民一时难以适从。不久之后，日本电影《望乡》的公开放映很快就成为我们当地爆炸性的新闻。赤裸裸的性爱镜头公然出现在银幕上，农民们显然不敢相信自己的眼睛。在电影主管部门彻底查禁这部影片之前，各个乡村为了不让他们子弟纯洁的心灵受到玷污，开始了自发的抵制。而在我们的邻村北角，《望乡》被安排在了一个破庙里小范围放映，所有的儿童和青少年都被拒绝入内。我记得我和几个同伴围着那个破庙逡巡了大半个晚上，始终不得其门而入。

在"世道要变"的种种不安的猜测和议论中，戏曲片《红楼梦》重新获准上映，成了"乡村电影"充满魅惑力的编年史中最后一个重大事件。

我们当地的许多村民都是天生的戏曲迷。大部分南方戏曲，无论是扬剧、锡剧、淮剧，还是越剧和昆曲，都能使他们心醉神迷。而北方剧种则没有什么市场，除了京剧，特别是样板戏之外，他们大多不屑一顾。第一次放映《红楼梦》是在黄庄，很多远在十里、几十里之外的人都闻风而去。电影放到一半了，可许多观众还在途中一路打听黄庄的准确位置。最后，站在银幕反面的观众有许多人被挤入了池塘和粪坑，村与村之间发生的械斗令电影一度中止。后来，黄庄的大队书记通过话筒向观众喊话，他们决定第二天再放一场，这才平息了骚乱。不料第二天人更多。天还没有黑，远道而来的观众像蚂蚁搬家似的分批通过我们的村庄，田埂上，河道边，到处都是。其中不乏小脚老太和耄耋长者。黄庄人担心出事，不得不临时决定，将放映地点从人晒场改到稻田里。

那时是秋末，晚稻刚刚割完，田野里看上去一望无垠。我和母亲就是坐在堆满稻子的田埂上看完《红楼梦》的。由于距离实在太远，我们根本就看不清银幕上到底发生了什么事，同样，我也不是很清楚，周围的那些妇女为何什么也看不清，却一刻不停地擦眼泪。

男人们普遍不太喜欢林黛玉。他们对扮演薛宝钗的演员吕瑞英情有独钟。一位三十多岁还没有娶上媳妇的木匠一直对着银幕上的薛宝钗长吁短叹：贾宝玉不要你么，你就不要缠着人家了嗄，蛮好把我做老婆，我要你的哇——弄得我身边的那些女人又是哭，又是笑。

关于这部电影，我们村的一位生产队队长曾说过一段很有名的话。他说，《红楼梦》这部影片当年的确应该被禁止。随着这部电影的恢复公映，村里的那些地富反坏右，那些不齿于人类的资产阶级牛鬼蛇神纷纷出笼，蠢蠢欲动，简直就他妈的像过节一样。就连我们村的头号反革命分子，当年号称能够双手打枪的国民党团副，竟然也成天哼唱着《宝玉哭灵》。资产阶级高兴之时，就是劳苦大众倒霉之日……

这位生产队长所不知道的是，几乎在同一时间，上海越剧团的《红楼梦》在资产阶级更为集中的香港，竟能连演十八场。由此可见，《红楼梦》所复活的不仅是一个尘封的时代，而是整个中国似断若连的民族文化记忆。

如果要我从曾经看过的无数乡村电影中挑选一部最令人难忘的影片，我也会毫不犹豫地选择越剧《红楼梦》，它堪称真正的脍炙人口，百看不厌。直到现在，我每隔一段时间，就会从 DVD 架上将它翻出来，独自一个人看上一遍。对我来说，这是唯一一部可以没完没了地看下去的电影。

仪式的终极

莫言曾经提到，他小时候看朝鲜电影《卖花姑娘》，每次看都会流泪。可他万万没想到，时隔三十多年后，他在家中重新看《卖花姑娘》时，竟然还会莫名其妙地流泪。由此，他得出一个结论：一部电影的好坏，与它会不会使人感动没有太大的关系。换句话说，我们不能以观看一部电影或小说是否会流泪为依据，来评价一部艺术品的优劣。他的话无疑是对的。不过，我却想到了另外一个问题：莫言时隔三十年后看《卖花姑娘》仍会流泪，除了电影本身的煽情和悲剧性情节之外，还有一个不可忽略的因素，那就是他在过去曾经为它流过泪。记忆在这里所扮演的角色，其功能比我们所想象的还要复杂得多。假如我们给今天的年轻人放映《卖花姑娘》，他们会流泪吗？

转眼间，我的儿子已经到了我们当年痴迷《小兵张嘎》的年龄了。妻子从同事那儿借了一盘 DVD，一厢情愿地希望给他带来一个快乐的周末。小家伙毫不领情，当他恹恹地看到小嘎子点燃衣服烧鬼子炮楼的时候，终于伏在沙发上睡着了。我妻子并不甘心于自己的失败，她后来又找来了《地雷战》和《鸡毛信》，强迫他观看，其结果也颇令人伤感。她一边陪儿子看，一边吃力不讨好地还担任讲解：

“你猜猜看，鸡毛信藏在哪儿？我告诉你，就藏在大绵羊的屁股底下——”

或者：

“快看，快看，马上就要出来一个房子一样大的地雷。其实那是鬼子的幻觉，鬼子用刀一劈，地雷‘轰’的一声就炸了——”

我儿子挣扎着抬起头，朝电视机瞥了一眼，随即一头栽倒在沙发上，依旧沉沉睡去。

一个时代结束了，混杂在其中的历史记忆、文化氛围和生活气息亦随之变得僵滞而呆钝。不管什么人的童年都是神圣的，但我们已不能返回。如今，按照我们那一带的乡村习俗，电影往往与死亡的消息结伴而行。只有在村子里死了人的时候，人们才会放一场电影来冲冲晦气，观看的人也寥寥无几。

有时候回到家乡，还能看到牛高。

他已经病得不行了，坐在通往大晒场的巷子口晒太阳。这个平淡无奇的人物，借着电影的光辉，一度耀眼夺目。随着乡村电影的终结，他的生命亦变得黯淡无光。牛高静静地坐在阳光之中，三三两两的孩子从他身边走过，没有人会停下来看他一眼。

师大忆旧

校园

华东师大由原大夏、光华和圣约翰大学合并而成，其校园旧址最早可以追溯到百余年前一个名叫“丽娃栗姐”的村落。二十世纪初，这里原是上海远郊的一处荒僻之地，吴淞江改道后留下一段废河，早期的西班牙侨民缘河而居。另一个传说因其戏剧性而流传更广：一位名叫“丽娃”的白俄女子因失恋而自沉河中，“丽娃河”由此得名。它使这条河平添了些许胭脂气，为人所津津乐道。不管怎么说，到了1930年代，这片郊野之地已成为沪上游人踏青远足的绝佳处所。茅盾先生的小说对此曾有记述，我也曾从旧报刊上见过几帧小照：身穿旗袍的摩登女郎浓妆艳抹，泛舟河上，明眸皓齿，顾盼流波，其笑容在岁月的流转中与相片一并漫漶而灰暗。

不过，到了我来师大读书的一九八一年，这个园子固然早已不复旧观，流韵所及，仿佛亦能从花树亭阁之间嗅到往昔的一点颓败和妩媚。那时的校园空旷寂寥，远没有后来那般喧嚣。我记得出了学校的后门，就是郊农的菜地和花圃了，长风公园的“银锄湖”与学校也只有一墙之隔。校园的西南角还有一处空军的雷达站，虽近在咫尺，却让人可望而不可即，犹如卡夫卡笔下的城堡。丽娃河畔树木深秀，道路由红碎石镶铺而成，高低不平，曲径通幽。后来，学校为了使那些谈恋爱的野鸳鸯无所遁迹，在河边安装了亮晃晃的路灯，碎石路也改为水泥通衢，颇有焚琴之憾。

南方的春天特别长。几乎是寒假刚过，迎春花、金钟、梅花和樱花即于绵绵春雨中次第开放。当一簇簇迎春花披挂下细长柔软的枝条，沿着长长的丽娃河岸迎风怒放之时，满河的碎金的确令人沉醉。不过，要说起校园的花事胜景，我以为最让人难忘的莫过海棠。海棠妙品凡四，校园竟然有其三。荷花池边丛植的贴梗海棠花开如紫袍，朱红色的花朵如火欲燃，且直接开在铁灰色的枝条上，此花亦有“铁脚”之称。垂丝海棠有“解语花”之名，在校园里更是随处可见，花蕊红中透着粉白，丝丝缕缕，摇曳多姿。而图书馆前的那几株高大的西府海棠则最有风致，色若胭脂，雍容绰约，丝垂金缕，葩吐丹纱……

常听人说，校园草木葱郁，风光宜人，足以供人游目骋怀，消愁破闷，但妩媚有之，峻朗不足，对于艰苦卓绝的“治学”一途不太相宜。

刚一进校，我们即被高年级的同学告知：成为一个好学生的首要前提就是不上课。他们的理由是，有学问的老先生平常根本见不着，而负责开课的多为工农兵学员，那些课程听了不仅无益，反而有害。这种说法当然是荒谬绝伦，且有辱师辈，但我们当时少不更事，玩性未泯，不知学术为何物，自然喜出望外，奉为金科玉律。当时校园中“六十分万岁”的口号甚嚣尘上。这一口号中还暗含着一种特别的荣辱观：考试成绩太好的同学，往往被人看不起。好在老师们大都宅心仁厚，从不与学生为难，我们即便不去听课，考前突击两周，考个七八十分并非难事。

在我的印象中，开头几年倒也消停，虽说表面上游手好闲，晨昏颠倒，饱食终日，无所事事，其实只是作为所谓“名士风度”的一种装饰而已，暗中也知道惜时用功。到了八十年代中后期，随着各种名色的娱乐风行，校园内游人如织，草坪上东一堆、西一堆坐满了嬉笑玩闹的情侣，一到周末，全校的十几个跳舞厅同时开放，叮咚叮咚的乐声昼夜不息，人的心总浮着、悬着、躁动着，自然又是另一番气象了。

诗人宋琳曾将师大校园比作麦尔维尔笔下的大海：一旦鲸群出现，自然惊涛骇浪，不免忙碌一番，等到风平浪静的时候，正宜哲人参禅悟道。师大的校园生活恰恰就是这样的节奏：我们读起书来，亦能废寝忘食、手不释卷，甚至通宵达旦；而一旦懒散起来，要么是终日高卧酣睡，要么是没魂地在校园内东游西荡，不知今夕何夕。

读书

既然我们都养成了逃课的恶习，并视为理所当然，有时闲极无聊，免不了在校园里四处闲逛。我和几个喜欢植物的同学一起，竟然以一个月之力，将园子里所有奇花异草逐一登记在册。我们的辅导员是过来人，眼看着我们游手好闲虚掷了大好光阴，虽然忧心如焚却苦无良策，他倒没有采取什么强制性的措施让学生重新回到课堂，只是嘱咐我们假如玩累了，不妨读些课外书籍而已。正好系里给我们印发了课外阅读书单，我记得在一百多本的书目中竟没有一本是中国人写的，至于什么濂、洛、关、闽之书，更是不入编者的法眼。好在鲁迅先生“中国的书一本也不要读”、吴稚晖“把线装书全都扔到茅厕坑里”之类的告诫我们早已铭记在心，自然不觉有任何不当。

有了这个书单我们倒是没日没夜地读过一阵子。等到心里有了一些底气之后，便迫不及待地去找人论道去了。那个年代的读书和言谈的风气，似乎人人羞于谈论常识。我们去跟人家讨论《浮士德》、《伊利亚特》和《神曲》，对方露出鄙夷的神色是十分自然的；而为别人所津津乐道的拉格洛夫和太宰治，我们则是闻所未闻，只有自惭形秽的份儿。一位著名作家来学校开讲座，题目是列夫·托尔斯泰，可这人讲了三小时，对我们烂熟于心的三大名著竟然只字未提，而他所提到的《谢尔盖神父》《哈吉穆拉特》《克莱采奏鸣曲》，我们的书单上根本没有。最后，一位同学提问时请他谈谈对《复活》的看法，这位作家略一皱眉，便替托翁惋惜道："写得不好。基本上是一部失败的作品。"

后来经过高人指点，我们才知道那个时代的读书风气不是追求所谓的知识和学术，而是如何让人大吃一惊，亦即庄子所谓的"饰智以惊愚"而已。当那些高深、艰涩、冷僻的名词在你舌尖上滚动的时候，仿佛一枚枚炸弹投向敌营，那磅礴的气势足以让你的对手胆寒，晕头转向难以招架；而当你与对手短兵相接时，需要的则是独门暗器，以己之长克敌之短，让对手在转瞬之间成为白痴。

我们班有一个来自湖北的瘦高个，言必称《瘦子麦麦德》，显得高深莫测。通常他一提起这本书，我们就只能缴械投降了，因为全班除了他之外没有第二个人知道那是一本什么样的书。直到大学三年级，我在图书馆阅览室的书架上竟然一下发现了三本，可见这并不是什么冷门书。还有一个著名的校园诗人，是学自然辩证法的研究生，常来中文系找人过招，张口闭口不离他的两本葵花宝典：要么是《老子仍是王》，要么是《佩德罗·巴拉莫》。这人常爱戴着一副墨镜，无论到哪儿，身后似乎总跟着一大群崇拜者，害得我母亲一见到他，就断言此人是个流氓。说来惭愧，我至今还没有弄清楚《老子仍是王》是一本怎样的著作，而《佩德罗·巴拉莫》则毫无疑问是伟大的经典。

即便是在那些令我们仰慕不已的青年教师中间，也是同样的风气。有专攻“中国文化全息图像”的，有专攻“双向同构”的，还有专攻什么“永恒金带”的，等等，不一而足，基本上只有他们自己才会明白他们的理论从何而来。研究弗洛伊德的，“性冲动”三字总是挂在嘴边；研究克尔凯郭尔的，自然不把卡夫卡放在眼里；而研究“第三次浪潮”的，言谈举止之间仿佛就是中国改革蓝图的制定者。最奇妙的一位学者，是研究“否定本体论”的。因为他天生拥有否定别人的专利，但凡别人与他争论什么问题而相持不下，他总是大手一挥，喝道：否定！此利器一出，人人望风而逃。我们最喜欢的当然是研究神秘主义术数的学者，根据这位仁兄的研究，不仅鸡可有三足，飞矢可以不动，石头最终可以抽象出“坚白”这样的玩意儿，而且据他考证，李白的《蜀道难》本来就是一部剑谱，起首的“噫吁嚱”就是一出怪招……

清谈

说起学校的演讲、报告会和各类研讨会的盛况，恐怕与别处也没有什么不同。等到我们这些后知后觉者听到风声，赶往某个地点，往往早已人满为患，有时甚至连窗户外和走廊里都围了好几层。几次碰壁之后，加上性格懒散或孤僻，我们就假装不喜欢去这样的场合凑热闹。总是在事后听人说起李泽厚如何如何，李欧梵如何如何，汪国真如何如何；谁与谁抢话筒而大打出手，谁因为连续五次要求发言被拒，最后血压升高，当场昏厥……这就好比自己错过了一场电影而只能听人复述故事梗概，失落和后悔可想而知。

也常有校外的名人来我们宿舍闲坐。陈村来，多半是来找姚霏。我那时与姚霏相善，也时常有机会聆听陈兄教诲。陈村为人厚道，却也锦心绣口，幽默风趣，往往清茶一杯，闲谈片刻而去，不给人任何的压抑感和心理负担。马原来，动静就要大得多，而且一来必要住上数日。他与李劼先生过从甚密，前后左右通常是围着一大群人，有认识的，有不认识的，也有似曾相识的。马原看似木讷，实则能言善辩，极有机锋，我曾见他与人激辩竟夕而毫无倦容。

余华来上海改稿，常到华东师大借宿。永新、吴亮、甘露诸君便时来聚谈。王安忆也来过数次。记得一年冬天的午后，她在我的寝室里略坐了坐，就觉得寒气难耐，便执意要将她家的一个什么暖炉送给我。她给了我镇宁路的地址，也打过电话来催，不知何故，我却终于没有去取。

到了八十年代末，来华东师大的人就更多了，连远在福州的北村也成了这里的常客。不过，只要北村一来，清谈往往就要变成“剧谈”了。苏童认为北村是中国新时期文学中真正的“先锋派”，此话固然不假——他在八十年代的小说佶屈聱牙，连我们这些被别人称为“晦涩”的人亦望而生畏。但在我看来，八十年代那批作家中，若要说到善谈能辩，大概无人能出其右。

更何况，此人来自盛产批评家的福建，反应敏捷，擅长辩驳，当年流行的各类理论、术语和复杂概念无不烂熟于心，且颇多发明。他有一句名言，叫作“真理越辩越乱”。话虽如此，可每次与他一见面，几乎是喘息未定，便立即切入正题，高谈阔论起来。语挟风雷（当然也有唾沫星子），以其昭昭，使人昏昏。往往到了最后，他自己也支撑不住了，双手抱住他那硕大的脑袋，连叫头痛，方才想起来还有吃饭这回事。

华东师大的白天倒还清静。大家忙于各自的生计和写作，很少往来。可到了晚上，各路人马就会像幽灵一样出没，四处找人聊天。套用龚自珍的话来说：“经济文章磨白昼，幽光狂慧复中宵。”那时候朋友间聚会聊天，通宵达旦是常有的事。我记得到了凌晨两三点钟，大家翻过学校的围墙去餐馆吃饭时，竟然还常常能碰见熟人。

师大有各色各样清谈的圈子，既私密，又开放。当时的风气是英雄不问出处，来之能谈，谈而便友，友而即忘。中文系聊天的圈子相对较为固定，不是吴洪森、李劼处，就是徐麟、张闳、宋琳等人的寝室。

李劼处去得相对较多。他年纪轻轻即声名显赫，且交游广泛，他的寝室照例是高朋满座，胜友如云，大有天下英雄尽入彀中之势。只是到了后来，他在门上贴出了一张纸条，规定凡去聊天者必须说英文，我们才有点望而却步。因担心不得其门而入，倒是下狠心苦练了一阵子英语对话。一年下来，李劼的口语程度已经足以在系里用英文上课了，我们却没有什么长进。

我记得有一次，我和同事利用系里政治学习的间隙尝试用英语交谈，尽管我们彼此都听不懂对方在说什么，居然也能滔滔不绝。坐在一旁的外文专家王智量教授也只好假装听不见，苦笑而已。

在八十年代诸师友中，我与洪森聊得最多，最为相契，得益也最多；而最让人难忘的则是徐麟的茶会。

徐麟是安徽人，身材壮硕，学问淹博，其言谈极富思辨性。在他那儿，常能见到王晓明、胡河清、张氏兄弟（张闳和张柠）、毛尖、崔宜明诸人。所谈论的话题除文学外，亦兼及哲学、宗教、思想史诸领域。唯独谈及音乐或遇某人兴致高涨欲一展歌喉之时，徐麟往往表情严肃，一言不发。我们私下里都认为此君不擅此道，或者简直就是五音不全。没想到有一天，他老人家忽然高兴起来，随手抓过一把已断了两根弦的小提琴，竖着支在腿上权当二胡，像模像样地拉了一段刘天华的《除夕小唱》，把我们吓了一大跳。

每次去徐麟那儿聊天，王方红女士总要央我带她一块去。她对于我们的谈话未必有什么兴趣，因她总抱怨说，听我们说话脑仁儿疼。她频频催促我“去徐麟那儿转转”，恐怕只是垂涎于徐麟亲手泡的柠檬红茶而已。

在北风呼啸的冬天，每有聚会，徐麟必然会用美味的“徐氏红茶”招待各色人等。烹茶用的电炉支在屋子中央的水泥地上，煮茶用的器皿十分简陋，多为大号的搪瓷碗，而饮茶的杯子则为形状、大小不一的酱菜瓶子。茶叶似乎也很一般。据说，徐麟总能搞到上好的祁门红茶，可我们每次去，他那珍贵的祁红总是不幸“刚刚喝完”。不过，即使是再廉价不过的红茶末子，他也能烹制出令人难忘的美味红茶，其关键或许在于柠檬的制作。有人透露说，新鲜的柠檬买来之后，要洗净并切成小薄片，撒上白糖，在玻璃容器中密封十多天，不知真假。

很多年后，我们调往北京工作，王方红仍会时常念叨起“徐氏红茶”。她也变着样尝试了多次，我喝着庶几近之，她却总说不是那个味儿。我就开玩笑地对她说：你所留恋的，莫非是那个年代的特有氛围？世异时移，风尚人心，早已今非昔比，徒寻其味，岂可再得？

写作

记得在大学三年级的时候，华师大校报编辑部曾组织过一个全校性的“小说接龙”游戏。除了在校本科生和研究生参加外，还有几位已毕业的作家校友助阵。这次活动具体有哪些人参加，什么题目，写作的顺序如何，究竟写了些什么，如今早就忘了。只记得参加者被邀至编辑部的会议室，大致定下题材和故事动机，由某位作家开头，随后十几个人依次接续，由校报分期连载。我前面的一位作者似乎就是大名鼎鼎的南帆先生，因为总担心将人家的构思写坏掉，我颇受了数日的失眠之苦。

华东师大中文系有一个不成文的规定：凡是今后从事于文

学理论研究的学生，必须至少尝试一门艺术的实践，绘画、音乐、诗歌、小说均可以。本科生的毕业论文也可以用文学作品来代替。我不知道这个规定是何人所创（有人说是许杰教授，不知是否真确），它的本意是为了使未来的理论家在实践的基础上多一些艺术直觉和感悟力，可它对文学创作的鼓励是不言而喻的。一直到今天，我都认为这是华东师大中文系最好的传统之一。我因为没有绘画和音乐的基础，只得学写诗歌及小说。

另外，那时有太多的闲暇无从打发。所谓“不为无益之事，何以遣有涯之生？”，至少我个人从未想到过有朝一日会成为“作家”，或去从事专业创作。《陷阱》《没有人看见草生长》等小说，完全是因为时任《关东文学》主编的宗仁发先生频频抵沪，酒酣耳热之际，受他怂恿和催促而写成的。而写作《追忆乌攸先生》是在从浙江建德返回上海的火车上，因为旅途漫长而寂寞，我打算写个故事给我的同伴解闷。可惜的是，车到上海也没有写完，当然也就没给她看，此人后来就没有了音讯。回到上海不久，就遇到王中忱、吴滨先生来沪为《中国》杂志组稿，此稿由中忱带回北京后竟很快发表，我也被邀请参加了中国作协在青岛举办的笔会。

《迷舟》写出来之后，在很长一段时间内也只是在几个朋友间传看而已，我并没有将它投往任何一家刊物。后来吴洪森先生看到此文之后，便将他推荐给了《上海文学》。没过多久，我就接到了《上海文学》周介人先生的一封亲笔长信。周先生的来信充满了对后辈的关切，但却认为《迷舟》是通俗小说，而

《上海文学》是不发表通俗类作品的。洪森得知《上海文学》退稿的消息后大为震怒，甚至不惜与周先生公开绝交。为一篇不相干的稿件而与相知多年的朋友断交，在今天看来似乎有点不可思议，可据我耳闻，类似的事情在那个阔绰的年代里并不罕见。我是一个比较消极的人，若非洪森执意劝说我将《迷舟》转给《收获》的程永新，此稿很有可能现在还在抽屉里。不过，现在想来，周先生当年认为《迷舟》是通俗小说，也不是没有他的道理，因为这个故事原来就是几个朋友在草地上闲聊的产物，甚至我在文中还随手画了一幅两军交战的地形图。（后来，《收获》发表此文时竟然保留了这幅图，令我最感意外，亦大为感动。）何况，他作为名闻全国的重要杂志社的负责人，认真处理了稿件，并给一个初学者亲自写来长信予以鼓励，对洪森而言，也不能说没有尽到朋友的义务。最让我难忘的是，《迷舟》在《收获》发表并有了一些反响之后，周介人先生特地找我去他的办公室谈了一次话。他坦率地承认当初对《迷舟》处置不当，作为补偿，他约我给《上海文学》再写一篇小说（这就是稍后的《大年》）。当时谈话的情景，在他故去多年之后，至今仍让我感怀不已。

“游戏性”一词，在批评界讨论八十年代的文学创作时曾屡遭诟病。坦率地说，那个年代的写作确有些游戏成分，校园写作更是如此。当时很多作家都有将朋友的名字写入小说的习惯。今天的批评界动辄以“元叙事”目之，殊不知，很多朋友这么做，大多是因为给作品中的人物取名字太伤脑筋，也有人借此与朋友开个玩笑。当然，别有用心的人也是存在的。有位作家对某位批评家的正当批评衔恨在心，竟然将他的名字冠之于某歹徒，而这个歹徒最终被我公安干警连开十余枪击毙。有时，作家也会将同一个名字用于不同的小说，比如，有一段时期，马原小说中的人物不是“陆高”就是“姚亮”，而北村小说中则频频出现“王茂新”“林展新”这样的人名。记得我曾向北村当面问过这个问题，北村的回答让我很吃惊：他每次从厦门坐海轮来上海，来的时候是“茂新”号，返程则是“展新”号。

一年春天，中文系全体教师去昆山和苏州旅游。系里派我和宋琳去打前站，联系住宿和吃饭等事。我们临时又拉上了正在读研究生的谭运长。我们三个人办完事后投宿于昆山运河边的一个小旅馆里。那晚下着雨，我们几个人无法外出，又不甘心待在房间里，就下楼和门房的服务员聊天。女服务员因为要值夜班，正觉得时光难耐，也乐得和我们几个人胡侃。

后来，谭运长忽然就想出了一个主意：我们三个人各以动物为题材写一篇小说，以午夜十二点为限，完成后依次到门房朗诵给服务员听，最后由她来评判，分出一、二、三名。宋琳当时已经是驰誉全国的著名诗人，且一直看不起小说，自然不屑于这类“残丛小语”，但被逼无奈，只得勉力为之。

我记得谭运长写的是《袋鼠旅行记》，似乎是写孔子骑着袋鼠周游列国，最终抵达了“银坑”地方，而引出一系列的传奇。在朗读过程中，服务员笑得趴在桌子上浑身乱颤，始终没能抬起头来。宋琳因根本不会写小说，只得胡写一气。一看他的题目，也觉得怪怪的，叫作《黑猩猩击毙驯兽师》，和他的老乡北村一样，驯兽师居然也叫“林展新”。这篇后来发表于《收获》的小说处女作，让他尝到了写小说的甜头，此后又陆续写出了《想象中的马和畜养人》等作品，在校园里传诵一时。

如今在给学生上写作课时，常被学生“如何写作”这类大问题所困扰。在不知从何说起的窘境中，往往以“乱写”二字答之。我这么说，并不是开玩笑或有意敷衍。废名在谈及杜甫和庾信的“乱写”时，是在试图说明一个高妙的写作境界，当然难以企及；可对于初学者而言，要想彻底解放自己的想象力，抛开毁誉得失，“乱写”也实在是一个必不可少的训练过程。

印度纪行

抵达

得知我要去新德里开会，一些去过印度的朋友纷纷打来了电话。他们叮嘱我一定要去医院注射三种以上的疫苗，我的一位研究生也持有相同的看法，她刚从印度回来，因为疟疾在医院躺了两个多月。最骇人听闻的告诫来自一位律师，据说他在新德里的大街上买了一瓶矿泉水，喝到最后却发现瓶底还有一条小鱼，而且是活的。他们建议我除了麦当劳外什么饭店也不要进去。我对所有这些建议一概置之不理。因为我从小生活在农村，从水缸里舀水喝，喝到小鱼的情景并不罕见。再说疟疾毕竟不是艾滋病，用不着过分担心。可所有这些传闻使我妻子的担忧急剧繁殖，她在互联网上徒劳地搜寻印度中心（我即将落脚的宾馆）的相关资料，最后一无所获。她只得在我的旅行包中塞满了五颜六色的神秘药丸和消毒剂，来抵消自己的忧虑。

诗人西川十年前曾到访过印度，他成了我们这伙人实际上的领导没有任何争议。他在旅途中不断向我们许诺说，一出机场就能看见牛和大象，我们只能信以为真。而实际情形所兑现的不是期待中的魔幻景观，而是这样一个真理：经验这种东西往往最不可靠。德里机场的准现代化设施已足以让西川为之惊愕了，只见他孤独地站在机场的出口处不住地引颈四望："咦，他妈的，牛呢？"

一辆面包车带着我们向新德里进发。随着汽车颠簸的频率逐渐放缓，尘土的气味越来越淡，车窗外的街道、树木和房屋也显得越来越整齐。当汽车进入新德里的使馆区时，空气中已经能够嗅到鲜花和植物的清香，天空竟然蓝得有点儿神秘。新德里交警戴着防毒面具执勤的传闻被证明是无稽之谈。

快到目的地时，我们才意外地发现，在长达一个多小时的车程中，面包车两边的后视镜居然都是闭合的。我们问司机为何不打开后视镜？他的回答与他流利的英语一样让我们印象深刻。"用不着，"他说，"后视镜打开了会妨碍停车。"

印度中心是一家会员制的酒店，不对一般旅游者开放。风景宜人，设施现代，据说是印度上流社会显达人士的宴游雅集之所。其建筑的印度风格一望而知，除工艺略显简单外，一切都令人赏心悦目。我最喜欢它的庭院，树木幽深，春花烂漫。成群的鹦鹉穿梭其间，回廊上花枝披拂，不时传来孔雀的啼鸣。

一天晚上，我和西川正在餐厅外吸烟，五六名身穿迷彩服、斜挎钢枪的印度士兵突然出现在我们面前，把我们吓了一跳。我观察到西川并没有马上逃跑的迹象，也就故作镇定，对威猛的士兵们报以和蔼的微笑。原来，这几个军人是护送一位印度政要来酒店餐厅用餐的。当我们回到餐厅时却吃惊地发现，这名政要的饭桌就在我们近旁。在士兵的簇拥下用餐，或许是一种印度式的特权，可欧阳江河以他诗人的敏锐提出反证：这家餐厅为何连个包厢也不给他准备，而让他直接暴露于大庭广众之下？可见这件事不能仅仅用“特权”来解释。荷枪实弹的士兵和政要的光临只能证明这样一个事实：这家餐厅在新德里非常著名。当我们得知我们在这里所有的花销，包括咖啡和茶点全都免费时，我们的感动就有了些许梦幻色彩。托印度神灵降福，我们在这家旅馆的一切都还称心如意。

也有烦心的事。在印度中心的第一个晚上，我和住在隔壁的欧阳江河聊天至午夜才上床睡觉。可刚睡了没多久，忽然听到窗外有人在唱歌。那是一个深沉圆润的男中音，歌声婉转、优美而绵密。歌声的作用力与我进入梦乡的企图方向相反，把我的睡眠弄得又薄又脆，犹如初冬的浮冰。可一开始我并不担心，按照我以往的经验，他唱一会儿自然会累的，可是他竟然一连唱了四五个小时，直接让我在无比清醒的状态下迎接了新德里的第一缕曙光。睡觉自然是不可能了，剩下的只是一个积攒已久的可笑念头：我想看看这个蹲在我墙根下唱了一夜的歌者到底是怎样一个人。

我拉开窗帘，看见一个临时搭建在庭院中的低矮棚屋。屋顶上铺着塑料布，上面压着几块砖头。那个唱歌的人带着他的两个孩子正在晨炊：两三块红砖在屋外的空地上架起一个破铁锅，父亲趴在地上吹火，却吹出了一团团浓烟。两个孩子都只有四五岁，光着屁股，跌跌撞撞地四处寻找树枝和木块。他们的母亲蹲在地上，在一块木板上摊面饼。父亲仍然在唱歌，他的歌声即便不是愉悦的，也是令人愉悦的。我长久地注视着窗外的这一家人，心情忽然变得黯淡而悲伤。不过，最让我震惊的也许并不是他们的生活有多么的贫困和简陋，而是这种近乎赤贫的生活与豪华使馆区的高级酒店挨得如此之近，就像黏在一起的情侣的嘴唇。

西方的资产阶级一旦发迹之后，第一个想到的就是让穷人在他们的视线中消失，将他们赶得越远越好，在此基础上建立起完备的人道主义话语系统。而中国的新生中产阶级在追随西方的脚步上已有了出蓝之概：他们甚至在购买住房时都要去丈量自己与所谓回迁户的距离，尽可能让穷人的存在越出自己的视线，以便与自己曾经作为穷人的过往记忆彻底诀别，洗去被意识形态建构起来的所谓羞耻感，而无视他们与“回迁户”完全相同的质地。我的意思倒不是说，在印度社会中完全不存在富人对穷人的排斥和远离。尽管印度的贫民窟数量远远多于中国，印度的等级观念也比中国严苛得多，但贫富杂居的现象仍然十分普遍。尽管杂处双方贫富悬殊导致的强烈视觉对比，不由得让人感到触目惊心，奇怪的是，穷人和富人双方互为镜像，却能安之若素。

不过，第二个夜晚我睡得很踏实。午夜过后，低沉的男中音仍然在延续，但我却并不慌乱。在我将歌声想象为三十多年前《大篷车》和《流浪者》的电影插曲之后，强烈的怀旧情绪很快就带我进入了梦乡。

在新德里

凡是到过印度的中国人都喜欢将两个国家的方方面面加以比较，比较的范围涉及 GDP、一般社会状况、发展模式、教育、经济，乃至于军事。这或许是一种本能，据说印度的朋友们也有同样的嗜好。我们这次来印度，是应 *Almost Island* 杂志社的邀请，参加在新德里举办的中印作家会议，这是一个难得的机缘，为我们近距离了解印度的文化和知识界的状况提供了一个契机。按照阿希斯·南地先生的描述，这是中印作家之间第一次较大规模的文化交流活动。尽管我们没有理由怀疑南地这一说法的可信性，但所有与会的中国作家都为此十分吃惊。因此，南地先生动情地将这次交流描述为两个文明（而非文化）之间的对话，就变得可以理解了。在中印作家会议举办的同时，南地先生的退休仪式也在新德里举行。来自世界各地的学者齐聚这里，向这位享誉国际的著名学者表达敬意。出人意料的是，南地先生不仅参加了大部分对话活动，而且在第一次的会议上做了长篇发言。要想完整地复述他发言的所有内容是不现实的，但其中有四个方面的内容给我留下了较深的印象，因此简略记在下面，以供读者参考。

首先，南地对西方的“民族国家”理念进行了系统的反思。他在比较了印度独立前后的民族、宗教、文化和社会状况之后指出，正是“民族国家”观念的确立和神话化，凸显并放大了印度的民族和宗教问题，加剧了民族、教派之间的隔阂、仇恨、冲突和大规模流血。

其次，南地先生论述了文明和文化中“记忆和遗忘”的关系。他认为遗忘作为记忆的一种特殊形式更值得关注。他倒没有在本雅明或普鲁斯特的意义上对这个问题加以修辞学的展开，而是再次将它拉回到社会政治层面，作为对“民族国家”观念反省的一个延续。他举例说，他曾访问过那些在民族或种族冲突中失去亲人的家庭，令他感到震惊的是，幸存者对于杀害他们亲人的凶手没有丝毫的仇恨，原因是他们“已经将事件遗忘了”。既然冲突的双方本来互不相识，仇恨又是从哪里来的呢？只能出于特殊的意识形态的人为建构，而记忆则在其中扮演了一个十分暧昧的角色。那么，被过分强调的“仇恨记忆”与意识形态话语，特别是“民族国家”理念是一种什么关系呢？南地没有进行进一步的说明，不过，他的思路和逻辑是十分清晰的。

再次，南地谈到了历史叙事问题。他特别强调民间说唱、口头文学、神话和传说在历史叙事中的作用。他并未像后现代主义理论那样，在所谓的宏大叙事与碎片化叙事之间制造简单的对立，也没有在精英与大众、纯文学与通俗文学之间设立非此即彼的选项，甚至也不是通过凸显“声音”的作用而贬抑“文字”。在我看来，南地的真正意图是希望对十八世纪以来的知识生产过程进行严肃的反省。他认为，印度和中国的神话、传说、颂偈和谚语不仅仅是历史的风景，而且实际上一直在社会生活中扮演着不可替代的角色。由此，南地先生将话题转入最后一个方面，即空间和时间的关系问题。

他认为，我们这个世界充斥着形形色色的空间性概念，而这些概念都在不约而同地取消时间的向度。“现代主义”通过空间来置换时间的修辞学影响深远，但这些丰富复杂的空间细节却没有被充分地历史化。然而，正是在时间意义上，印度、中国、西方漫长的文化和文学实践形成了各自不同的文化价值理念，特别表现在对于生命意义的理解方面。

南地发言之后，会议的主持人、*Almost Island* 杂志主编莎米斯塔·莫汉蒂女士，特别邀请中方学者李陀先生对南地的发言进行回应。李陀在对南地的即兴发言做了简单的评述之后，立即将话题转入到对“现代主义”的反思领域。从表面上看，李陀的发言另辟蹊径，但他的实际用意，也许是透过“现代主义”这个公案，对南地提出的一系列看法逐一进行回应。所以，两位学者的发言虽各有侧重，实际上在许多问题的看法上多有交集，互相发明。这也从一个侧面表现出中印知识界在文化和文学领域确有诸多接近或相似的看法。李陀回顾了“现代主义”在西方生成的社会和文化背景，并着重介绍了“现代主义”作为一种输入性话语在中国的实践，特别是这一实践与中国现代社会的政治文化价值观念变革之间的复杂关系。南地对李陀的发言表现出浓厚的兴趣，足以证明“现代主义”也是他所关心的重要问题之一，可惜限于时间，两位学者之间的对话未能充分展开。

接下来的两天会议，由莎米斯塔和北岛共同主持，仍由来自香港岭南大学的沈双教授担任翻译。虽然大部分印度作家的英语都十分出色，但印度语言状况的复杂程度却远远超出了我们的想象。据说，印度现在通行的语言就有二十几种之多，有几位印度作家的发言需要通过多重语言的翻译，才能最终抵达汉语。翻译的困难、理解上的歧义导致了会议的冗长是显而易见的。

我记得第二天的会议是在室外进行的，轮到诗人欧阳江河发言时，时间已过了正午。这就使得欧阳江河很不幸地将自己置于了某种尴尬的境地：诗人卓越的想象力和雄辩之引人入胜自不待言，但同时也使得我们饥饿难忍，作家们当然有足够的耐心和优雅抵御饥饿导致的分神，可是在天空盘旋的几只鹰隼却早已失去了耐心，它们的愤怒很快就变得歇斯底里。会议结束后，我们刚刚在餐桌旁坐定，一只凶猛的老鹰（有人说是秃鹫，但翟永明坚持认为那是一只乌鸦）突然俯冲下来，掠过我的耳际，直扑欧阳江河。它那巨大的翅膀扇在我的脸上，留下一阵火辣辣的疼痛，足见《红楼梦》中冯紫英在铁网山被兔鹘“捎了一翅膀”的经历绝非虚构。我们还没有回过神来，老鹰已经将江河盘中的牛排高高叼起，一转眼消失在云端之上。翟永明在惊骇之余，当即赋诗一首，题目就叫作《乌鸦扑向乌鸦嘴》。好在江河惊魂未定，对翟永明诗中的揶揄意味不甚了了，和我们一起纵声大笑。

在新德里的四天里，印度方面为我们安排的活动十分频密。除了上午的会议之外，下午通常安排游览观光或走访新德里的贫民街区，晚上则举行诗歌和小说朗诵会，甚至还请来印度有名的歌手来酒店举行演唱会，其目的大概是为了让我们在短暂的停留期间，尽可能多地了解印度的方方面面。

在贫民街区一栋破旧建筑的二楼，我们被邀请参加一次座谈。新德里知识界通过基金会的资助，在这个街区设立了一个教育支持项目。参加这个项目的都是十几岁的孩子，他们中的绝大多数没有机会接受正规教育，因此在繁重的体力劳动的间隙，自愿参加这个项目的学习。教师们由学者、作家和艺术家担任，教师的选择既注重道德知识水平，也充分考虑了教师们个人的就业状况。比如，这个项目的主要负责人就是一位腿脚不便的艺术家，他博学、谦逊和敬业的态度给我们留下了难忘的印象。我的第一感觉，这个项目好像有些类似于中国二十世纪五六十年代的农民夜校，可稍做了解又发现两者完全不同。这个项目的初衷并不是为了帮助这些贫穷的孩子识字，或接受一般的文化教育，而是通过辅导孩子写作、绘画、摄影，让他们学会用自己的眼睛去发现记录日常生活的美和真实，从而发出他们自己的声音。一位教师介绍说：他们正在进行的一个计划，就是指导孩子们通过照相机的镜头去保存街区的日常生活记忆——这些街区在印度现代化的进程中每时每刻都在发生巨大的变化。孩子们的文学作品已经有很多公开出版发行，其中有一些被译成了外语。这个简陋却又非常整洁的工作室带给我们持久的感动。为了将工作室不多的几张椅子让给我们，孩子们一律席地而坐，看上去既严肃又天真，既热情又充满自尊，每个人都俨然是一个哲学家。在交谈中，他们不时引用德里达、福柯、卡夫卡和本雅明，让所有的中国作家惊诧不已。

在中国，富裕阶层对底层的援助在相当程度上还停留在物质层面，比如寄赠书籍、捐赠衣被、援建希望小学等等，官方机构和个人的支教活动仍然是作为国家义务教育的辅助项目展开的，其目的不外乎应试和识字。中国目前方兴未艾的所谓底层文学仍然由知识分子、职业作家亲自出马输出自己的价值理念，对底层给予同情，这实际上是现代启蒙运动扭曲性的延续，而完全忘记了底层的农民或农民工并无阅读那些作品的能力，忘记了雷蒙·威廉斯所提醒的：底层悲惨的社会状况往往是作为对中产阶级或资产阶级生活的某种肯定和满足而被消费的。我的意思并不是说中国的上述做法完全不必要，而是说如何让底层发出他们自己的声音，这一关键问题还基本上没有进入中国知识界的视野。

去阿格拉

从地图上看，阿格拉和新德里似乎挨得很近，而据当地的旅游手册的介绍，两地相距两百多公里，只需三个多小时的车程。可我们前往阿格拉的行程却超过了十二个小时，交通拥堵并不是唯一的原因。

出发时，北岛告诉我们，在前往阿格拉的途中，我们会经过一个著名的寡妇村。按照印度的宗教和习俗，丈夫去世后，妻子不仅不能改嫁，而且要被集中到某个村庄上一起居住，息影终老。北岛所说的这个寡妇村，同时也是印度有名的黑脸神克里希纳的故乡。西川对克里希纳怀有浓郁的敬意，姜杰和翟永明两大美女对寡妇们的生活状况颇为关切，我和欧阳江河很想看看那些传说中宏伟而古老的寺庙，李陀呢，则对一切都有兴趣。我们临时前往寡妇村的动议，导致了印度司机的迷路。

这个村庄依河而筑，河水并不清澈，寺庙却足够古老。由于不通公路，我们只能临时雇用三轮车前往。村里有些孩子在河里抓鱼，僧侣和行乞者安卧在水边的地毯上，用智慧和空落的眼神打量着我们。村里的居民就居住在这些望不到边的寺庙之中，中午的阳光沉寂而慵懒。印度小说家艾伦不时地跑前跑后，告诫我们一定要保护好鼻梁上的眼镜，因为据他说，这里的猴子对游客们眼镜的嗜好近乎变态。不过在烈日之下，猴子们大多像先知一般肃穆，他们远远地团坐在寺庙的屋顶上捉虱子，连看都懒得看我们一眼。

翟永明一刻不停地在拍照，快门的“喀嚓”声仿佛就是她从心底里发出的一声声赞叹。她一边拍照，一边透过厚厚的墨镜不时地东张西望，若有所待。我猜想她是在搜寻寡妇们的踪迹。可是我们沿着河边的石阶一直走到村子的尽头，寡妇们还是踪迹皆无。但印度毕竟是神秘的，所有的传说和预言都将应验，丝毫不爽。正当我们坐上三轮车打算离开的时候，一个身披白纱的寡妇飘然而至，我们甚至都不知道她从何而来，仿佛神灵为了打消翟永明的疑虑直接让她从天而降。

她朝我们微笑，并伸出一只苍老的手。我给了她二十卢比，她就向我不断鞠躬，并走过来摸我的皮鞋，为我祈福。我不知如何还礼，只能用她听不懂的汉语祝她老人家长命百岁。翟永明又开始疯狂地拍照，拍着拍着她就不动了，并吃惊地张大了嘴巴。人群中也出现了些许骚动。一只身手矫健的猴子像闪电一样蹿到了艾伦的三轮车上，它温柔地趴在艾伦的肩上，友好而熟练地摘下艾伦的眼镜，然后逃之夭夭，整个过程中艾伦根本来不及做出任何反应。当他意识到自己的眼镜被摘时，猴子已经站在高耸入云的寺庙之巅向我们挥舞它的战利品了。

事后我们想到，这只猴子在众多的游人之中挑中艾伦，也不是无缘无故的。艾伦是预言者，预言也必定在他身上得到印证。艾伦是一个深度近视，没有眼镜即与盲人无异，因此，他再慷慨也没有办法将失去的眼镜转化为馈赠猴子的礼物。于是，经过短暂的动员，寺庙的屋顶上出现了大批的捉猴者。他们大多是身穿短裤的孩子，看着他们在屋顶的瓦楞上奔走如飞，如履平地，我们虽非先知，却也已经能够判断出，那只淘气的猴子注定要被捉住，眼镜必将有惊无险地回到艾伦的手中，而艾伦则会付出相当昂贵的佣金。印度是神秘的，但绝非神秘到让人不可理解。

我们抵达阿格拉的时候已经是傍晚时分。我们在市中心的一家咖啡馆里稍作休整。阿格拉看上去是一个颇有现代气息的小城，世界各地的旅游者云集这里，繁华中依然透着幽静。街道整洁别致，店铺奢华而富有情调，店员们则彬彬有礼。我们每个人都在古董店里买了一幅印度的细密画。

不过，我们的旅游车离开市中心还不到十分钟，一切都迥然不同了。城市的大街上居然没有安装路灯，使得我们无法真正看清周围的喧闹究竟源于何处。很快，司机再次迷了路。

我们居住的地方是印度有名的希克里城堡，距离阿格拉约四十公里。艾伦曾在城堡附近的乡村里居住多年，为他的长篇小说收集材料。在他的心目中，希克里的玄妙丝毫不亚于闻名世界的泰姬陵。那一天，正逢印度的黄道吉日，不时有婚礼的花车在乡间公路上疾驰而过，歌声与欢笑不绝于耳。我们的旅馆看上去更像一个遁世者静修的寺院，令人联想到它或许就是希克里"幽灵之城"的一个部分。赤沙石砌成的客房围出一个空旷的大院子，院里院外树木繁茂，透出满天的繁星。遗憾的是旅馆不时停电，而且窗户没有安装玻璃，无法阻隔窗外婚庆的喧闹，也无法抵御蚊子的袭击。

正当北岛向我们派发防蚊贴的时候，"印度通"兼"蚊子专家"西川过来宽慰我们说：从斯里兰卡飞来的长脚虎蚊还在途中，尚未抵达阿格拉。眼前的这些蚊子不过是当地的土产，温顺而虚弱，几乎没有什么战斗力，非但不咬人，甚至都不怎么叫唤。据翟永明说，她几乎一个晚上没睡着，婚庆的歌声仿佛令她置身旷野。我因为有了新德里印度中心的前期训练，歌声已成了催眠曲，自然百虑顿消，一觉睡得甜黑，直到第二天早晨，才被欧阳江河的脚步声惊醒。

他在屋外撵着两只美丽的孔雀，狂奔疾走，一时展眼无踪。

这一天，我们在印度作家朋友的陪同下，被安排游览希克里城堡和泰姬陵。

相传在十六世纪中叶，莫卧儿王朝的统治者阿克巴，因祈子得福，决定在这里兴建城市，以纪念圣者谢赫·沙利姆·奇斯蒂被应验的预言。一五七一年阿克巴将国都由阿格拉迁来，至一五八五年整个城市废弃不用，前后只有短短的十四年时间（堪称世界上最短命的都城之一），而它作为一座空城的历史，迄今却已持续了三百多年。缺水据说是唯一的原因。

小说家艾伦带领我们来到了皇宫的西北角，查看岩石高原下干涸的河道，取水和蓄水的复杂装置，以及像血管一样蜿蜒曲折的水道。这些脆弱的给水线与城池的宏伟壮丽同样让人惊心动魄，使得那些富丽堂皇的星期五清真寺、圣庙、土耳其苏丹宫、内宅和花园变得虚幻而弱不禁风。正是在这一点上，我们很容易理解艾伦的忧伤。沙上筑城的危机在城市建造之初即显露无遗。建筑的坚固和精美喻示着时间的永恒，而废弃作为一种相反的力量也在一刻不停地提醒着那些建造者和设计师。其中的潜台词也许是：建造的目的之一就是废弃，而永恒不过是转瞬即逝的另一种说法。建造意味着对废弃的平静接受，也象征着对虚无的克服。正是这种复杂的纠缠造就了希克里城堡的惊世之美。站在城堡的顶端俯瞰整座城市，它犹如一个巨大的日晷，雄踞于沙原之上，法塔赫布尔·希克里，这座胜利之城不仅见证了阿克巴远征西印度的凯旋，也蕴藏着时间的所有奥秘。

而于一六三三年开始兴建的泰姬陵，在我看来，与希克里城堡具有完全相同的性质，只不过前者的辉煌与美丽更加动人心魄。它的构思与设计体现了伊斯兰建筑的宏伟与精美、肃穆与典雅、重与轻、有限与无限的完美统一。一走进陵园，我们会同时看到两个泰姬陵：一个矗立于远处，另一个倒映在清澈的水道的波光之中。水道两旁的果树和松树则分别象征着生命与死亡。

整个建筑群用纯白的大理石砌成，四周矗立着四十米高的圆塔，内有五十层楼梯，专供穆斯林阿訇登高朗诵经文。完全对称型的建筑布局使得整个陵墓从东南西北四个方向看完全一样，陵墓的拱门上刻着半部《古兰经》。数不清的翡翠、玛瑙、水晶、珊瑚和孔雀石在大理石上镶嵌出精美的茉莉花图案。据说陵墓在一天二十四小时中形貌与色彩一直在发生奇妙的变化，而最美的时刻正是月圆之夜。作为世界上最美丽的建筑之一，泰姬陵更像是一部哲人之书，而它的主题同样是时间。

与阿克巴的“灵机一动”所不同的是，泰姬陵的建造者沙杰汗决定倾举国之力、不惜任何代价建造这座陵寝，有着明确的现实动机，那就是宠妃阿姬曼·芭奴的死亡。从印度各地、土耳其、巴格达招募来的建筑师及两万名工人历时十七年，最终成就了这个不可能的奇迹，而沙杰汗的噩运也随之降临。沙杰汗对于自己不计后果的行为所导致的政治风险并非一无所知，民穷财尽不过是导致他被废黜的表面原因。他决意在人间建立天堂这一行为本身即被视为疯狂，他的决断、勇气和激情与帝国的政治背道而驰，也超越了世俗的想象力。但他一意孤行，毫不动摇，因为他深知时间的奥秘。他知道世俗的一切荣耀和财富，甚至包括爱情本身都会烟消云散，而唯有忧伤的泪水在岁月的更迭中不会风干。

在印度诗人泰戈尔看来，泰姬陵就是那一滴晶莹的泪珠。在返回希克里的途中，北岛将泰戈尔的那一段著名语录译成汉语并高声朗诵，终于触动了诗人欧阳江河的伤怀，导致了他旁若无人的喃喃自语和放声痛哭。

返回

短短一周的印度之旅，不仅颠覆了我们所有对于印度的想象，也使我们习惯上通过新与旧、中与西的比较而建立起来的近代历史观发生了根本的动摇。我原来以为，英国的殖民统治会使印度的现代化进程减少阻力，实际的情形恰好相反。印度古老文明在近代的殖民史中几乎未受撼动。相比之下，中国倒是成了另一个极端的试验田——被深翻的泥土中已看不到什么杂草，似乎随时适合改种任何植物。作为一名旅游者，任何简单的印度观感，都必然涉及一系列“反与正”的交织：比如古老文明与现代国家，民主政治与政府效率，秩序与混乱，苦难与幸福，英语的普及与本土语言的混杂，随处可见的贫民窟与GDP的高速增长，等级制和底层的乐天知命，诸如此类。

对于印度，很难用好还是不好、喜欢还是不喜欢这样的概念加以概括。一个小时之前的“是”，可以变为一个小时后的“非”，反之亦然。

举例来说，印度生活的慢节奏、印度人对于生活的幸福和满足感都曾让我们称羡不已。即便是在普通的印度人身上，你也很容易发现一种落拓不羁的美（姜杰女士将它称为混沌之美），仿佛世界上所有的烦恼都与他们无关，无虑无忧，无欲无求，泛若不系之舟。可是这种落拓不羁亦会给我们小小的惩罚。从阿格拉返回新德里的途中，我们的旅游车无缘无故地停在了乡村公路上，司机却突然不见了踪影。在漫长的等待中，我们对于司机去向的种种猜测事后都被证明是缺乏想象力的。当司机终于回到车上之后，我们小心翼翼地向他请教，他刚才去了哪里，司机微笑着道出原委：“我忽然想起来，有个朋友就住在附近的村子里，我刚才探访他去了。”这位印度朋友也许并不缺乏时间观念（他毕竟没有彻底抛下我们不管），只是他对时间的理解和我们迥然不同。

不过，我们在离开印度的前夕，心情十分愉快。传说中的疟疾从未发生；印度的学者和作家朋友给予了我们尽可能周到的款待，他们的热情和诚挚让我们一直沉浸在浓郁的惜别之情中。印度古老文明的辉煌、印度山川风物的壮美也让我们难以忘怀。

可是，当我们通过海关，进入免税店购物的时候，却再次陷入了始料不及的窘境之中。我们被告知，免税店不能使用印度卢比，而只能用美元。在印度的商店里不能用印度货币购物，使我们略感意外，但我们并不在意，大不了费点周折再将卢比换成美元罢了。可是免税店的经理告诉我们，在候机大厅里并没有货币兑换处，我们必须重新回到办票大厅去兑换。这也难不倒我们，我们的航班离起飞还有两个多小时，我们有的是时间。不过，我们很快又被告知，若要返回办票大厅，必须征得机场警官的同意。我们一行人很快找到了那个警官，他在了解了我们的诉求之后，优雅地打起了电话，一连打了三四个电话，才召来了机场方面的负责人。此人既不热情，也不冷漠，她认真地打量了我们一会儿，示意我们跟她走。我们终于长长地松了一口气，满心以为她就要带我们去兑换美元了。可是这个人将我们带到一个偏僻的角落里，让我们在那儿等着，随后就永远地消失了。大约一个小时之后，我们已经能够判断出，我们等待的那个人很可能是一个印度籍的戈多，便派出西川前去交涉。

西川的交涉很快有了结果，一位手拿大哥大的工作人员再次示意我们跟她走。我们跟着她七拐八绕，最终抵达的地方却不是货币兑换处，而是中国航班的登机口。她意味深长地向我们微笑，示意我们即刻登机，并祝我们一路顺风。

我们忧郁地意识到，由于卢比在北京不能自由兑换，我们早上特意兑换出来准备在机场购物的那些钱只能变成废纸了。翟永明和姜杰的沮丧是可以想象的。她们倒不是舍不得手里的那点卢比，因为她们比我们所有的人都更爱印度，不愿意带着任何对印度的遗憾返回北京。

可事情还没有结束。

飞机滑向跑道准备起飞的时候，我身边的一位印度旅客开始用英语试探着跟我交谈。他是个商人，一头鬈发，正准备去中国浙江的义乌批发货物。他问我对印度的印象如何，我说当然很不错。他问我去了哪些地方，我一一作答。最后，我也和他说起了在机场换钱的经历……

“等等，”这位印度朋友忽然打断了我的话，“你手里有多少卢比？”

他随即打开了手里的计算器，以他的固执和善良让我去确认计算器上最近的外汇牌价，并随之掏出了大沓的美元。

《中国》笔会

一九八五年夏天，我毕业留校，在华东师大中文系写作教研室当老师。暑期里有一个中学师资培训班，我被系里指定给主讲教师当助教。学校还没有给我分配教师宿舍，我只得暂时留在学生寝室里。学生大多回家了，第一宿舍空空荡荡。蝉鸣、暴雨和漫长的夏日，适宜阅读和酣睡。我晨昏颠倒地过着日子，既轻松自在，又百无聊赖。

一天早上，我到系办公室取信，碰到了写作教研室的同事徐芳女士。她告诉我，晚上系里有一个座谈会，问我愿不愿意参加。那时徐芳已经是很有影响的诗人了，她先我一年留校，把提携我这样的文学青年看成是她理所当然的职责。虽然她只比我大一岁，可每次见到她，都只能恭恭敬敬地叫她一声“徐老师”。在徐老师主持的这次座谈会上，出现了两个陌生的面孔。其中年龄稍长、说话斯文的一位，名叫王中忱；另一位身材健硕、目露精光的年轻人，人称吴滨。他们都是刚刚创刊不久的《中国》杂志社的编辑。两个人衣着朴素、笑容可掬，跷着二郎腿，手摇大蒲扇，没有一点北京钦差的派头。若非徐芳老师特意介绍，我们还以为他们是哪个生产队的蹲点干部呢。被邀请参加这个座谈会的人，囊括了华东师大文学创作界几乎所有的精英。夏雨诗社的前后两任社长宋琳和张小波、散文社的社长姚霏，自然都悉数到场。

王中忱首先介绍了《中国》杂志社的办刊方针和基本宗旨。他说了很多，我们记住的似乎只有一点:《中国》杂志与其他文学期刊最大的不同，是致力于发表年轻作者锐意创新的作品，以发现文学新秀为己任。王中忱还提到，他们之所以撇开正常的组织程序，绕过地方作家协会和学校的各级组织，直接与文学爱好者见面沟通，目的也在于此。我们频频点头，可心里根本不把他的话当回事。话说得很好听不管用，你一旦把作品寄过去，就满不是那回事了。在那个年代，默默无闻的作者要想发表作品真是太难了，用叶兆言的话来说，寄出去的作品就如同放出去的信鸽，用不了多久，它还会原封不动地飞回来的。能得到编辑部的退稿信已经很不错了，更常见的情形是，鸽子一出笼，就会飞出我们的视线，不知所终，音信全无。不过，考虑到王中忱是《中国》杂志的编辑部主任，他的话也在一定程度上代表了主编丁玲她老人家，他姑妄言之，我们也就姑妄听之罢了。

接下来，王中忱充分发扬了民主程序，提议让我们每个人依次发言，谈一谈自己的文学见解和创作近况。这就使得像我这样属于文学圈外围的初学者，也有了不慌不忙说话的合法机会。我在胡乱地发表了一通对文学的看法之后，就提到了不久前去浙江调查方言时写成的一篇小说。王中忱问我作品带来了没有，我回答说，当时是写在一个工作日志上，还未誊抄。王中忱就嘱咐我回去把它抄出来寄给他。见他这么郑重其事，说实话我当时就后悔了。那是一篇为打发旅途寂寞在火车上写成的游戏之作，目的是为了取悦坐在我对面的同伴——一位从事幼儿教育的老师。正因为这种游戏心理在作怪，所以写的时候，信马由缰，极尽夸饰之能事。这样的东西寄给人家，岂不是自取其辱吗？不过，小说誊抄出来以后，略做了些修改，我还是将它寄给了《中国》杂志社。

第二年（一九八六）初春的一天，我去学校的大礼堂看电影，在门口遇见了著名的文学批评家李劼。他远远地朝我喊了一句：你发在《中国》上的那篇小说我看了，很不错。那时我才知道，《中国》杂志社将我那篇题为《追忆乌攸先生》的玩笑之作真的登出来了。我的第一反应是如释重负。不管怎么说，王中忱这个人，说话还是算数的。又过了两个月，我收到了《中国》杂志社寄来的一份邀请函，让我暑期去青岛，参加中国作协的笔会。

《追忆乌攸先生》是我正式发表的第一篇作品，不消说，参加笔会这样的活动，也是平生头一遭。可当时我正在经历失恋的打击，喜悦来得很不是时候。华东师大被邀请与会的，还有教育系的姚霏。我们各自去系里履行了报批手续，去十六铺码头预定了去青岛的船票，还准备了一大堆后来根本没有派上用场的仁丹和晕船药。

青岛的笔会，被安排在海边的一座部队疗养院里举行。为海军首长修建的这座疗养院，朴素中透着奢华，也可以说奢华中显出朴素。我所居住的那个房间，东南两面朝海，躺在床上都可以看见大海中乘风破浪的军舰。除了宽大的卧室之外，每个房间都配有装饰考究的会客厅。当然最显眼的，莫过于屋里铺着的红色地毯。我还是第一次住在有地毯的房子里，感觉上很不真实。我的同屋和我一样，也没见过什么世面，他不断盘问我，这样的房子是给司令住，还是给军长住？我也说不出个所以然来。他是一位农民作家，来自山东的菏泽，名叫陈进轩。当他的家人接到来青岛开会的通知，满世界去找他的时候，他老人家正在地里挥汗如雨地割麦子呢。由于时间很紧，他从麦地里钻出来，一路小跑，直接就去了火车站。为了证明他并非说谎，老陈高高地挽起裤腿，执意要我去欣赏他那被麦茬戳得红肿的小腿。老陈是一个十分朴实的人，我们很快就混熟了。他给我讲了很多他们当地的奇闻逸事、风俗掌故，还把他们地方上的一些少儿不宜的酸曲唱给我听。也许衣服没带够，我记得他每天都要把大量时间用在洗衣服上。

我原先以为所谓的“笔会”，就是将作家们召集到一起开会，可是我们在青岛的十多天里，会是一天没开过，也没人管你干什么。后来我们才知道，不开会，正是笔会的原则之一。

看来这个世界上的新奇事还真不少呢。我和老陈结伴，在海边的沙滩上捡了几天贝壳之后，终于有点不知道如何打发时间了。好在不久之后，我又结识了一个新玩伴——来自福建的北村（我们当时还叫他康洪）。我们之所以走得很近，主要是因为年龄相仿，同时又都来自大学。开头几次见面，话题总是离不开残雪女士发表在《中国》上的《苍老的浮云》。北村是一个十分健谈且雄辩的人，他对各种名色的西方现代小说理论十分熟悉，而且常常夹带着一些自己的私货，不时发明出一些只有他自己才能搞懂的概念来。我记得他所发明的最费解的理论之一就是“暗射”，很容易使人联想到“谋杀”和“伏击”，以及诸如此类见不得人的勾当。不过，那时的北村基本上还是一个腼腆、纯情的青年，似乎正在热恋中。如果你看见他愁容满面，那一定是因为找不到地方给远在福州的女友打电话；如果看见他情绪过于亢奋，多半是因为刚刚给女友打完电话。他不知从哪里搞来了一本克洛德·西蒙的《弗兰德公路》，是编辑部的校样，还未公开出版，书名被错误地翻译为《弗兰达尔的道路》。这部书的清样引发了我们持久而热烈的讨论，但讨论的重点仅限于这本书的题词：

> 我过去以为自己在学习怎样生活，
> 其实是在学习怎样死亡。

丁玲因为身体原因未能到会，让我们一睹大师风采的希望落了空。而王中忱据说要在北京的编辑部看家，也让人不太好理解。因此，我们基本上是跟在吴滨的身后转。参加这次笔会的作家，依照年龄、职业以及熟悉程度，自然而然地形成了不同的圈子。由吴滨招呼着，在这些圈子之间不停地穿梭往来，成了我们每天的日常功课。陈明和牛汉先生平常很少露面，我们只能偶尔在餐厅里朝他们远远地瞄上一两眼。北岛、多多和徐星他们扎成一堆，似乎也不太容易接近。他们在晚上偶尔也会举办一些交谊舞会什么的，据北村说，舞伴还是从青岛歌舞团请来的专业演员。我倒是很想去长长见识，但我们屋的老陈认为去跳舞纯属浪费时间，还不如关在屋里下盘象棋来得好玩。多多据说早年受过正规的声乐训练。有时候，在众人的央求下，他也会在餐厅里唱上一段歌剧或艺术歌曲，我们在尚不知歌剧为何物的前提下，一致公认他比专业演员唱得还要好。而北岛和我也有过一次交谈。当时我们正在前往崂山的途中。在车上，我们恰好坐在一起，一句话不说似乎不太礼貌，也有悖人之常情。于是他忽然问我道：你是从哪里来的？我回答说：上海。他接着道：以后来北京，找我玩来。我说：那敢情好。谈话就此结束。还有几位作家，似乎是从部队里来的。他们总爱神秘兮兮地聚在一起畅谈政治内幕。有一天，我和老陈去他们屋里串门，恰巧碰见他们在讨论林彪和陈伯达的逸闻趣事。那些当初听上去匪夷所思的无稽之谈，在今天居然为大量的文献资料所证实，可见他们也不是一般人。

在二十刚出头的这批作者中，除了北村、姚霏和我之外，还有两位女作家。其中之一是来自加中国最北端加格达奇的迟子建，另一位则是沈阳军区创作组的庞天舒。可是尽管年龄相当，迟子建和庞天舒也不怎么乐意搭理我们。即便是在路上遇见了，她们也懒得用正眼瞧你。不管怎么说，这种男女作者不相往来的局面多少有点不太正常。而据姚霏说，打破这种壁垒的最好办法，莫过于我们主动去登门拜访。登门拜访的方法虽好，可时机的选择可能有些问题。一天中午，当我们敲响了女作家的房门之后，里面传出的声音竟然是“我们正在睡觉”。不过，房门总算是打开了。庞天舒将我们让进客厅，忙着为我们倒水沏茶。于是我们立即热烈地讨论起文学来。从中午谈到下午四五点钟，直到睡眼惺忪的迟子建从卧室里走出来。她露面之后的一番话，像是在和我们打招呼，可分明又像是在对我们冷嘲热讽：“我看你们聊了半天，也没聊出什么名堂来嘛！什么托尔斯泰呀，陀思妥耶夫斯基呀，不都是些文学常识嘛。文学常识又有什么好聊的呢？害得我一个下午没睡好觉！”

我们愣了半晌，除了落荒而逃之外，似乎也想不出更好的办法来。

多年后，我与迟子建成为很好的朋友之后，她仍向我抱怨说：那天下午，你们的烟抽得也太凶了。可见她当时对我们的印象有多么恶劣。

说起来，在青岛笔会期间，和我来往最多、关系最近的作家，既不是北村和姚霏，也不是我的同屋陈进轩，而是来自长春电影制片厂的韩志君和贵州作家李宽定。两个人都颇有人哥风范，到哪儿都愿意捎上我。到了笔会的后半程，我们三个人几乎有点形影不离了。老韩是著名的编剧，代表作是《篱笆，女人和狗》，而李宽定则是乡土小说的代表，根据他的小说改编的电影《良家妇女》也正在热映中。笔会结束后，他们去上海访友，正好与我同船。有一次我们在甲板上闲聊，老韩问我有没有女朋友。我说有过一个，不过刚刚分手。在一旁的李宽定就安慰我说：没关系，到上海之后，我再给你介绍一个。我以为他是说着玩的，哪里知道我们抵达上海之后不久，他真的不知从哪里找来了一个女孩与我见面。看来，在那个年代说话算数的，也不止王中忱一人。尽管那个女孩的修养和美貌让人一见难忘，但我却无法对她有任何表示，因为回到上海的第二天，一度分手的女友就与我和好如初了。

在此后的二十五年里，我与老韩再未谋面。至于李宽定，我们曾有过一段时间的书信往来。我也曾在一九八七年邀请他来华东师大做过一次讲演，后来音问日疏，渐渐地就失去了联系。

短文十篇

息夫人

楚宫慵扫黛眉新，只自无言对暮春。

千古艰难惟一死，伤心岂独息夫人。

——清·邓汉仪《题息夫人庙》

据徐承烈《燕居琐记》记载，明末时有一巨公，与泰州人邓汉仪相善。明亡时，汉仪劝他殉节，巨公不从。后来，汉仪游楚归，巨公问他有无近作，邓汉仪即将《题息夫人庙》一诗呈览。巨公读罢愀然不乐，遽患心疾而卒。

诗中“息夫人”一典，或出于《左传》。春秋时，息侯与蔡哀侯娶了陈国国君的两位女儿。息侯夫人息妫出嫁途经蔡国，哀侯与息妫相见时或有非礼之举，息侯一怒之下，引楚军攻蔡，俘获蔡哀侯。楚文王因闻息妫美艳，索性一并灭息。息妫归楚后侍奉新主，文王问她为何终日愁眉不展，一言不发，息妫答曰：“吾一妇人而事二夫，纵弗能死，其又奚言？”

我以为，这个故事引得后人津津乐道或者聚讼纷纷的关键，实源于息妫的这句答语。她既非慷慨赴死以全名节，也不是全无心肝，媚新主以邀荣宠。顺从之中不忘旧主，无言之抵抗情见乎辞。这句话说得很实在，本无暧昧之处，却将后世对此事的议论置于暧昧之中。不论是王维、刘长卿，还是杜牧，基本上都是在叹惋与同情之间打转转，其背后最重要的评价尺度，自然是所谓“临难不苟且”的道德铁律。为了让息妫的形象更完美一些，好事者敷衍出息妫与守城门的丈夫相遇的故事，并给予她再度自杀的机会，就毫不奇怪了。

邓汉仪的这首诗写于明清易代之际。那时候，关于士大夫死节问题的争论，正甚嚣尘上，愈演愈烈。死与不死固然是清浊的分界，就连早死和晚死也会成为月旦人物的依据。要理解这首诗的写作背景，钱牧斋临难之踌躇反复，本身就是一个很好的注解。邓汉仪仅凭这一首小诗而名载史册，亦非无因。末二句“千古艰难”与“岂独”的对应，寓意含蓄、深邃，并生发出无尽的感慨，其讽喻的对象，除了明末“巨公”之外，也指向芸芸众生，甚至包括作者自己。死之艰难，居然被当作一个问题提出来，在“慷慨赴死”的神话面前，也足以动人听闻。

颜习斋在读《甲申殉难录》至“愧无半策匡时艰，惟余一死保君恩”时，竟凄然泣下，废卷浩叹不已。痛定思痛之际，他评价人物功过的标准，已从“能不能死”悄然过渡到“是否有益于世”了。正因为如此，王昆绳才会说他“开二千年不能开之口”。

叔向的担忧

国将亡，必多制。

——《左传·昭公六年》

公元前五三六年，郑国子产命人“铸刑书”。按照杜预的解释，所谓的“铸刑书”，指的是将国家的法律条文铸于鼎上，“以为国之常法”。将国家法律公然铸于鼎上，目的无非是两个：其一是使法律彰显于光天化日之下，从而结束“刑不可知”的神秘化历史；其二，凸显法律不可改易的威严。子产铸刑鼎，在历史上意义重大，有学者将之视为中国第一部成文法的正式发布。

然而子产的这一做法却遭到了叔向的严厉批评。叔向是晋国著名政治家，孔子尊称他为“古之遗直”。邻国铸刑鼎一事，竟然让他移书子产，据理力争，可见此事非同小可。这封信开头就说：“如果我原先对你的政治主张还抱有期望，那么这种期望现在已经停止了。”失望之情，溢于言表。

叔向认为："民知有辟（法），则不忌于上。并有争心，以征于书，而侥幸以成之。""弃礼而征于书，锥刀之末，将尽争之。乱狱滋丰，贿赂并行。""国将亡，必多制。"子产的回信不卑不亢，倒也很值得玩味。他说："我不能遵从您的意见。我不才，不能像您那样长远地考虑子孙后代的事情，我的目的在于救世啊！"

在那封著名的信件中，叔向似乎倾向于将法律看成是一种不得已的手段。从表面上看，他的观点确有维护"礼制"的动机。但他真正感到担忧的，是"铸刑鼎"的后果——对法律的条文的种种利用，会使法律本身变成一纸空文，然后统治者必须用更多的法律条文加以补救，从而造成恶性循环。关于这一点，司马光在《资治通鉴》中引用叔向的观点时，把话说得更为明确："禁令益多，防闲益密。有功者以阂文不赏，为奸者以巧法免诛。"

实际上，叔向所要维护的"礼制"本身也具有法律的性质，从某种意义上说，甚至还高于子产的"成文法"，这也是中国传统社会以礼为本、以法为末这一信条得以维持的重要原因。两年前，我去哈佛访问，黄万盛教授曾向我提及，有一位韩国留学生写了一篇博士论文，题目似乎就叫作《礼：作为中国古代社会的宪法》。可惜的是，这篇论文我至今没有读到。

发生于二千五百多年前的这场礼法之争，也使我联想到了另一个问题。在西方，现代小说恰恰是伴随着对现代法律的质疑和批判而诞生的。从陀思妥耶夫斯基、卡夫卡到加缪，都是如此。

坑灰未冷

竹帛烟销帝业虚，关河空锁祖龙居。

坑灰未冷山东乱，刘项原来不读书。

——章碣《焚书坑》

唐代诗人章碣的这首诗，因毛泽东的重视，自上世纪五十年代至今，颇多学人引用。后两句语调冷峭，也很有幽默感。如今，“坑灰未冷”已近乎习惯用语，形容事变之速，常有出人意表者。

秦始皇灭六国而有天下，期望江山长存，帝祚永续，所虑亦不可谓不周。正如方孝孺在《深虑论》中所指出的，虑天下者，常图其所难而忽其所易，备其所可畏而遗其所不疑。然而祸常发于所忽之中，乱常起于不足疑之事。秦得天下，变封建而为郡县，以为兵革不可复用，天子之位可以世守。不意亡秦者实起于陇亩草泽之间。方孝孺的这番议论，与章碣《焚书坑》的寓意如出一辙。

作为一种极端化的政治尝试，“焚书坑儒”在历史上留下笑柄，自不足怪，但这件事本身却并不那么可笑。阿根廷作家博尔赫斯从中解读出来的，是一种人类企图消灭过去的记忆，让历史重新开始的冲动。类似的狂想，其实一直存在于古往今来的人类意识中。塞缪尔·约翰逊曾提到，在克伦威尔所召集的一次人民议会上，有人就十分严肃地提出，焚毁伦敦塔保存的所有档案，以便抹掉对过去的全部记忆，让生活重新开始。美国作家霍桑还写过一篇寓言故事，题为“大地的燔祭”：世界各地的人聚集在美国西部的草原上，燃起一堆篝火，烧掉包括书籍在内的所有与记忆相关的物品。博尔赫斯认为，和秦始皇一样，所有废除过去的企图都是徒劳的，因为人会做梦。即便没有书籍，人类也会梦见过去的一切。

不过，秦王朝虽二世而亡，却也在历史上留下了它的丰厚遗产。比如，以法家思想为中心的政治变革影响深远，在“变法”的旗号下试图借尸还魂的后继者，代不乏人。李贽认为，后代的政治家在指责“暴秦”刻薄寡恩的同时，并不影响他们私底下悄悄地使用“韩非之法”。当然，秦王朝对后世最大的馈赠莫过于郡县制的施行。这一制度垂两千余年而不能改易，足见其生命力。即便如此，还是没有多少人打算感谢它。王夫之在《读通鉴论》中就曾发表过这么一番著名的感慨：

鸣呼！秦以私天下之心而罢侯置守，而天假其私以行其大公，存乎神者之不测，有如是夫！

灌夫骂座

魏其之举以吴楚，武安之贵在日月之际。

——司马迁《魏其武安侯列传》

《史记》妙文，读之脍炙人口，常有手不能释卷者。诸多篇什中最令我啧啧称奇、百读不厌的，当属《魏其武安侯列传》。此文人物传神，事迹精微，世态人情亦无奇不备。另外，此文独有的平行映衬、互为镜像之叙事法，实为天工人巧，咀嚼涵泳，意味深长。

魏其（窦婴）和武安（田蚡）皆有外戚门第背景。魏其忠信而沾沾自喜，武安险谲而纨绔恣骄；魏其奋迹戎行，以平吴楚之乱而名显，武安一无所能，倚宠怙势而身贵；魏其贵时，武安逢迎侗酒，跪起如其养子，武安势炙，魏其失意息影门墙，竟遭杀身之祸；魏其有一姑妈窦太后，武安有一姐姐王太后；魏其有窦太后而不知倚重，反而屡屡得罪，武安则因椒房之亲而横行无忌，连武帝也无可奈何。

由于采用了对举映照的叙事方式，作者写魏其，实际上也在写武安，反之亦然。魏其为正笔，武安就为陪笔，反之亦然。一正一陪，一明一暗，如此分分合合，一路写来，犹如三月望桃花春水，杳渺飘忽，让人茫然不知其际涯。景帝崩而窦太后亡，武帝立而王太后起，原先两人在伯仲之间，至此彼此消长，冷热悬殊，一篇合传似乎已有收结之势。不料斜刺里忽然杀出一个灌夫，又搅得风生水起，原来好戏还没开场。文章也奇峰突起，波诡云谲，叙事散朗多姿，实有鬼神不测之妙。

灌夫骂座的故事，想必读者耳熟能详，此不备述。毫无疑问，灌夫的酒后一怒，是整个故事急转直下的关键。魏其与武安的正面对决，似乎势所难免。即便如此，魏其如洞悉时变，及时收手，仍可免祸。然而魏其明知灌夫不能救而必救，朝堂对决不惜孤注一掷，救之不得，竟然祭出所谓先帝遗诏，明摆着是自己要往死路上走。灌夫不过是时常惹祸的一介武夫，魏其何以会锐身相救？倘若一定要细较个中关节，最好的办法是将文章重读一遍。

作者的文字确实有一种迫使你随时重读的力量。比如说，如果你实在不知道汉武帝在对待二人恩怨上的真实态度，如果你弄不清始终没有出场的淮南王为何也是故事的一大伏笔，如果你对韩安国、籍福等汉代人物微妙的言辞感到困惑难解，除了把这篇文章重读几遍，还有什么更好的办法呢？

尼采与音乐（上）

没有音乐，生活就是一个谬误。

——尼采

青年时代的尼采迷醉于狄俄尼索斯的智慧——它既是尼采哲学的出发点，也是最终的栖息地，而音乐则是哲人孤独旅程的第一推动力。对早年的尼采来说，音乐不仅仅是一种欲望和娱乐的方式，同时也是一种预示着幽暗命运的深刻激情。在尼采看来，人的世俗欲望可以分为不同的等级，被他排在第一位的是音乐的即兴发挥，紧接着是瓦格纳的音乐，再往后才会轮到我们这个世界最大的“真理”：肉欲。尼采本人喜欢坐在钢琴前即兴地弹奏，后来还一度尝试作曲。他所创作的音乐作品被瓦格纳称为“可怕”，但在很长一段时间之内，瓦格纳仍然将尼采视为自己最重要的知音。比如说，瓦格纳在一八七二年六月二十五日给尼采的一封信中就这样说道：“除了我的妻子，您是生命给我带来的唯一收益。”

不用怀疑尼采在音乐方面的精深修养。事实上他的音乐趣味也非常宽泛——除了瓦格纳之外，他迷恋舒伯特、贝多芬、舒曼，当然还有瓦格纳艺术上的死敌勃拉姆斯。他对勃拉姆斯的重视，也是他和瓦格纳友谊破裂的原因之一。我们或许也可以从尼采对欧洲近现代音乐创作所产生的影响来描述他与音乐的关系。举例来说，理查·斯特劳斯所创作的《查拉图斯特拉如是说》名闻遐迩，而马勒也一度将自己的音乐作品命名为“快乐的科学”。

不过，在尼采那里，“音乐”一词也许还有更为深邃、复杂的含义。有时候，它是“艺术”的代名词，而艺术则是人类面对虚无、没有任何目的的世界的最后慰藉；在更多的场合，音乐被尼采描述为一种“解放的力量”，是我们了解世界隐秘和真相的主要途径。对此，列维-斯特劳斯也表达过类似的见解：在音乐中也许存在着人类最后秘密的钥匙。

对于音乐的研究和思考，在尼采的哲学中始终扮演着重要的角色。他在研究古希腊戏剧的过程中，将语言和音乐进行了区分。他认为舞台的戏剧语言是理性的、阿波罗式的；而来自合唱队的音乐则属于狄俄尼索斯的智慧，暗示着另一个世界的真相。那是一个秘密、危险和幽暗的世界——至少在尼采看来，这是自苏格拉底以来的理性主义故意忽略掉的一个世界。

当然，如果我们要寻找一个最合适的形象来说明尼采和音乐之间的关系，这个形象只能是塞壬。

尼采与音乐（下）

不论是康德、叔本华、尼采，还是海德格尔或阿多诺，他们都习惯于将所谓的“真实世界”形容为幽深浩渺的海洋。在康德那里，这个世界被称为“物自体”，到了叔本华，它被表述为“意志”，尼采则是“狄俄尼索斯”，而海德格尔和阿多诺则分别将它称为“存在”和“自然”。然而这个世界并非空洞无物。在幽暗和沉寂的最深处，永恒的歌者塞壬一直在发出令人魅惑的歌声。

塞壬是恐怖与美丽的复合体。它显示出希望和诱惑，也预示着倾覆和毁灭的危险。由于塞壬的存在，水手和航海者永远处于两难的悖论中。面对歌声的诱惑，你当然可以选择回避，远远地绕开它以策安全，也可以无视风险的存在，勇敢地驶向它。据此，人的生活也被划分为两种基本类型：安全的生活和真正的生活。

早年的尼采一直试图寻找第三个选择。他最终找到的一个差强人意的象征性人物，正是奥德赛。奥德赛所发明的办法，是命人将自己绑在桅杆上。这样，他既可以聆听塞壬的歌声，又不至于因诱惑的迷乱而葬身大海。而在《启蒙辩证法》中，阿多诺再次讨论了奥德赛这一形象。与尼采所不同的是，阿多诺认为奥德赛所选择的不是什么别的东西，正是为尼采所批判的苏格拉底式的“理性”。也就是说，奥德赛是比苏格拉底早得多的理性主义的源头之一。

文明、宗教、理性乃至科学为人的生存提供了越来越多的保护，同时也是对塞壬歌声的远离和忽略。“祛魅”一词生动地揭示出这种保护所遗漏的部分。尼采曾多次感慨说，假如我们听任理性的指引，对塞壬的歌声充耳不闻，那我们可怜的生活中就只剩下了两样东西：生意和娱乐。

从某种意义上说，与尼采同时代或稍后的小说家们似乎也遇到了同样的悖论和虚无。和尼采一样，陀思妥耶夫斯基也深深地浸透在所谓“后塞壬时代”的悲哀之中，只不过他选择的道路与尼采完全相反。尼采选择了非理性的“超人”，陀思妥耶夫斯基则选择了非理性的谦卑。托尔斯泰所发现的自我拯救的道路是“激情”。他和海德格尔曾经不约而同地宣称，没有激情，生活其实毫无意义。《安娜·卡列尼娜》就是塞壬神话的另一个版本，作者在安娜身上寄托的激情正是对卡列宁式“安全生活”的悲剧性反抗。卡夫卡似乎把塞壬变身为不可企及的城堡。对于理性的反抗，可以是激情、癫狂，乃至于游戏，卡夫卡则贡献了一个新概念，那就是孩子气般不管不顾的任性——

这正是卡夫卡寓言的最大隐秘。

《新五代史》

不阅薛史，不知欧公之简严。

——赵翼《廿二史札记》

欧阳修撰《五代史记》(后世称为《新五代史》)的出发点之一，在于他认为官修的《五代史》(薛居正等撰，史称《旧五代史》)繁琐失真，未能起到垂戒后世的作用。欧阳修一反薛史的做法和体例，重褒贬，尊义理，深得《春秋》和《史记》笔法之精微，历来为史学界所称道。陈寅恪在《赠蒋秉南序》中曾说："欧阳永叔少学韩昌黎之文，晚撰《五代史记》，作义儿、冯道诸传，贬斥势利，尊崇气节，遂一匡五代之浇漓，返之淳正。故天水一朝之文化，竟为我民族遗留之瑰宝，孰谓空文于治道学术无裨益耶?"赵瓯北也称赞此书"寓春秋书法于纪传之中，虽《史记》亦不及"。

五代之篡弑相寻、奇祸相续，几至于朝不保夕，在中国数千年历史上，巨创深痛恐无出其右者。五代于中原历梁、唐、晋、汉、周诸朝，在其他地区，也有吴、南唐、前蜀、后蜀、闽等十国之割据政权。以中原而论，历时五十三年，易五姓，有十三君；在这些君王中，被弑而不得善终者，竟有八人；长命的王朝不过十多年，短的也就三四年而已。推究考辨这五十三年的历史，首先遇到的问题，就是乱世的由来，也就是说，这样一个骨肉相残、人伦夷灭的时代是如何造成的？如果说，“唐肇五代之乱”是一个历史共识，如果说，安史之乱所导致的藩镇割据是五代的源头之一，那么，对唐代的政治、文化和典章制度本身加以检讨就十分关键——这恐怕也是宋代政权一反唐弊，在政治制度方面开出新局的原因之一。

欧阳修在《新五代史》中，对制度方面的考量尤为留意。此前他与宋祁在编撰《新唐书》时，对典章制度的重视众所周知，细大不捐，论辩不厌其烦。由于五代实无任何稳定的“制度”和礼乐文章可言，所以，当他发出“呜呼，五代礼乐文章，吾无取焉”这样的悲叹时，其内心的沉痛可想而知。但我觉得，欧公在这部历史著作中最为关心的荦荦大端，仍在道德层面。所谓礼乐崩坏、纲常道绝、世道人心鱼烂而不可救。这与后来黄宗羲、顾炎武总结明亡教训的思路一脉相承。用钱穆的话来说，所谓乱世，先乱在我们心上。要挽救时弊，首先得匡风气，正人心。

不过《新五代史》最让我折服的地方，莫过于它的春秋笔法：辞近义远，褒贬精审，确乎当得起赵瓯北所推许的“简严”二字。

安重诲

独见之虑，祸衅所生。

——欧阳修《新五代史》

明宗李嗣源是后唐的第二个皇帝，庄宗李存勖的养子。在位七年，于五代之君王中最为长世。此人虽以谋反弑君而登上大位，但历史上对他的评价还不错。欧阳修借助于所谓的“长老”的称誉，说他为人纯质、宽仁爱人，不近声色、不乐游猎。在位时兵革稍息，年屡丰登。其实正面评价只有一句：爱民恤物，有意于治。至于说他宽厚待人，欧公虽也附和，但也不忘了立刻加上一句：果于杀人。

明宗自己是以养子的身份弑君而当上皇帝的。问题是，他自己也有一个养子，那就是潞王从珂。也许明宗内心要拼命忘掉自己是如何当上皇帝的吧，他把养在身边的这个潜在祸患也一并忘掉了。从珂的反骨，早已被枢密使安重诲看在了眼中。当时，枢密使的职位与宰相差不多，他的实际权力很可能还高于宰相。这从安重诲矫诏杀宰相任圜，而明宗竟不能究一事，可以看出端倪。

安重诲自幼追随李嗣源，为明宗的江山做了无数大事，可谓尽忠劳心，鞠躬尽瘁。但安重诲一生中最想做的一件事，其实是为明宗剪除作为肘腋之患的潞王从珂。此事功败垂成，直接导致了后唐的覆亡。安重诲明敏谨恪，自奉甚俭，但恃功矜宠，势动天下。他擅斩马延，诬杀宰相倒也罢了，居然还在皇帝身边安排了谍报。到了后来，甚至连皇帝都怕他。河南县给皇帝献了嘉禾，他说是假的；夏州人献了白鹰，皇帝居然要偷偷运进宫中，训诫左右“勿使重诲知也”。潞王当上河中节度使后羽翼渐丰，重诲遂加快了除灭从珂的步伐。他用的办法，竟然是遣亲信杨彦温领重兵直接下手，事败之后，又不得不杀彦温以灭口。这就犯了大忌。当明宗说自己贵为天子，竟连儿子都不能庇护时，重诲危矣！不久后即被罢官，与妻子一并被扑杀于家中，儿子崇绪、崇赞旋亦被杀。

安重诲的悲剧，读上去也颇有喜剧性。用今天的话来说，重诲把皇帝的事完全看成了他自己的事，他要为皇帝除奸，可皇帝却“吾儿吾儿”地叫得亲切呢！他在临死前犹耿耿感叹：“我固当死，但恨不与国家除去潞王。”对于这个人物的悲剧，欧阳修只用了八个字来概括：独见之虑，祸衅所生。从这八个字，也可以看出，当时朝廷的礼仪和典章制度溃烂到了什么程度。

从珂后来果叛，明宗子嗣被悉数杀尽。从珂本人当了几天皇帝后，很快被石敬瑭攻陷都城，自焚而死，余骨葬于道旁，其土一陇，路人皆为之悲。

《鲁拜集》

我叫我的灵魂去那虚无之乡，
对身后的情况进行探访；
慢慢地他又回到我的身边，
回复说：“我自己就是地狱，也是天堂。”

奥玛·海亚姆《鲁拜集》

有一天下课后，我的一位学生告诉我，她打算根据爱德华·菲茨杰拉德的英文本，重译波斯经典《鲁拜集》。我当时有点吃惊。据我所知，在中文世界，翻译过《鲁拜集》的人已多达五十位。我所担心的是，《鲁拜集》虽然只是一本包含一百零一首四行诗的小册子，但对于仍在读本科的学生来说，翻译此作实属不易。她是外语系的学生，看懂菲茨杰拉德的英文也许不难，但要弄清楚书中涉及的大量历史、宗教和文化典故，还得具备阿维斯陀、波斯、梵语以及拉丁文等相关领域的语文知识。我唯有鼓励而已。

多年前，我在阅读列夫·托尔斯泰的《忏悔录》时，为查找一个典故的出处，偶然接触到《鲁拜集》。这部由奥玛·海亚姆于十一世纪创作的四行诗集，使我对于"东方"这一概念，有了更深的理解。到了十九世纪初，菲茨杰拉德将它译成英语后，《鲁拜集》早已成为英语世界公认的经典。我想，菲茨杰拉德显然不是第一个翻译此书的欧洲人，实际上，波斯文化对欧洲思想界的影响由来已久。而波斯文化在近代启蒙运动中所扮演的角色，尤其值得关注。孟德斯鸠曾用两个波斯贵族的眼光打量巴黎（《波斯人信札》），尼采的《查拉图斯特拉如是说》中的那个"Zarathustra"，即为波斯拜火教的始祖琐罗亚斯德。歌德对菲尔多西的《列王纪》十分称赏，他在《浮士德》中对"魔鬼与天使集于人类一身"的思考，与《鲁拜集》中"人既是魔鬼，又是天使"的描述如出一辙。至于托尔斯泰那句"天国就在你的心中"的名言，在《鲁拜集》中早已多次出现。

众所周知，波斯文化受到了印度和伊斯兰文化的影响，也深刻地影响到希腊文化。而拜火教最早是由说阿维斯陀语的雅利安人创立的，其先知琐罗亚斯德的出生地，很可能是在今天的阿富汗。这片横跨欧亚非的广袤地区，历来被称为文明的摇篮，这一地域的文化与世界文明史的进程究竟发生了怎样的关联，不免使人有了更多的想象空间。

作为一个中国读者，我们在阅读《鲁拜集》时会感到十分亲切。书中哀叹人生苦短，劝人及时行乐的哲学理趣，在中国古典诗歌中比比皆是；它既反对禁欲，同时又反对纵欲，拒绝天堂和地狱，重视合理的人生享受，与中国文化的世俗伦理也多有暗合之处。

鹤西

看得梅花忘却月，
可怜人影不如香。

去年购得鹤西先生翻译的《鲁拜集》，一直置于床头，临睡前总要时常翻一翻。世界图书出版公司的这个译本，只收录了七十五首译作，但书中附有菲茨杰拉德的英译原文，且有刘乐园先生的注释，使我这样一个英文不佳的读者也能对照参看。古人说，读其书，想见其为人。我在读奥玛四行诗的时候，眼前不时浮现的形象，往往不是原作者奥玛，而是中文译者鹤西先生。

一九九八年底，我在着手写一篇关于废名的论文，知道与废名相交颇深的程侃声（鹤西）先生住在昆明，遂从倪伟先生处打听到他的地址，想去昆明农科院拜访他。我打算等论文有了大致的眉目之后，再去登门请教，不料很快就传来了他去世的消息。在查阅与废名相关的资料时，“鹤西”这个名字常常跃入眼帘。在《莫须有先生传》中，废名甚至将鹤西写入了小说，两人交往之频密，可以想见。在《怀废名》一文中，鹤西曾提到，废名曾经给他写过一联（后者裱起收藏）：看得梅花忘却月，可怜人影不如香。这是废名惯常的文字，可鹤西先生却认为这句话一语成谶。联系到鹤西后来的人生路径，似乎话中有话，很耐人寻味。

鹤西先生二十世纪二十年代即享有诗名，同时也是一位崭露头角的翻译家。他存留于世的作品不算太多。除了这本薄薄的《鲁拜集》外，他曾出版过《初冬的朝颜》，去世后有《鹤西文集》行世。与废名一样，他的文学趣味近乎庾信和李商隐一途，文字清新，想象绮丽，别有韵致。他喜欢“淡淡的哀愁”，沉醉于“寂寞的欢喜”。以为人生犹如花开，云散花谢之后，果实却结在自己的心里。这样一位才华横溢且修养深湛的文学青年，却早早结束自己的文学生涯，昙花一现，不免使人嗟叹不已。

刘乐园先生在《鲁拜集》的出版后记中曾说：一九二九年，

（鹤西）先生发现自己的译作有被抄袭的迹象，在《华北日报》表达了疑问，遭到了周樟寿护短的、指鹿为马的猛烈抨击，鹤西由此退出文坛。他所提到的这个“周樟寿”指的就是鲁迅。关于鹤西与鲁迅先生的这段公案，扬之水和韩石山等人都有文章论列此事，此不赘述。据说，许广平后来听说这件事，也认为鲁迅是上了别人的当。

鹤西先生后来成了著名的水稻专家，曾任云南农科院院长。晚年的鹤西，或许才明白废名“梅花”与“月”的意象，似乎别有所指。研究水稻之余，翻译《鲁拜集》也许就成了他最后的寄托了吧。

当代文化与环境的对立

环境问题既不是一个简单的技术问题，也不是一个单纯的权利和道德问题，而是一个文化问题。文化是自然的对应物，早期文化注重人与自然的交流；现代市场经济的文化，将财富和资源占有的多少作为衡量一个人价值大小的最重要（甚至是唯一）的尺度，刺激超级消费，加深了人与自然的隔离，付出了沉重的环境代价。展望未来三十年环境问题，对控制并塑造我们的社会和文化话语进行批判性反思，尤为重要。

一

尽管环境危机的解决离不开科学与技术，但从根本上说，环境问题并非一个简单的技术问题。举例来说，通过技术手段的革新，垃圾处理的方式可以由掩埋变为焚烧，从而减少土地和水资源的污染。但焚烧所产生的二噁英对大气的污染随之成了另一个问题。同样，水力发电对环境的污染，较之于火力发电可能要小很多，但江河截流所导致的生态、气候、移民问题同样严峻。核能发电也许是无污染的，但核废料又如何处理呢？乐观的科学主义者总是向我们许诺说，通过污水处理、垃圾发电，通过对风能、海洋温差和潮汐的利用，通过科技的进步，将能够一劳永逸地解决包括二氧化碳排放在内所有的环境问题。如果情形果然如此，也许《京都议定书》就没有必要签署，刚刚结束的哥本哈根会议，也就没有必要为排放问题讨价还价、争吵不休了。

既然环境的污染和排放不可避免，那么由谁来承担污染和排放的后果，似乎是唯一的问题。我们生活于“同一个地球”的暧昧观念，不仅会激发起我们保护环境的意愿，也会极大地掩盖污染状况和后果的轻重缓急。发达国家或许可以通过转移污染物或直接将污染企业建在贫穷国家，从而将污染的代价最小化。其实在不发达或发展中国家的内部，污染转移（主要是向农村或偏远地区转移）也一直在进行。而这种转移所导致的后果更为严重，因为土壤和水源的污染也许更为致命。广东、北京的一些地方最近几年连续发生的阻止建造垃圾焚烧厂的群体事件，使我们清晰地看到这类问题的尖锐程度。尽管如此，我同样不认为环境问题是一个单纯的权利和道德问题。

某些发达国家向索马里海滩倾倒工业垃圾和核废料，但那里出产的优质金枪鱼，却是销往全世界的；在北美的一些物种保护示范区，尽管当局规定，在保护区周围数百公里范围内杜绝所有的污染源，但那里的动植物仍然在生病，因为它们对于高空中污染物的飘移和播撒毫无办法。美国的一些科学家对海洋温度升高导致的后果忧心忡忡，也许不仅仅因为冰川的融化速度，还有海洋中蛰伏的有毒沼气。如果这种毒气大面积喷发，地球上只有很少的生物能够幸存。人类对于这样一个几乎是可以预见的灾难性后果置若罔闻，我们也许可以将它归结为人类的贪婪和惰性。可是这种贪婪和惰性是从何而来的呢？它是人类的本性使然，还是一种“文化”的直接后果？

只要我们简单地回顾一下环境保护的历史，即可看到，那种通过“狼来了”一类的危言耸听或道德批判来唤醒我们的环保意识的做法，在今天已经效果有限。最明显的例子之一，就是我们每个人并非不知道如今环境问题的严重程度，我们只是假装不知道罢了。我们可以一方面为环境污染义愤填膺，一方面根本不愿意为减少排放而少开一天车。而像《2012》这样的电影，其隐含的道德悖论之一，是它在敞开了环境问题的最严重后果的同时，将这种后果作为大众娱乐的一部分，既消解了灾难，也从根本上混淆了所有的价值前提。对环境问题的关注，也是国内外很多时尚杂志或生活杂志的时髦话题。它们一方面不遗余力地大谈环境危机，一方面几乎是每隔一页就会有一幅巨大的汽车和奢侈品广告。它表面上是在提出问题，实际上是在掩盖甚至在加深环境危机。严格地说，导致环境恶化的罪魁祸首，即内化于我们的欲望之中。或者说，它正是文化的隐秘特性之一。

二

最近返乡，我发现“污染”这个词竟然已经频繁地出现在那些质朴的农民们的口中。常听到村里的老人说，原先每天都会出现于自己视野中的圌山（西距江苏省镇江市区三十公里），现在已经看不见了。污染物像一条灰黄的毯子，将山脉与村庄隔开了。在所谓“沿江开发区”的规划中，我的老家不幸被资本看中，成了镇江地区的化工新区之一。谈到污染问题，村民们也面有忧戚。老人们会用说书艺人般的口吻提起五六十年前的山川秀丽，风清月白，说起长江上成群结队地嬉戏的江猪（江豚），而村庄及邻近地区癌症患者的渐渐增多，也使他们隐隐感到不安。但他们更愿意自豪地向我提及另一类“新事物”，比如，镇上五星级的宾馆，六车道的马路，亚洲最大的造纸厂，像雨后春笋般冒出来的化工企业，那些高鼻子、蓝眼睛的“外国专家”……当被问及他们是愿意生活在过去那个风光秀丽的山村中，还是愿意生活在如今灰蒙蒙的“现代化”城镇中时，他们的回答不假思索、异常坚定：“当然是现在啦，今天的生活是过去做梦也不曾梦到过的啊。”

我知道这个答案一点也不可笑。因为在某种程度上，它也是我们的答案。

尽管环保人士可以轻松地诅咒说，抽水马桶的发明，是人类文明史的灾难之一，可事实上我们一天也离不开它。我们对它的依赖是双重的：身体对作为一种便利的生活设施的依赖，以及心灵对作为一种文明象征物的依赖。而作为风景的圌山在我们的视线中消失，本身也就成了一个隐喻：作为欲望的选择，以及作为选择的代价。将圌山与我们隔开的肮脏空气，归根到底正是文明或文化的分泌物——它作为多出来的东西，人为的东西、附加的东西、奢侈的东西，与文化本身具有完全相同的基因。

文化是自然的对应物。相对于自然来说，文化的创造物本身就是多出来的东西，是奢侈的东西。自从人类诞生以来，文化就一直与自然处于对立面。在文化与自然的争斗中，文化不断地试图对自然进行控制和驯服，并在它的领地添加填充物和装饰物。

人与其他动物一样，本来都是自然的产物，或者说是自然的一部分。人类无时无刻不在与自然进行交流。在久远的过去，这种交流是直接的、无碍的。人类的一切美好、伟大和崇高的思想和情操，无一不是自然的赐予，无一不得到自然的哺育。中国传统文化中最隐秘、最深刻的内核都是俯仰天地、取譬万物、与自然无碍交流的产物，哲学观念、历史观、文学与艺术趣味无一不得到大自然的直接滋养。可以说没有这种交流，就不会有《诗经》的产生。所以顾炎武说，三代以上，人人皆知天文。“七月流火”，不外是农夫之辞；“三星在户”，无非是妇人之语；“月离于毕”，正是戍卒之作；“龙尾伏辰”，亦是儿童之谣。因为这种直接的交流在后世受到越来越多的阻隔，所以顾炎武感慨说，后代的文人学士，对于自然和天象竟然茫然不知。

我甚至认为，《庄子》的全部哲学思考，都来源于对这种交流被阻塞的恐惧和忧虑。庄子的本能冲动之一，就是除去所有文化附属物的痕迹，而重新与自然融为一体。他所质疑的对象，除了智、欲之外，还直接指向文化本身。在他看来，“圣人之利天下也少，害天下也多”，故而“圣人不死，大盗不止”。正因为“小人以身殉利，士以身殉名，大夫以身殉家，圣人以身殉天下”，所以他心目中的理想国的出现，当然只能是通过绝圣弃智，对欲望进行最严格的控制，“民结绳而用之，甘其食，美其服，乐其俗，安其居”。这里的“身”的概念极为重要，因为“身”象征着人的基本需求，而“身”以外的一切都是文化的产物。庄子的清静无为，所谓“无为而尊者为天道，有为而累者为人道”，带有明显而强烈的反文化特征。

中国文学历来重视自然物象。仅仅“抬头望月”这样一种简单的交流方式，在古典诗文中即多得不可胜数。人与自然的交流一旦被阻滞，与自然为一体、与天地为一体的朴素观念，在今天就会变得深奥难解。不用说非功利性人格、超越性的情感、真正的智慧和想象力会受到损害，就连一般的感情交流也会急剧地贬值。

有一次，在看王超的电影《江城夏日》，片中的一个场景令人哭笑不得。故事发生在武汉，片中的男女主人公手拉手在江边散步，谈情说爱。女孩忽然有了抒情的兴致，就动情地对男友道：你看，天是多么的蓝啊！可是镜头拉开，观众所看到的武汉的天空竟然是灰蒙蒙的，几乎什么也看不见。不要说蓝天，有没有天都很难说。观众中有人发出笑声。我一度以为王超在这里使用了反讽，但仔细一想又似乎不合剧情。我曾当面问过王超这个问题，可他照例是笑而不答。武汉的天空就是如此，王超又有什么办法？他又不能像那些国际大导演一样，干脆移花接木，去哈萨克斯坦或加拿大进口外景。

然而，从另一个方面来说，人类正因为拥有了语言和文化，才最终将自己与动物区分开来。如果没有文化的参与，人也就彻底丧失了其存在的依据。因此，文化是人类的天性，拥有文化，也是人所以为人的最重要的标志。人类发明语言、工具，建立社会组织，发展文明来显示自己的力量和存在，是一种必然选择。随着文化的发展，人与自然的隔离也是一种难以改变的趋势，或者说是文化的必然后果。

小时候，我曾经对资本家将牛奶倒入大海这一行径所蕴含的“经济学常识”百思不得其解。不过，我智商的平庸至今没有任何改变。因为我对于时下很时髦的、想尽一切办法来扩大和刺激内需，并将它作为拯救经济首选的方案，仍然觉得不可思议。需求为什么需要刺激呢？难道我们饿了，手中又有钱，还不知道吃饭，冷了还不知道买衣服，还需要有什么外界的刺激吗？如果我已经吃饱了，又受到了强烈的刺激，继续吃下去，那么除了消化不良和糖尿病，还会有其他的结果吗？有人说，当代经济学或资本主义文化逻辑所关心的并不是你得不得糖尿病，它关心的是消费和购买欲。另外，你得了糖尿病也不是什么坏事，因为医疗方面的消费顺便也被刺激起来了。在一定意义上，所谓的刺激需求，所刺激的并不是简单的日常生活所需的消费需求，而是通过一种特殊的文化观念所灌输并建立起来的超级需求，也就是卡尔·马克思在《经济学哲学手稿》中所发现的那种过剩性需求。它所刺激的是一种过剩性欲望，而无休止的欲望本身正得益于文化的哺育。

从文学的领域来说，这种被文化建立并无限放大的欲望和需求，并不是今天才被我们感知并认识的"新东西"。实际上，歌德笔下的浮士德，就是一位欲望化的资产阶级主人公。按照伊格尔顿的说法，莎士比亚在《威尼斯商人》和《李尔王》中，也将这种文化视为一种过剩物，一种超过严格生活所需的过剩物。李尔王的女儿就是这样一种过剩性的牺牲品，正如她那残酷的宣言所总结的：需求是没有理由的。在西方，对这种过剩性文化机制展开最严厉批判的当属尼采。他甚至模仿上帝的口吻对我们警告说，地球有时也会生病，其中有一种病，就叫作人。这是当代企图通过极端的反人类观念，来主张自然权利的形形色色的文化虚无主义的重要源头之一。这当然是对尼采思想的有意曲解。

雷蒙·威廉斯曾经正确地指出，文化在自由资本主义全盛时期所发挥的那种作用，是解决问题的重要手段，而今天它成了问题本身。这个曾经呵护我们成长，指导我们应对和改造自然、使人成为人的文化，如今正在迫使我们付出沉重的代价。

三

钱穆在解释“为富不仁”时曾坚持认为，“为富不仁”是无条件的。言下之意，只要“为富”，一定是“不仁”的。在《圣经》（马太福音）中，也有所谓富人进入天国，要比骆驼穿过针眼还要困难的说法，耶稣的表述也同样是无条件的。按照现代经济学的阐释，富人“创造”了大量的物质财富，“带来”了大量的就业机会，为社会做出了巨大的贡献，是我们这个时代当之无愧的英雄，你怎能说人家“不仁”呢？当然，按照经典马克思主义的理论，上述表述本身就是对真相的故意颠倒，这里暂且不论。仅仅从资源占有和消耗的方面而言，我们也不难发现，这种“不仁”实际上也是不容辩驳的。在总体社会资源恒定不变的前提下，富人实际占用了绝大部分资源，穷人自然所得甚少。到了极端的状况下，就会上演杜甫所说的“朱门酒肉臭，路有冻死骨”这样的人间惨剧。根据最近的统计数字，即便是今天的社会，全球至少仍有十二亿人处于饥饿之中。

让穷人在追赶富人的道路上疲于奔命，让富人为了甩开穷人而一骑绝尘，固然可以极大地刺激消费和生产。然而我们不应忘记，对过剩性的追求，不仅仅是富人的天性，也是穷人的天性。再说今天的穷人做梦都想成为明天的富人。对超过基本生活所需的消费需求的人为刺激，最大限度地激活人的欲望，如果遇到资源限制的瓶颈，我们将如何自处？举例来说，假如我们认识到中国全部的水资源尚无法支持十三亿中国人每天洗一个热水澡，那从社会公正性的角度说，我们让谁不洗澡呢？再说，一旦穷人领悟到，在当今时代，他们在有生之年，想尽一切办法，也无法赶上富人的步伐，而贫穷已经被我们的文化“定义”为耻辱的时候，这些占人口绝大多数的穷人会如何行动，会产生怎样的社会、文化和道德后果，几乎已无须讨论。

不论是在西方，还是在中国，传统社会对于豪富和奢侈的警惕、反省和批判从来没有停止过。相反，文化和社会所倡导的首先是知足和勤俭。中国儒家文化虽然不像佛教那样从根本上否定人的欲望，但对于过分的纵欲一直持否定态度，所谓富贵不能淫。那么，奢侈和纵欲，怎么会堂而皇之地成了今天人类的“共同价值”？对财富和资源占有的多少，怎么会成了衡量一个人价值大小的最重要（甚至是唯一）的尺度呢？

记得小时候读巴尔扎克的《欧也妮·葛朗台》，总觉得这个吝啬鬼的形象，与吴敬梓笔下的“严监生”有几分相似。但仔细想想，又觉得这两个守财奴不太一样。到底是什么地方不一样呢？守财的严监生，表面上看是为了节约灯油，称得上是一个环保主义者，而实际上，正是出于对占有物的贪婪，他才在占有的惯性下被欲望所反制。而葛朗台的吝啬则是为了侍奉他的上帝。他的目标自始至终都非常清晰——为以后在天国占据一个好位置而拼命积累世俗的财富。其逻辑与新教伦理和资本主义文化精神完全一致。因此我们可以说，严监生这样的人是属于“前现代的”，他的可笑源于欲望的偶发性迷失，而葛朗台则是现代资本主义文化的实践者和牺牲品。

众所周知，除了利润之外，资本没有其他目的。资本家既然可以将牛奶倒入大海，他们当然也可以劫持政府，干预国家机器。比如，像美国资本家曾经做过的那样，通过故意延后或取消公共交通的建设，迫使消费者购买汽车。当然他们也可以控制言论、媒体和话语，培育并塑造他们认为理想的消费者。这就造成了目前社会中司空见惯的滑稽局面：富人大多以慈善者的面目出现，进而被包装成“救世主”一类的角色，而作为污染祸首的跨国资本和企业，反而成了“环保英雄”。

因此，中国的环境问题，从根本上来说是一个文化问题。正如我们反复强调的那样，对过剩性的追求，或者说对文化的依赖，是人类的天性之一，我们当然不可能从根本上取消文化，重新回到茹毛饮血的时代。不过，正因为文化无处不在，它不仅为我们的欲望赋予了具体的形式，也为社会建立了复杂的价值系统。当我们展望下一个三十年环境问题的时候，对文化本身，对控制并塑造我们的社会和文化话语进行批判性反思，就显得尤为重要。

物象中的时间

物象本是一个空间概念，可往往却成了时间的贮存器。所谓“浮云一别，流水十年”，如果没有物象的提醒，我们也许根本就看不到时间的变化。落在院子里的雨，也曾落在迦太基；而晴光潋滟的西湖水，也曾洗掉多少前朝歌姬的胭脂粉；照亮了姜公馆陪嫁丫鬟凤箫枕边的融融月色[1]，也曾照亮白流苏寂寞的窗帷[2]。

形形色色的“物”，占据了我们生存的空间，也占据了我们纷乱的记忆。如果说时间之箭如奔流东去的长江之水，一去不回，那么江边萧萧的芦笛，却总是让曾经的过去，一次次返回我们的冥想与记忆，重现当年的羽镞之声。中国文学传统中的追忆之光，模糊了过去、现在与未来，让物理时间的真实性变

1　张爱玲：《金锁记》。

2　张爱玲：《倾城之恋》。

得不堪一击，从而使我们恍若隔世，不知今世何世，今夕何夕。

中国传统诗文和小说中的物象，从来都不仅仅是一个场景或道具意义上对象化的存在——如铺叙场景陈设，以展现人物活动环境；描写山川风物，以展现大自然的壮美；呈现日用起居之器皿，以暗示人物身份；等等。中国文学中的物象更多地被表现为一种“意象”，可以“赋”，可以“比”，也可以“兴”。它投射和寄托了太多的人类情感和过往记忆。从某种意义上说，“物”就是“心”的外在形式。一方面，泪眼可以问花，人与隔雨而见的红楼，也可以心物相望，彼此窥探心思；另一方面，物象恰恰是时间流逝的见证，是时间箭镞的回响，是瞬息万变的时间之物中较为恒定的标识物。一个普普通通的物象，不仅可以瞬时复活全部的历史记忆，而且可以穿越未来之境，擦去时间全部的线性痕迹，因为中国人相信“后之视今，犹今之视昔也”。

中国人用来记述、追忆时间的物象通常有两类。第一类是名胜古迹，它作为历史遗存，大至巍峨的城池宫殿、巷陌街道，小至埋入沙中的箭头、坐轿前的断肠銮铃。将箭头磨洗即可听到前朝的萧萧马嘶，而感慨东风周郎、铜雀春深；夜雨闻铃则令人肠断欲绝，仿佛连行宫的月色也凄冷刺心。刘禹锡于长庆四年（公元八二四年）从夔州刺史任上调至和州。他在顺江而下，途经著名的西塞山时，写下了这样一首诗：

王濬楼船下益州，金陵王气黯然收。

千寻铁锁沉江底，一片降幡出石头。
人世几回伤往事，山形依旧枕寒流。
今逢四海为家日，故垒萧萧芦荻秋。

对作者而言，“西塞山”这个物象，因为五百多年前的一次朝代更迭的战事，从晦暗不明的时间之幕中突然浮现于眼前，显出了它绝非一般风物的意义。问题是，作者刘禹锡在追溯五百年前的这个历史故实之时，其叙事时间的设置耐人寻味。其叙事口吻一反追忆的笔触，将想象中的场景作为诗人的目睹场景，直接加以记述。前四句破空而来，有如当年攻克金陵的战事正在发生，将过去时态（回忆时间）变为现实时间。一个“下”字，似乎让读者看到了王濬的船队正浩荡而至。“一片降幡出石头”似乎再次让想象中的历史真切地呈现在读者的眼前。

而“人世几回伤往事，山形依旧枕寒流”两句中的时间则更为复杂。要弄清楚这两句诗的叙事时间在全诗中的位置，我们首先必须弄清“人世”中的“人”究系何指。从诗歌的上下文来看，这个人既可以实指作者本人，也可以虚指曾经来这里凭吊遗迹的许许多多的后来者（不包括作者）。清代的诗评者屈复就主后说，并认为诗中的“几回”暗指六朝，这样的解释似亦可通。因为东吴是六朝之首，历朝的文人士大夫因晋吴之战而伤感于往事，自在情理之中。既然如此，“人世几回伤往事，山形依旧枕寒流”一句中的时间，则仍可以被解释为历史时间。从时序上来说，它晚于晋吴之战，而早于作者途经西塞山即景抒怀的时间。

最后两句通过一个“今”字带出了作者的身世感慨，也让读者的思绪回到了作者船经西塞山，目睹萧萧芦笛的现实时间。最后的一个“秋”字，则具体地点出季节。那么从开首回忆中的历史人物，至结尾凭吊古迹的那个“秋”之间，作者恰好采取了一个类似于小说中的倒叙结构：由远而近，由虚到实，由回忆到现实。

不过，我认为，这首诗的叙事时间所隐含的真正奥妙，恰恰不在于这样一种先后倒置，而在于不同时间段的历史场景与现实场景之间真正的并置。作者的叙事视线不受物理时间的羁绊，洒脱而自由，倒置不过是一个手段罢了。所有的历史片段、场景和故实，因时间的变化而无法被我们看到，我们能够看到的只是浩浩长江，只是山形和芦笛这样的物象。作者恰如其分地将两种存在物作出了重要的区分：一是我们看不到的时间（历史场景），它有生有亡、转瞬即逝，不过是过客和影子；二是相对不那么容易变的风物和遗迹，这些有形之物，恰好是无形之物的托迹之所。它们作为勾连和中介，让不同的历史或现实场景呈现了真正的“共时性”。

另一类用于标刻时间和空间的物象，则是自然之景。对杨慎或是辛弃疾而言，滚滚东去的长江，俨然就是惯看秋月春风的白发渔樵，在青山常在的背景中，目睹夕阳几度、朝代兴替、樯橹灰飞烟灭。而陈与义在“长沟流月去无声”的寂静之中，也感受到了“二十余年如一梦，此身虽在堪惊”的伤感与悲痛。

在杜甫“国破山河在，城春草木深”的咏叹之中，一国之兴衰，似乎不过是不变山河的浮光掠影。在国家破碎、身世飘零之际，竟然也有“山河仍在”的慰藉。

毋庸讳言，在所有山川风物之中，被古往今来的文人墨客歌咏最多的核心意象，正是“月亮”这个超级典故。

每当诗人们抬头望月之时，月亮显然就成了联想和记忆的枢纽。一方面，它所凸显的是同被朗照的共时性幻觉，李白的“长安一片月，万户捣衣声”，似乎整个长安城在融融的月光下都沉浸在一片此起彼伏的杵声之中，而“捣衣”这一行为，与远在千里之外的“玉关良人”联系在一起。“海上生明月，天涯共此时”亦形象生动地将自己与远在他乡的思慕对象，置于同一个苍穹之下。杜甫笔下的“鄜州月”也“省略”掉了长安与鄜州之间的山水阻隔，仿佛自己亲眼看见了他思念的对象泪湿云鬓。谢庄的“隔千里兮共明月”，苏轼的“千里共婵娟”都是人所共知的意象。（除了月亮之外，其他的自然之物也有类似的功能，如王昌龄《送柴侍卿》，正因为“流水通波接武冈”，“青山一道同云雨”，才能有“送君不觉有离伤，明月何曾是两乡”的落拓不羁。这里的流水之通、云雨之同，将不同空间、地域之间的物理距离化迹于无形，产生天涯若比邻的情怀。）

另一方面，月色自古就有，赏月之人亦如恒河沙数。被月光所照亮的，既有秦汉的雄关，唐宋的二十四桥，也有明清的秦淮河水。将时间“纵轴上”的意象，强行拉至空间并置的“横截面”，自然的物象所串联起来的，恰恰是纷乱历史的时间碎片。有时，“望月”这一日常行为所连接起来的，还有时间长河中的芸芸众生——诗人在这里抒发的幽思，并无一个特定的对象（如妻子、兄弟和朋友），而正是历史性的无名个体。诗歌所呈现的主题既非怀人，亦非思妇，而是对时间本身的抽象思考。

被闻一多称为“诗中之诗，顶峰之顶峰”的《春江花月夜》就是著名的例子。“江畔何人初见月，江月何年初照人。人生代代无穷已，江月年年望相似。”这样的感慨境界雄浑、阔大，直抵宇宙洪荒未造时，既有天道渺远、人如朝露的感伤，也有明月年年代代无穷的通达与坦然。另外，月亮这一特殊的意象，在历代的歌咏和书写中由于被太多的写作意图所熏染，已经成了一个被赋予无数情感意义的典故。从某种意义上说，它甚至已不再是单纯的物象，而成为了一个具有浓郁象征意义的概念。

在张爱玲的《倾城之恋》中，促成白流苏与范柳原的“旷世之恋”的，并非只是日军进攻香港的战争，“月亮”在其中也扮演了重要的角色。小说中写到，白流苏和范柳原住进香港的浅水湾饭店之后，当晚两人外出散步归来，范柳原忽然给白流苏的房间打了一个电话：

> ……她（白流苏）战战兢兢拿起听筒来，搁在褥单上。可是四周太静了，虽是离了这么远，她也听得见柳原的声音在那里心平气和地说：“流苏，你的窗子里看得见月亮么？”流苏不知道为什么，忽然哽咽起来。泪眼

中的月亮大而模糊，银色的，有着绿的光棱。柳原道："我这边，窗子上面吊下一枝藤花，挡住了一半。也许是玫瑰，也许不是。"他不再说话了，可是电话始终没挂上……这都是一个梦，越想越像梦。

这里描写的月亮，并非一般窗外之景。我们知道，范柳原在此前曾经带着白流苏去散步，对着一堵灰墙，向她絮絮叨叨地解释"天老地荒之真"一类的"胡话"。白流苏作为一个识字不多的普通妇女，当然听不懂。随后，柳原再次向流苏解释《诗经》中"死生契阔，与子相悦；执子之手，与子偕老"这样的典故[1]，言语间，对于这种天老地荒之爱既渴求又怀疑。这也是柳原一次次延宕他的表白的重要原因。当然，白流苏还是听不懂。可是这天晚上，看着窗外的月亮，白流苏忽然哽咽流泪。小说中的人物白流苏"不知道为什么"，可作者张爱玲和读者当然都知道原因。在这里，两人尽管近在咫尺，却还是要通过"明月传信"，而共赏一片月的瞬间，流苏无语泪流，会不会就是作者想象中的天老地荒之真？这里的月亮既是实写，又是暗喻：即便如流苏这样斤斤于婚姻保障的庸碌女子，完全不符合范柳原的天老地荒的梦想，也能望月而流泪，也有人生的超迈之情。

当然，这是张爱玲人为的叙事设计，某种意义上也是作者

1 化自《诗经·邶风·击鼓》。

的自我写照。张爱玲身处新旧交替的历史转折点上，旧的未除，新的已立。虽然是新旧杂陈，旧文化之熏染和影响在她的思维中留下了很深的印记。但至少在张爱玲本人看来，传统文化的被冷落和被遗忘，已成了大势所趋。张爱玲十分担忧文化记忆功能的丧失，担心有朝一日中国人会读不懂《红楼梦》。一切都在不确定之中，更大的破坏与荒凉尚未来临，也许只有窗外的那一轮圆月未变。如此说来，她在小说中如此频繁地使用“月亮”这个意象，也就不难理解了。

文学的他者

《一千零一夜》中记录了这样一个故事：从前在开罗有一个人，在自己家花园的无花果树下睡着了，他做了一个梦。他梦见一个浑身被雨水打湿的人，嘴里咬着一枚金币来拜访他，并对他说："您的财富在波斯的伊斯法罕，到那里去寻找它吧。"第二天一早，他就出发了。他抵达伊斯法罕的时候，天已经黑了，就在一座清真寺里栖身。那天晚上，有一帮盗匪闯进了清真寺，随后赶来的官兵巡逻队没有抓到盗匪，却在无意中发现了这个从开罗来的可怜人。面对审问，这个人如实供述了自己因受到梦的指引来伊斯法罕寻找财富的经过。巡逻队长哈哈大笑。他说："我一连三次梦见自己的财富在开罗的一个庭院里。庭院的花园里有一座日晷、一棵无花果树，近旁还有一个喷泉。我的财富就在喷泉底下。可我不像你那么傻，我从不会去理会这荒唐的梦兆。"听他这么说，这个从开罗来的人就离开了清真寺，踏上了回家的旅程。他回到自己家中，在花园的喷泉底下挖出了大批的财宝。

阿根廷作家博尔赫斯曾把这个故事改写成一个短篇小说，题为“两个人做梦的故事”。众所周知，寓言或传统故事的最大特点之一，就是它经得起无数次的解读，而本身却不会被磨损。当然，不同的读者都可以从不同角度来理解这个故事的意蕴。但在我看来，这个短小的故事，也可以被看成是文学写作本身的某种隐喻。

文学写作的基本目的，是运用语言去阐述个人与他所面对的世界之间的关系。我们知道，文学创作的基本材料往往来自个人经验和记忆。个人经验对于写作的重要性毋庸置疑，但作家仅仅拥有经验和记忆是远远不够的。一般来说，个人经验总是封闭的、琐碎的、习以为常的，有时甚至带有强烈的个人偏见。文学所要发现的意义，犹如宝藏一样，沉睡在经验和记忆之中。如果没有梦的指引，没有新的经验和事物的介入，经验和记忆本身也许根本不会向我们显示它的意义。因此，我倾向于认为，文学写作的意义，实际上并不存在于单纯的经验之中，而是存在于不同经验之间的关系之中。同样的道理，真相并不单纯地存在于事物之中，而是存在于不同事件的联系之中。正如萨特所说的，他者的出现，是我们理解自身的首要前提。

马尔克斯曾说过，只有当你远离家乡，来到某个陌生的地域，“家乡”的面目才会变得清晰起来。我们整天与父母朝夕相处，但也许只有等到你自己的孩子降生，你才会真正理解自己的父母；只有当你了解了什么是英国文学、法国文学、非洲文学、阿拉伯文学时，你才有可能去思考什么是中国文学的特质。从某种意义上说，文学的他者，其实就是我们自身的另一面。他者的出现，有助于照亮我们自己的经验，有助于克服自我意识的局限和偏见。

因此，文学交流的首要目的，并不是如何去学习别国作家的写作技艺，而是为了确立一种全新的理解结构。歌德在十八世纪所倡导的“世界文学”的概念，其着眼点恰恰不是所谓的差异性本身，而是这种差异性在一种新的认知和理解结构中所具有的启示性意义。用博尔赫斯的话来说，全世界的人其实都在写同一本书。

在陀思妥耶夫斯基的小说《卡拉马佐夫兄弟》中，当阿廖沙来到佐西马长老的修道院，要求留下来侍奉上帝时，佐西马长老出人意料地拒绝了他。他的一番忠告，似乎让我们再次回到了《一千零一夜》的那个故事中。在他看来，如果“留在修道院侍奉上帝”是根本目的的话，那么阿廖沙首先应当考虑的，恰恰是远离修道院。在重返修道院之前，他应当走过漫长的旅途，去了解浩瀚尘世的方方面面，并经历所有的不幸和幸福。

佐西马对阿廖沙的忠告，也可以看成是作家陀思妥耶夫斯基对我们的忠告。

中国小说的两个传统

列维-施特劳斯曾说，一种纯粹和整体的知识不能从特定的政治现实以及时代状况中获得，而只能借助于追本溯源，回到“尚未损害、尚未败坏的自然”中来获得。我不知道在“汉语写作”的整体视野或框架之中，什么是中国小说的“尚未损害的自然”，但追本溯源无疑为我们困难的辨识过程提供了有益的途径。假如我们也就“中国小说”这样一个问题来做一番知识上的考古，进行回溯式的考察，许多一度为我们的惰性和偏狭所掩盖的重要问题便会立即从晦暗不明的时空背景中浮现出来。

中国古典小说的文类十分复杂。事实上，对于什么是小说，什么是中国小说内在的规定性，历来的研究者并未达成一致意见。曾有人认为，中国最早的小说是《汉武内传》(旧题班固所作，但真正的作者现已无法考证)，但更多的学者倾向于将上古的神话和诸子的“杂家”纳入古典小说的系统，这样一来，小说起源的时间实际上要早得多。班固说“小说家者流，盖出于稗官，街谈巷语，道听途说者之所造也”(《汉书·艺文志》)，并将小说家置于诸子之列。而到了明代，胡应麟将小说分为志怪、传奇、杂录、丛谈、辩订、箴规等六种，希望将所有的文类一网打尽。这种分类虽然影响深广并为许多研究者所袭用，实际上多有遗缺。比如说，宋元以后的话本和拟话本作为中国俗文学的重要组成部分而被遗漏，代表中国古典小说创作最高成就的明清章回体小说亦不在其中。除了这两个部分之外，神话作品、佛经变文、文人小品、戏曲传奇等等，也未进入胡应麟的视野。我之所以特别提到戏曲传奇，是因为它的形式和叙事方式深刻地影响到了章回体小说的创作。关于这一点，词话本的《金瓶梅》就是一个突出的例子。当然，也有学者提出，应当将史传一类的文献、汉赋、叙事性散文，甚至诗歌一并视为古典小说的源头，这个说法看似荒唐，其实也不是完全没有道理。

正因为中国古典小说的文类包蕴甚广，十分芜杂，从内涵到外延都难以界定，以至于到了今天，仍有不少学者将它视为中国古典小说不发达、难登大雅之堂的明确证据。不过，在我看来，古典小说文类的复杂恰恰从另一个侧面说明了中国叙事资源的博大和丰富。一个不容忽视的现象是，近现代以来的小说对古典小说不同文类的重新书写和择取从未中断。鲁迅之于神话，沈从文之于唐传奇，废名之于汉赋、六朝散文和唐人绝句，汪曾祺之于明代的小品，张恨水和张爱玲之于章回体小说，等等，都是十分明显的例子。

说到中国古典小说的地位和价值，学界的看法大多趋向一致。庄子和孔子对小说的看法，影响最为深远。庄子说："饰小说以干县令，其于大道亦远矣。"孔子态度稍稍缓和一点，他说："虽小道，必有可观者焉。致远恐泥，是以君子弗为也。"后来渐渐形成了较为固定的看法，即中国古典小说大抵属于劝善惩恶一类，价值不高，作者耻于小说，名多不彰。

作为另一个极端，到了一九〇二年，梁启超突然将小说提高到民族国家兴衰存亡的高度，来论述它与"群治"的关系，并从此开创了一个全新的风气。对小说功能的过分强调，实际上也影响到了整个五四新文化运动，甚至影响到了毛泽东时代的小说观。如果我们辩证地来看，在中国漫长的文化史中，对小说的不重视固然会极大地影响到作家的创作热情，但客观上也给予了作家较为充分的创作自由。由于很多著名文人耻于小说（如陶渊明、王世贞等），创作小说的动机并非为一己之名，这也给了小说创作的题材、手法更大的想象空间。相反，将小说与民族国家的兴废联系在一起，当然大大地提高了小说的地位，但过于重大的政治道德压力、过于明确的功利性目的也会使得本来十分丰富的小说资源陡然变得单一和狭窄，并在一定程度上束缚了作者的想象力。

那么，什么是中国小说内在的规定性，或者说，什么是中国小说"尚未损害的自然"呢？由于上文所提到的原因，要回答这个问题十分困难。我们不妨以明清的章回体小说为例略做分析。

在美国学者浦安迪教授看来，采用旧白话来创作的章回体小说不仅与笔记丛谈、志怪传奇一类的文言小说完全不同，与西方的长篇小说（novel）亦有本质的区别。他将章回体视为一个孤立的特殊文类。如果仅仅就章回体的特殊结构形式来看，浦安迪的看法当然不无道理，但问题是，章回体小说从叙事到文体与其他小说文类的“声气暗通”也不容忽视。我以为从文言小说过渡到章回体，其基本发展脉络也是十分清晰的，话本和戏曲等白话俗文学形式的成熟就是重要的催化剂。而章回体的最重要的源头甚至可追溯到先秦的史传类作品。历史学家唐德刚教授认为，《史记》这样的史学著作，实际上就是小说。正因为如此，章回体小说的特点也可以传达出中国传统文化的许多重要气息。

首先，由于章回体小说与史家的渊源，它所采取的叙事手段主要秉承了史传的笔法。不管是脂砚斋、张竹坡还是金圣叹，作为中国古典小说最重要的批评者和理论家，他们所运用的基本的概念范畴和评价尺度大都源于传统史学领域。另外，作者们“假语村言”一类的叙事笔法也都借重于《春秋》和《史记》一类的历史文本。这种隐晦曲折的叙事技巧也暗示了作者与叙事者之间的微妙关系。我们知道，西方小说直到十九世纪末期，“作者退出”的理论才大致成形，而在中国的章回体小说中，叙事中对作者的严格限制已经是文学实践的平常现象。这当然得益于章回体小说的作者长期以来受到史家笔法的熏染。有人说，中国小说的“限制视角”是在五四新文化运动前后才由西方输入，这一论断的武断和无知自不待言，起码也有违文学史的常识。

举例来说，司马迁对于韩信的态度和评价，并不是由作者本人和盘托出，而是通过不同人物关系的对比自然呈现的。《淮阴侯列传》中的韩信形象与《项羽本纪》中的韩信形象并不一致，甚至互相矛盾。作者正是通过多次书写，使不同的人物侧面构成张力。作者的个人好恶并非没有，但落笔通常十分谨慎，而把评价的权利交到读者手中。《水浒传》完全采取了类似的笔法，由于作者隐藏得太深，其后果是，历年来对于“宋江”这一人物的评价众说纷纭，至今莫衷一是。

其次，因为中国传统文化没有西方强大的宗教背景，当代表最高价值的“道”与代表世俗权力的“势”相抗争的时候，无法得到教会的支持，可以依托的唯有个人的道德自觉。所以，中国传统文人特别重视个人的道德修养。这当然也影响到中国小说特色的形成。较为明显的两个后果，一是中国小说对经验作者提出了极高的要求，所谓文如其人；再就是中国的小说与传统文化的其他分支一样，特别重视内在的超越。我们知道，文学和宗教一样，都是超越现实的重要力量，但中国的超越是经由世俗完成的，“游于世俗，泯然无迹”。也就是说不离世间而超越世间。我认为，中国的章回体小说所特别强调的“世情”、“世事”和“人情”，既是描述的对象，也是超越的对象。《金瓶梅》所描述的自然是市井生活，十分芜杂琐碎，但在不知不觉中，读者就会看到作者的“佛心”所在，就会体会到强大的精神超拔的力量。《红楼梦》尽管有一个“太虚幻境”式的哲学外衣，但作品的内在肌理严密而细致，作者的写作目标之一，就是在对世情的描述上与《水浒传》一较高下。也正是这个原因，我们才能理解金圣叹为什么要“腰斩”《水浒传》，并对前七十回进行改写。

我认为中国章回体小说的重要特色，就是建立在“向内超越”的价值取向基础上的。可惜的是，这一背景在晚清以后遭到了有意无意的忽略和误解：要么认为章回体小说只有“世情”，没有超越；要么认为它只有“凌空蹈虚”，而缺乏社会关注。

当然，要想全面了解中国古典小说的美学体系，我们还必须考察汉语复杂表意系统，考察中国人特殊的时空观以及对于文化记忆的处理方式，限于篇幅，这里不再一一展开了。

我以为除了中国古典小说的这个传统之外，还有一个“小传统”。我指的是从近代开始受到现代性影响的小说传统。从某种意义上说，仔细观察这部分资源对于我们来说显得尤为重要，因为“世界”这个概念强行切入了进来，而且这是一个全新而陌生的“世界”（用陈独秀的话来说，面临巨变的大部分人只知有中国，不知有世界）。另外，这个“小传统”是建立在对“大传统”批判、确认和改写基础上的，它在很多方面经历了脱胎换骨的变化，也留下了很多悬而未决的难题。

一般来说，自晚清至五四，在几千年未有之大变局中，中国的小说经历了前所未有的巨大变革。当然，我个人的看法是，这一变革即便时至今日仍未完结，一些核心问题甚至未经触碰。但不管怎么说，正是在这样一个特定的历史时段中，今天为我们所耳熟能详的“汉语写作”实际上才第一次真正作为问题被提出来。而在中国近现代文学的发展历程中，由于不同的社会现实压力的影响，由于不同意识形态、文化价值观念的交互作用，同一个问题也曾以不同的历史面貌得以呈现：一度是民族文学，或者是中国文学，最后是“汉语写作”。

所有这些概念，作为“现代性”的衍生物，无疑都指向一个共同的、既真实又在相当程度上是虚构的“世界”图景。实际上，地缘或政治学上的“中国”概念，是由于“世界”这个概念的切入才第一次变得具体而清晰起来。无论是魏源、龚自珍，还是严复、鲁迅、陈独秀，对世界认识的深浅或真切与否在一定意义上也直接影响到他们对于中国的历史、现实、未来一系列的判断和界定。

中国现代小说生成的历史境遇亦大致相同。因此，中国小说与世界文学的关系实际上是一个陈旧的历史话题，它不仅有着自己特定的历史内涵，同时也有自己的问题和言说史。而这一话题本身又作为一个历史遗存，也总是和我们今天的文学现实以及“当下感受”发生着这样或那样的联系。我的意思是说，时至今日，当我们重新来思考小说、文学与世界文学的关系时，一方面我们是基于今天特殊的现实境遇、文化格局、世界图景，对一个陈旧的问题进行思考；另一方面，我们亦必须将自晚清以来对这一问题的阐释史纳入我们的视线之中，并重新加以检讨。这样一来，我们至少可以获得以下两个重要的坐标。

其一是空间性的。世界文学的基本格局在过去的一百多年中，始终处于变化和发展中。所谓“世界文学”这并非是一个一成不变的结构，更不是一个一经回答即可一直享用的战利品。粗略来看，肇始于晚清并一直沿用至今的“世界文学”概念——其核心内容是处于绝对强势地位的欧美或西方文学，处于相对强势地位的俄国、日本、印度文学，这当然需要重新加以审视。由于历史局限，即便鲁迅那一批具有远见卓识的知识分子亦无法预料到当今欧美文学日益分化、衰落的局面，亦无法预料到拉丁美洲、非洲文学的崛起，因此，他们也无法将世界文化格局中的阿拉伯文学、东南亚文学、东欧文学、加勒比海地区的文学，以及西欧或美洲殖民地地区的英语、法语、西班牙语文学等单元纳入到一个整体的系统中加以考察。另外，即使在一度处于强势地位的欧洲和美国文学内部，移民文学、黑人文学和少数族裔文学的“复活”，也构成了另一个需要加以重视的文学景观。因此，什么是世界文学，这仍然是一个全新的问题，仍然是一个充满活力的课题，或者说，需要我们重新加以审视的现实。

另一个坐标是时间性的。自中国国门打开之后，中国小说一直在寻求与不同地域、国家的文学的交流与沟通，但是这样的交流和沟通却是伴随着对自身的强烈质疑、批判或者抛弃的冲动而展开的。这就使中国小说的写作陷入一个巨大的矛盾怪圈中，事实上也造成了一代又一代作家深刻的现代性焦虑：由于小说叙事的遗产和“进步”世界文学之间存在的差异性，由于激进思潮的普遍蔓延，对一种新文学秩序的渴求同时意味着对旧的历史遗产（或历史包袱）的抛弃。而一旦彻底抛弃了这个包袱，比如说，按照某些人的建议用拼音文字取代汉字，通过社会文学制度的选择彻底抹去汉语写作的痕迹，且不用说小说创作，就连基本的言说和文化、身份认同都会成为问题。

因此，不管当年的现代性启蒙如何极端，小说的传统资源还是顽强地参与到了近现代文学变化发展的历史过程中。整个中国近现代的文学固然可以被看成是向外学习的过程，同时也是一个更为隐秘的回溯性过程，也就是说，对中国传统的再确认的过程。正如前文所说，无论鲁迅、郭沫若、茅盾、沈从文、废名，还是萧红、师陀、张爱玲，这种再确认的痕迹十分明显。不管是主动的，还是犹豫不决的；不管是有明确意图的，还是潜移默化的，他们纷纷从中国古代的传奇、杂录、戏曲、杂剧、明清章回体、小品等多种体裁吸取营养。也可以这么说，在中国现代小说史中，还没有任何一个作家能够完全自外于这种共时性的向内、向外的双向过程。但不可以否认的是，在巨大的现代性的压力下，这一回溯过程至今仍然被普遍看成是某种次要的、隐性的、不得已而为之的，甚至可以被忽略的文学进化史的附属品。

汉语小说在加入“世界性合唱”的过程中，伴随着历史焦虑和文化阵痛，全面参与了世界文学一系列的现代性话语和写作实践，同时也寻找、规范并确立了自身。这是中国小说/文学的第二个遗产。不管我们如何对待这个遗产，它毕竟已成为了我们文化和记忆不可抹去的一个部分。因此，我们在今天重新梳理整个中国小说或汉语文学的历史资源时，对这部分遗产再认识和思考就显得十分关键。

将中国小说放入世界性的文化空间中加以思考，同时将它置于中国文化、文学发展史的时间链中进行考量，我认为在全球化的今天具有特别重要的意义。但空间和时间是互相包孕的两个概念，每一个空间都沉积了巨大的历史内涵；而反过来说，时间的线性过程本身就是一个认识理论上的假象，实际上它也蕴藏着丰富的空间性细节。

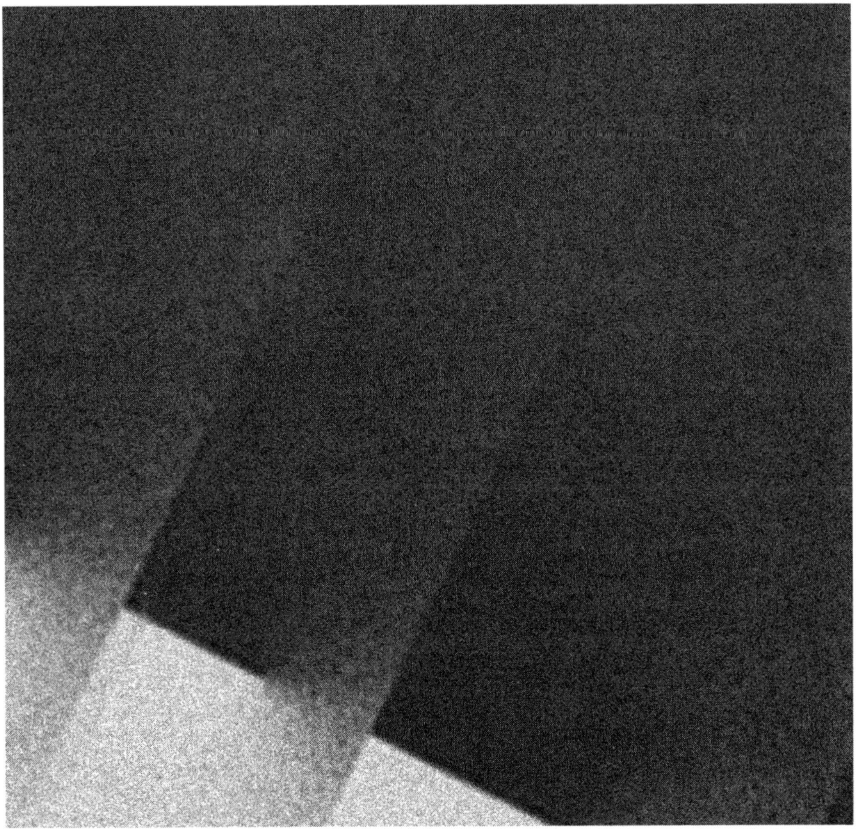

辑二

废名的意义

一

一九六七年十月的一天，废名的遗体被搁置在一辆平板车上，悄悄地离开了吉林大学的校区，送往殡仪馆火化。当时，长春的大街上枪声不断，“文攻武卫”激战正酣。他的死亡日期，直到一九八二年才被推算出来。[1]冯思纯先生回忆说，当他接获父亲的死讯，从北京匆匆赶回长春时，废名的遗体已在家中停放多日，无人过问。他的死没有惊动任何人。没有任何形式的告别仪式，没有讣闻。他是如何度过生命的最后岁月的，现在亦无人知晓。只是听说，在他弥留之际，他住宅的后房被红卫兵的土制炸弹掀去了一角。他晚年的著述、笔记和讲义，

1　参见金训敏：《冯文炳先生在长春》，《冯文炳研究资料》，陈振国编，海峡文艺出版社 1991 年版。

包括多年积存的图书资料大多亡佚。据说，他死前对刚刚开始的“文化大革命”百思不得其解，为看不到它的最终结局心有不甘。[1]

废名的一生是寂寞的，他的履历平淡无奇。其文学活动除了曾与冯至合办过一本杂志（《骆驼草》，一九三〇）之外，基本上以教书为业。杂志既没有什么影响（创办后不到一年即告停刊），其教师生涯也不见得如何成功。他在北大所开设的“李义山诗妇女观”一课，终因只有三人选修而被迫停开。据他的学生回忆说，废名也许根本不适合做一名大学教师，他在讲台上常常自问自答，旁若无人，令听者每每不知所云。[2]废名性格内向，不喜与人交接，心悦佛老，时有厌世倾向。

与他过往密切的人，除了俞平伯、熊十力、徐祖正、鹤西等老友之外，就要算是周作人了。早在一九二二年，废名还在武昌第一师范学校读书时，即开始与周作人通信。同年考入北大之后，更是在各方面受到周作人的照拂与提携。他的几乎每一本小说集与评论集都由周作人作序，两人的关系可见一斑。周作人亦公开将废名视为自己的得意门生之一，不仅为他开列阅读书目（如李义山诗，《堂吉诃德》等），而且一度还将废名接入家中居住。废名对周作人的学问文章亦似乎十分欣赏，赠联所谓“微言欣其知之为诲，道心恻于人不胜天”曾让周氏大为感怀，认为“废名的赞美虽是过量，但他实在是知道我的意思之一人”[3]。如果

1　参见冯止慈：《追忆父亲》，《冯文炳研究资料》，第69页。

2　参见高翔：《记废名和徐盈》，《冯文炳研究资料》，第65—66页。

3　周作人：《怀废名》，《冯文炳研究资料》，第60页。

废名与周作人的这段交往作为公认的事实，尚无“出格”之处，那么周氏落水当了汉奸之后，废名与周作人的交往则容易引起人们的不解与反感。当废名获悉周作人在北京做了汉奸之后，仍以“君子居之，何陋之有?”送之，并百般为他开脱，简直令人费解。(司马长风曾说，对于周氏的沉沦，废名极感痛苦，似乎很难接受这样一个事实)一九四六年，他从故乡返京的途中，还专程前往南京老虎桥监狱探望。一九四九年后，原先与周氏过从甚密的人开脱自己犹恐不及，而废名却仍然与他保持往来。在周作人一家难以维持生计时，他还往周家送米送煤。直到现在，周氏的后人谈起此事仍不免动容。一九五二年废名因院系调整离开北大远赴吉林，他与周作人的公开交往亦恐怕是其中的重要原因。废名的执迷不悟，既有传统的投桃报李、知恩图报的思想在作怪，亦有悲天悯人的佛教影响，当然也与他性格中的天真与固执，甚至狷狂密不可分。

废名的性格虽然内向、孤僻，但绝不软弱。沈从文有一个观点，认为废名的趣味只不过是周作人的趣味而已，两个人在写作上用的是“同样的眼，同样的心”。[1]这实际上是对废名的误解。废名与周作人尽管有师生之谊，两人在文学观点上或许也有相近之处，但若说废名只会跟在周氏身后亦步亦趋，却也不太符合事实。废名骨子里有一种孤傲的自信，对周作人未必会言听计从。最典型的一个例子，周作人对废名由儒入佛，渐

1 沈从文:《论冯文炳》，转引自杨剑龙《从追踪鲁迅到走同周作人》,《学术研究》1994年第5期。

入玄道不赞一词，殊感可惜，而废名对周氏的反应亦“大为失望”，依旧我行我素。废名平常对同乡熊十力的道德文章深为服膺，常常与之坐而论道，偶遇意见不合，竟至互相扭打。后来他还专门写了一本《阿赖耶识论》，对熊十力的《新唯识论》加以批驳。

无论是品评人物，议论时事，探讨学术，废名所依据的往往是他口中念念不忘、多少带有一点神秘色彩的所谓“道”，而不在乎人物的身份、时尚流俗与学术成规，常常语出惊人。比如他对韩愈、王安石的文章深恶痛绝，认为将《送董邵南序》《读孟尝君传》选入教材简直是误人子弟；他对胡适在新文化运动中的贡献怀有敬意，但对胡适的“扬元、白，抑温、李”的白话诗论则不以为然，并撰文批评；他对鲁迅的《呐喊》击节赞赏，读之如饥似渴，而对《彷徨》则没有多少好感，对鲁迅某些小说中“做题目”的倾向颇多微词，但对他的散文，尤其是《野草》，则深为叹服。

在中国现代文学史上，废名所发出的声音尽管微弱，所留下的痕迹淡而又淡，但仍不失为一个具有独立精神人格的作家和学者。朱光潜先生说他虽缺少“入世”意态，却不倚门户，淡泊自守，虽一度为“语丝”中人，却与社团纠立、冲突甚多的文坛瓜葛最少；[1] 卞之琳说他从不趋时媚俗，哗众取宠，从不知投机为何物；[2] 应当都是十分中肯的评价。

1 参见孟实：《“我是梦中传彩笔”》，《读书》1990 年第 10 期。

2 参见卞之琳：《冯文炳选集 · 序》，《冯文炳选集》，人民文学出版社 1985 年版。

二

废名虽自称为哲学家，但在相当长的时间内，几乎没有阐述过他的哲学思想、文化观念。社会的重大政治、现实矛盾在其作品中亦少直接露面。除了诗歌与小说之外，他虽然也写过一些随笔，但大多局限在诗论、文论及修辞学的范围之内。直到《莫须有先生坐飞机以后》的问世，我们才能大致了解到废名对于时事与传统、中西文化、五四新文化运动等重大问题的看法。这些看法往往是源于作者对生活中具体现象的观察，近乎即兴的随想和杂感，很难构成一个逻辑严密的系统。

如果说，废名的诗歌与小说由于修辞文体的复杂多变、别出心裁，长期以来一直为一般读者甚至学术界所冷落、忽略，那么他的思想、文化、价值观念则更少为人关注。这些思想观念虽说是即兴的感想，但绝不是凭空产生的，从中或多或少可以窥测到作者对现实、历史、文化的基本态度。

废名从小受过比较规范的私塾教育，入北大之后读的却是英文系，他对于莎士比亚、塞万提斯、哈代等西方作家的作品曾做过深入的研究，后来又大量地阅读佛经，其知识系统既有中国传统文化的根基，又有西学和印度文化的熏染。然而，西学背景至多为废名打开了一个了解异域文明、从整体上反观自身文化的窗口，西方的价值准则并没有在废名的思想、创作中留下明显的印记。相对而言，中国传统的文化对废名的影响要深厚得多。

自晚清以来，中国学术界关于中西文化的争论就已开始。五四以后，论战日趋激烈和白热化，并导致了“激进”与“保守”两大阵营的出现，一派主张全盘西化，甚至连汉字都要废除，另一派则以整理国故为名，主张以中学为主体，对于西方的价值观念的涌入采取警惕、抵制和反对的立场。废名既不是陈独秀、胡适那样的激进派，也不属于“学衡”阵营的保守派，甚至与梁漱溟、杜亚泉那样的中西文化调和论者也判然有别，这就使得他的文化处境极为尴尬。

在废名看来，旧与新、传统与现代、历史与现实是紧密地交织在一起的。没有旧就无所谓新，没有传统，现代也无从谈起；割断了历史，现实必将失去意义。“故是历史，新是今日，历史与今日都是世界，都是人生，岂有一个对，一个不对？”[1]“人生如果不爱历史，人是绝无意义的。”[2]全盘西化、废除汉字，即失掉了一个中国人的根本，所谓的现代化亦成空中楼阁，梦幻泡影。西方的价值观念若不加选择地移入中国，中国千百年的文化积累将毁于一旦。从这个意义上说，废名对于五四时期占主导地位的“现代性”思潮和“进化论”观念持明确的否定态度，对五四新文化运动中表现出来的偏激亦有所批判。从另一个方面来看，废名对“现代性”的“反动”，并不意

1　废名:《莫须有先生坐飞机以后》,《废名小说》(上)，安徽文艺出版社 1997 年版，第 357 页。

2　同上，第 321 页。

味着他对中国传统文化的全盘接受。就儒家文化而言，废名认为，孔孟的教训原本没有错，只不过他们的学说被“知识阶层”人为地曲解了，传统文化中充斥了空洞的说教、八股式的官样文章，以及巧言令色的虚妄与自欺。他曾说：“中国后来如果不是受了一点佛教影响，文艺里的空气恐怕更陈腐，文章里恐怕更要损失好些好看的字面。”[1] 他又说，“中国人没有法律，只有八股，国无事时自相鱼肉，国家将亡还在那里做八股”[2]，要寻找中国文化的真谛，恢复它的生命力，只有返回民间，因为所谓的历史就是世道人心的历史，因为中国文化的精髓是通过民间的日常生活、礼俗习惯得以存留。和沈从文一样，废名的思想与创作带有强烈的民本倾向和“反智”特征，所不同的是，沈从文偏于理性，而废名则更具强烈的个人情感色彩。

废名价值观的基础是熔儒、道、释于一炉的所谓“道”，但这个“道”往往源于日常经验的有感而发，而非经由学理的逻辑论证而来，因此不免显得简单而随意。比如说，他认为佛家的“真如”即是孔子的中庸，孔子、庄子、佛陀的思想都可以由“格物致知”融合、统一在一起；他还认为遵从《论语》所记孔子言行，人人可以成佛。[3] 尽管如此，我认为，废名价值观中的内核依然隐约可见，那就是“诚笃”与“真实”。所谓不自欺即为道。

---

1 转引自周作人：《怀废名》，《冯文炳研究资料》，第 58 页。

2 废名：《莫须有先生坐飞机以后》，第 211 页。

3 同上，第 266—267 页。

《莫须有先生坐飞机以后》中曾写到这么一件事：有一次莫须有先生下乡，看见一家石灰铺子上写有“石灰出卖，日本必败”两行字，即生出无穷的感慨：店主的目的只是为了卖石灰，“日本必败”只是为了应景，一旦碰到政府征兵抗日，店主立即会令他的儿子逃得无影无踪，但仍不妨碍他在墙上写下“日本必败”这样的口号。在这里，废名痛切地感受到名与实的分离，国民与国家的分离，人生与“真实”的分离，他进而认为，中国社会的溃败与文化的式微都是从“诚信观念”的丧失开始的。政府（包括读书人）不能取信于民，百姓开始尚能忍受，但几经反复，则唯有一己之私可以顾念：“秉国者不能使民信，于是人民自私其家了。”因此，废名认为，中国人最没有国家观念，木兰从军，她的出发点与归宿都是“孝”，而非国家观念的所谓“忠”。因此，废名认为木兰从军正是反从军。[1]更令废名感到悲哀的是，中国的陈腐、八股式的教育观念，仍然在助长这种名实分离。他由此发出了“救救孩子”的呼声，但出发点与鲁迅并不完全相同。

应当说，废名的思想观念中不乏真知灼见，但毕竟与当时的主流话语相去甚远，废名所谓的“道”更多地停留在个人感悟的层面上，漫漶无涯，难以方类。而体现在具体的作品中，则带有庄禅趣味与玄学色彩。由于他性格中的悲观厌世，加之对现实政治的冷漠与绝望、与社会生活的隔绝，其人生理想亦

1 废名：《莫须有先生坐飞机以后》，第247—248页。

只能托付给梦与想象了。

三

废名的个人经历和作品似乎游离于时代生活之外，无论是题材的选择还是写作风格，都与现代文学的主流格格不入。世人尊他为“文体家”，也许并无多少褒扬或赞许之意，它只不过是其作品晦涩难解、奇僻生辣的较为委婉的说法而已。长期以来，废名正如他被自己废掉的名字一样，不仅为一般读者所冷落和忽略，也为学术界渐渐淡忘。时下通行的几本现代文学史教材，对废名要么只字不提，即使偶尔提及，也只是寥寥数语，一闪而过。早在一九三六年，文学评论家刘西渭（李健吾）即预言了废名作品“和海岛一样孤绝”的命运。[1]不过他又说，“无论如何，一般人视为隐晦的，有时正相反，却是少数人的星光”。[2]

我最初知道废名这个名字，大约是在一九八五年前后。当时我最喜欢的中国现代作家除了鲁迅之外，就要算是沈从文和汪曾祺了，我记得曾读过汪曾祺的一篇题为《谈风格》的文章，声称他的风格形成受到了废名的影响，读后颇受到一些震动。后来又听说了一些废名的奇闻逸事，比如他与人讨论学术问题，一语不合，便互相扭打在一起；比如他有用毛笔写英文的习惯，

1 刘西渭：《画梦录》，《咀华集》，花城出版社1984年版，第144页。

2 同上，第146—147页。

当然也包括他的小说如何像天书一般晦涩难懂。这些道听途说无疑激发了我的好奇心，找来他的几篇小说一看，似乎也并不怎么难懂，如《柚子》《竹林的故事》这样的作品，在风格上大致可以看出鲁迅的乡土小说的影子。后来，读到他的《桥》，虽然不能说完全读懂，仍觉得清新自然，饶有意趣。真正令我对废名的小说感到畏惧的是《莫须有先生传》，这部作品果真佶屈聱牙、深奥难解，屡次尝试，竟未能卒读。刚刚有了一点对废名小说的兴趣，亦随之烟散。除了一些朦朦胧胧的感觉之外，剩下的只有一个疑问：曾经写出《竹林的故事》这样格调清新朴素作品的废名是如何走到《莫须有先生传》那条神秘不可解的路上去的？

一九九七年底，我与几位来访的日本作家聊到中国的现代文学，言谈间屡次提到了废名。当时，我已经有了一个初步的研究计划，选题是中国现代的抒情小说，选择这个题目的初衷与我自己创作上遇到的问题有关。我自己的写作一度受西方的小说，尤其是现代小说影响较大，随着写作的深入，重新审视中国的传统文学，寻找汉语叙事新的可能性的愿望也日益迫切。列入研究范围的作家包括沈从文、萧红、汪曾祺等人。这次谈话使我想当然地把废名列入研究计划，并立即收集了所能找到的有关废名的全部资料。重读废名，感觉上与十多年前的记忆竟大不相同，我渐渐意识到要研究中国现代的抒情小说，废名是不可或缺的。这不仅因为废名的整个创作都根植于中国的诗性叙事传统，而且他明确地把诗歌的意境引入小说，在小说的抒情性方面比沈从文和汪曾祺走得更远。对于文学史的作者而言，废名的地位如何尽可见仁见智，对于一般的读者来说，废名长期以来遭受冷落似乎亦在情理之中，但废名将诗歌的表现方式引入小说的尝试，他在文体、叙事方式上所进行的多方面探索，无疑构成了中国现代小说史上的重要资源之一。我以为，这一资源的意义主要可从以下三个方面加以考察：

1）废名与中国小说的叙事传统的关系

我以为中国的小说叙事除了史传与笔记小说的传统之外，还有一个诗性的传统。这个传统在中国的小说史上若隐若现，至《红楼梦》终蔚为大观，五四之后，又得以延续、演变和进一步地发展。废名虽然自称受到了莎士比亚、塞万提斯等西方作家的影响，但更多得益于中国传统叙事资源的陶冶与滋养，如他所喜欢的庄子、陶渊明、庾信和李商隐，无不对他的写作构成重要影响。废名借鉴诗歌的表现手法来丰富自己的叙事方式，他的作品着力于整体性的意境营造，淡化故事；崇尚心灵的溢露，淡化因果关系和戏剧冲突；重视感觉的自然联通，“让字与字、句与句互相生长，有如梦之不可捉摸”[1]，轻情节的发展与铺陈。与西方的叙事的因果关系传统相比，一重写意，一重写实；一重模糊混沌，一重具体清晰；一重简洁含蓄，一重繁复与完整。废名在继承中国文化和叙事的特点的同时，他的多少有点极端化的尝试与探索，也丰富了这一传统。

---

1 废名：《说梦》，《冯文炳选集》，第 323 页。

2）废名与现实和时代的关系

废名被认为是李商隐之后，现代能找到的第一个朦胧派（朱光潜语）。废名的作品与传统的“现实主义”表现方法有很大的不同，既没有典型化的人物处理，也没有对写作材料加以抽象，从而提炼出足以反映“时代精神”的重大主题，他所选择的题材也大都远离当时社会现实的主要矛盾，叙事手法丰富多变，表现形式隐晦深奥，其创作历来被认为置身于社会与现实之外。但是，任何一个严肃的作家，不管其选择何种题材，采取何种叙事方式，总是或多或少地反映出个人与特定现实或时代的联系。废名的作品固然很少直接表现社会现实，但仍然与现实本身构成了重要的隐喻和象征关系，他力图将现实生活归入个人心灵的统摄之下，通过记忆与“反刍”从整体上表现社会现实。因此，我认为，废名的作品侧重于表现，而不是简单的复制或再现，这对于我们重新考察写作与现实或时代精神的关系，摆脱机械反映论的束缚，避免作品的简单化和功利性，具有相当的启迪作用。

3）废名文体与汉语写作

废名的叙事风格和文体形式都相当复杂。从叙事方式上来说，他通过作者、叙事者、人物三者之间互相渗入与缠绕，瓦解了作品外表的真实幻觉，从而建立一种内在的真实感，并唤醒了写作的想象力。从结构上来说，它打破了传统线性叙事的成规，采用“共时性”的表现方法，变“历险的叙述”为“叙述的历险”，从而建立了一种全新的叙事的时空观。他的文体带有浓烈的“互文”特点，大量采用空白与省略，他的语言丰富杂糅，叙事简洁，不肯浪费文字。废名所有这些方面的探索，尽管也存在着一定的局限性，但它无疑为丰富汉语写作的形式表现技法、修辞手段做出了有益的尝试。

本文无意从文化价值观上研究废名的小说，或者重新考察废名在文学史上的定位。尽管我认为这并非无关紧要，但由于废名的作品大多晦涩难解，对他的小说进行叙事学上的解读与分析，是讨论上述问题的必要前提。因此，我试图将废名的小说纳入叙事学的系统进行一个初步的梳理与研究，这是本文写作的基本宗旨与出发点。

列夫·托尔斯泰与《安娜·卡列尼娜》

一

关于列夫·托尔斯泰，马原有一个说法，他认为托尔斯泰是小说史上争议最少的作家。我理解他的意思，这里所说的争议最少，指的是他在文学史上的地位。也就是说，你可以喜欢或不喜欢托尔斯泰的作品，但似乎无人能够否认他作为一位杰出思想家和第一流小说家的地位。一位小说家获得如此殊荣，在文学史上并不多见，列夫·托尔斯泰的名字虽说常常与荷马、莎士比亚、歌德并列，但人们似乎更喜欢把他与巴尔扎克、陀思妥耶夫斯基放在一起比较。在这方面，人类的天性中确有一种固执的可笑之处：是塞尚伟大，还是梵高更了不起？莫扎特与贝多芬孰优孰劣？如果不让他们见个高低，分个胜负，决个雌雄，似乎颇不甘心。

敏感而自尊的普鲁斯特就认为，巴尔扎克的文学成就根本没法与托尔斯泰相提并论。（见《驳圣伯夫》）他说："巴尔扎克的作品令人不愉快，装模作样，充满可笑之处，人类受到一个想写一部巨著的文学家的裁判，而在托尔斯泰的作品中却是受到一个安详的神道的裁判。巴尔扎克给人伟大的印象，托尔斯泰身上一切自然而然地更加伟大，就像大象的排泄物比山羊的多得多一样。"与普鲁斯特持相同看法的是海明威。海明威的自负是出了名的，屠格涅夫、莫泊桑之流也许根本不入他的法眼，他自称与巴尔扎克打了个平手，但对于托尔斯泰伯爵，他还没有足够的勇气与之较量。

说到托尔斯泰与陀思妥耶夫斯基的关系，两个人堪称一对冤家。俗话说，一山不容二虎。在同一个地方，同一个时期出现了两位大师，彼此之间由于文人相轻的通病而导致互相鄙薄本属正常，比如前面提到的海明威与威廉·福克纳之间就很不太平。不过，托尔斯泰与陀思妥耶夫斯基却没有太多的猫腻。至少从表面来看，两位巨匠虽不能说相敬如宾，倒也相安无事。托尔斯泰曾对陀氏的妻子大为赞扬，并不无自嘲地感叹说，若是每个作家都能有那样一个贤惠的妻子，真不知道要多写多少部小说。言下之意，陀氏之所以能一部接着一部地写出那些传世之作，其中有一半是妻子的功劳。托尔斯泰对陀思妥耶夫斯基的作品好像很不以为然，他说出"一个病人不可能写出健康的小说"这样的话，显然有失厚道。相比之下，陀思妥耶夫斯基显得较为谦虚一些。他不仅认为《安娜·卡列尼娜》是欧洲文学中无双的精品，而且公开承认托尔斯泰的才华在自己之上。

将托尔斯泰与陀思妥耶夫斯基捆在一起，并最终使他们互相成为对方的镜子，是后代的文学史家和批评家有意无意造成的。十九世纪的俄国文坛，群星闪耀，大师层出不穷。但如果要从中选出一位对后代的文学（小说）产生最重大影响的作家，此人非陀思妥耶夫斯基莫属。相反，列夫·托尔斯泰对后世影响最小。陀思妥耶夫斯基对西方现代主义的影响力举世公认，加缪、卡夫卡、贝尔纳诺斯皆可以看成是陀氏的传人。卡夫卡在日记中承认，阅读陀思妥耶夫斯基的小说对自己日后的写作是一大发现。而在《罪与罚》与《审判》《城堡》之间，似乎也可以很容易找到内在的联系。即使像果戈理、契诃夫一类的作家，对俄国、西方乃至美洲的短篇小说都产生了深远的影响，而要在西方找到一位托尔斯泰的真正门徒则绝非易事。

记得在大学读外国文学，有关两人的高下优劣，几乎是换一个教师就会换一种说法。这与教师个人的趣味不无关系。喜欢现实主义传统的先生，大都比较推重托尔斯泰；而喜欢现代派和所谓心理小说的先生则更欣赏陀思妥耶夫斯基。而在国际学术界，几乎每隔五六年，风尚即为之一变，而两人的排序也随之沉浮。最近来了一位美国哥伦比亚大学的研究生，她问我最喜欢的作家是谁。当我提起托尔斯泰的大名，她立即面露不屑之色，她说，在美国，托尔斯泰已经是一个过时的作家了。我不知道她说的“过时”从何谈起，就立即讨教，不料她也说不清楚，最后一言以蔽之曰：托尔斯泰的“人道主义”是虚伪的。

在我的学生中间，对托尔斯泰不屑一顾的也大有人在。有一次碰到一位学生，依我看，他的导师是一名颇有学问的俄国文学专家，不知何故，该生却对恩师颇为不满，提出是否可以转到我的名下，让我给他指导。我问他为何要更换导师，他便列举了原导师的几个罪状，其中一条是：他竟然让我去读什么《安娜·卡列尼娜》。可见，在这些言必称美国的学生们的头脑中，老托尔斯泰显然已经是一个不中用的古董了。我对他说：导师就不必换了。因为如果我当你的导师，第一本推荐的书恐怕还是《安娜·卡列尼娜》。

有人说，杰作犹如大动物，它们通常都有平静的外貌。这个说法用于列夫·托尔斯泰似乎是再恰当不过了。我感到托尔斯泰的作品仿佛一头大象，显得安静而笨拙，沉稳而有力。托尔斯泰从不屑于玩弄叙事上的小花招，也不热衷所谓的“形式感”，更不会去追求什么别出心裁的叙述风格。他的形式自然而优美，叙事雍容大度，气派不凡，即便他很少人为地设置什么叙事圈套、情节的悬念，但他的作品自始至终都充满了紧张感；他的语言不事雕琢、简洁、朴实，但却优雅而不失分寸。所有上述这些特征，都是伟大才华的标志，说它是浑然天成，也不为过。他在后世没有真正的传人，似乎一点也不奇怪。因为他的“风格”或“技巧”不是很容易就能学到家的。一般来说，那些叙事风格、形式感特别强的作家，后人学习起来还不至于无所依傍，如果有人打算从托尔斯泰那里偷一点雕虫小技学以致用，恐怕多半要失望，所谓刻鹄不成尚类鹜，画虎不像反类犬也。胡适有句名言，叫作“但开风气不为师”，这句话用来表明个人的治学态度并无不可，但从文学史上来看，大凡是开了一代风气的作家，身后都有一长串追随者。自古以来，开风气者必为师，似乎也是一条定律。普鲁斯特、博尔赫斯、陀思妥耶夫斯基莫不如此。我这样说，一点也没有贬低这些大师们的意思。像荷马、莎士比亚、但丁、歌德、托尔斯泰、曹雪芹一类的作家，只不过在他们各自时代留下一座纪念碑，刻下了标高，后来者高山仰止则可，刻意模仿却吃力不讨好，对于这类大师的学习，至多也是“养养气”而已。我们一般会说，《老人与海》《白鲸》有一点荷马的影子，《日瓦戈医生》有一点托尔斯泰的气象，但从来不会有人把海明威、麦尔维尔说成是荷马的学生，更不会把帕斯捷尔纳克看成是托尔斯泰的再传弟子。因此，生活在托尔斯泰同时或稍后的作家是不幸的（但就这一点看，陀思妥耶夫斯基的确十分了不起，他的身影始终未被托尔斯泰遮住），他的唯一的出路似乎就是另辟蹊径。

拉罗什福科曾说，一个十分杰出的功绩的标志是：那些最嫉妒它的人也不得不赞扬它。在俄国或苏联，不同阶级、不同党派、不同民族的人一致颂扬列夫·托尔斯泰。尤其是在十月革命以后，列宁更是把列夫·托尔斯泰说成是俄国革命的一面镜子，他的这一观点经过匈牙利的卢卡契发扬光大，往往给人造成一种错误的印象，似乎列夫·托尔斯泰不仅始终坚定地站在无产阶级的阵营支持十月革命，而且本身就是无产阶级革命的预言家和马前卒。随着意识形态观念的变化，陀思妥耶夫斯基等一大批杰出的俄国作家或多或少受到冷落和批判，列夫·托尔斯泰却岿然不动。他在文学界的地位犹如一个神，似乎只有音乐界的柴可夫斯基可以与之媲美。托尔斯泰、柴可夫斯基固然优秀，但他们的名字在成为象征之后，欣赏就成了一种带有强迫性的“必须之举”。布尔加科夫在《大师与玛格丽特》中，曾不无讥讽地描写过莫斯科的傍晚：随着黑夜的降临，家家户户的窗户中都亮起了灯，一阵悠扬的乐曲飘出窗外，你不用去打听那是什么曲子，因为它必然就是柴可夫斯基的《天鹅湖》。这真是一场灾难。列夫·托尔斯泰在苏联的情形常让我想起鲁迅。坦率地说，在五四那帮作家中，我对鲁迅的喜爱，相信无人能出其右，但如今我听到鲁迅这个名字总会莫名其妙地感到一阵厌烦。它被提到的次数太多了。不管你是否愿意，它成了我们精神生活的一个组成部分。当你翻开初中、高中的语文课本，总有两位作家是不可替换的，一位是鲁迅，一位是毛泽东。

高尔基曾把托尔斯泰称为“小神”，我想他这样说的动机是纯真的。不是为了宣传，而是出于匠人之间本能的崇拜。托尔斯泰的身上也的确有那么一点“神启”之光，且不用说好的艺术家总是或多或少地带有一点与神灵相通的性质（譬如诗人在古埃及的文献中，是属于人神之间的那么一个角色，有点类似于信使），托尔斯泰本人的宗教热忱也让人望而生畏。有人说他本质上不信教，但这并不妨碍我们把他称为一位不折不扣的宗教狂热分子。别的不说，当列夫·托尔斯泰随口说出“天国就在你们心中”这样一类的话时，无意间已多少带有一点耶稣的口吻了。我有一种奇怪的感受，这里也是随便说说，尽管列夫·托尔斯泰一生写了七百万字以上的小说，其中大部分都堪称杰作，但托尔斯泰本人似乎对第一流小说家的荣誉并不那么在乎。也就是说，驱使他写作的动机并不是做一个一流的小说家，而是他那野草般丰富而深邃的思想惯性，再加上他那野牛一般的体力和过人的精力，小说只不过是他发泄过剩精力的一个天然渠道。因此，我觉得他被称为一个思想家也许更合适。在他的名作《战争与和平》《复活》中，列夫·托尔斯泰动不动就让精彩的故事突然中断，毫无顾忌地加入大段大段的议论和评述，尽管他的议论性文字不乏真知灼见，但对故事的流畅性和阅读效果而言，未尝不是一种损害。福楼拜也好，托马斯·曼也好，都对托尔斯泰这一做法感到不解，尤其是在《战争与和平》的第三部分，他为了塞进那些议论性的文字而不惜让整个故事“突然死亡”。其实，以列夫·托尔斯泰的睿智，他并非不知道这一写法会带来何种结果，他一意孤行，我行我素，说明整个写作活动已部分地脱离了作家智慧的控制。反过来说，这种写法对作者来说是一种不可更改的习惯，是一种必须。

米兰·昆德拉认为小说有自身的智慧，它比作者本人的智力水平更高、更远，这种说法在列夫·托尔斯泰身上得到了最好的验证。在托尔斯泰晚期的作品中，作家在思想性方面的探索走得更远，说得简单一点，就是钻进了牛角尖。如果换一种说法，那就是列夫·托尔斯泰试图代替上帝进行思考。《克鲁采奏鸣曲》《伊凡·伊里奇之死》都是这方面的代表作。安德烈·纪德曾经告诫人们，对于有些问题，以人类的智力，不宜探究得太深，米兰·昆德拉所谓“人类一思考，上帝就发笑”说的其实也是这个意思，但对于列夫·托尔斯泰来说，他的思索、疑问是不分畛域、没有界限的，在这一点上托尔斯泰更近乎歌德。后者曾有一句名言：“凡是赋予整个人类的一切，我都要在内心体味参详。”他又借霍蒙苦鲁斯之口说出这样令人费解的话：“一个人连‘母亲’都敢探索，就再也不会遇到什么困难。”（参见《浮士德》，董问樵译）托尔斯泰的政治理想，价值伦理和哲学思考固然因为在印度的实践而开出了花朵，结出了果实——甘地所奉行的和平主义运动取得了空前的胜利，并成为某种新的精神资源，但如用“勿以暴力抗恶”或所谓的人道主义来概括托尔斯泰的思想，未免过于简单。说托尔斯泰的人道主义是虚伪的，也并不完全错。托尔斯泰一方面固然同情、关心农民，并一直设法让农民获得应有的土地，但他骨子里与农民属于完全不同的一类人，他不了解他们的思想感情，同时在内心深处对他们也有一种本能的蔑视，而且他不愿意放弃自己的贵族地位和优游的生活。他一生都在思考“得救”这个问题，和陀思妥耶夫斯基一样，幻想在人间建立上帝的天国。他虽然说出了“天国在你们心中”这句有名的箴言，但仍无法克服内心巨大的矛盾与分裂，最后终于离家出走，死在了一个荒凉的小车站上。我认为，从本质上来说，托尔斯泰是一个“虚无主义者”。而他的合理身份也许还不只是一个思想家，倒更像一位没有具体信仰的神学家，关于这一点，托尔斯泰本人在忏悔录中说得十分明白：

> 我生活在这个世界已有五十年，除了十四五年童年时代之外，我有三十五年都是个虚无主义者，这是按这个词的本意来说的：既非社会主义者，又非革命者（就人们通常赋予这个词的歪曲涵义而言）；虚无主义者，这就是说，毫无信念。

二

《安娜·卡列尼娜》是我最喜爱的长篇小说，这一点，我想一开始就指出来。在我们这门课的讲授计划中，我将它放在最前面，也不是没有考虑的。诸位也许和我有不一样的看法，这无关紧要。我一直认为，在文学上，没有“正确”这样一个绝对的概念，也没有任何人担保可以提供给我们一个一劳永逸的最后答案。作为教师的职责之一，仅在于阐述他个人的观点（如有必要，他也会提及文学史上的相关看法）并说明理由。《安娜·卡列尼娜》不仅是我最喜欢的长篇小说，而且我认为，在列夫·托尔斯泰的所有作品中，它也是写得最好的。《战争与和平》也许更波澜壮阔，更雄伟，更有气势，但它不如《安娜·卡列尼娜》那么纯粹，那么完美。顺便说一句，列夫·托尔斯泰并不是一个出色的文体家，但他的文体的精美与和谐无与伦比，这并非来自作者对小说修辞、技巧、叙述方式的刻意追求，而仅仅源于艺术上的直觉。

尽管《安娜·卡列尼娜》在文体上有着令人难以抗拒的魅力，但我之所以会被这部作品迷住，是因为完全不同的另外因素。说得简单一点，那就是这部作品在道德上的强烈的冲击力。众所周知，列夫·托尔斯泰在道德训诫方面的主观意图十分强烈，但也并非始终如此。在他早期的作品中，他更信赖不涉及道德说教的自然，强调为艺术而艺术，用他自己的话来说，纯粹艺术的才能要比社会意义的才能高得多。到了晚期作品中，托尔斯泰完全走到了另一个极端，甚至带有明显的反智、反文化、反艺术的色彩，他不仅对莎士比亚那样的纯艺术作品深恶痛绝，而且为自己身上所有的莎士比亚的倾向公开表示悔恨。我们这里要说的《安娜·卡列尼娜》恰好处于这两个极端的中段，是托尔斯泰的思想、观念、艺术倾向发生重大变化的关键时期。俄国的德鲁日宁、安年科夫等人把《安娜·卡列尼娜》视为“纯艺术”的代表作品，我认为颇有疑问。《安娜·卡列尼娜》虽说没有《战争与和平》中那么多的议论和哲学说教，但对于“灵魂得救”这一主题的展开，作品中的思辨色彩和宗教情绪却要浓烈得多，而且，托尔斯泰晚期作品中的许多主题、倾向和叙事特点在《安娜·卡列尼娜》中都有所表露。因此，我认为，《安娜·卡列尼娜》对于列夫·托尔斯泰一生的创作来说都是一个重要的转折点——从艺术表现力方面来说，作者的能力日臻成熟，而且对长篇小说这个体裁的驾驭炉火纯青。这部小说写于他一生中最安宁、最幸福的时期，虽然对于绝对善、正义、真实以及“得救”的探索已为日后的创作埋下伏笔，但这方面的倾向还未来得及对他饱满的热情、宽广的视野构成损害。

我最近在重读这部作品时，它的流畅性、内在的严谨与缜密仍然让我感到震惊。而实际上，这部作品的写作过程时断时续。作者一面写作，一面却对这部作品的意义产生了深刻的怀疑，他甚至几次中断了写作。如果不是他的责任心的驱使——仅仅为了使《俄国导报》的连载得以完成，作品很可能会中途夭折。当托尔斯泰写完这部作品后，他像是摆脱了一个沉重的负担似的感叹说：“我终于被迫把我的小说写成了，它简直叫我腻烦死了。”托马斯·曼认为，作者之所以写得如此困难，主要是艺术上的永不满足造成的无休止的琢磨修改：“这位惊世骇俗的圣者越是不相信艺术，对艺术越是一丝不苟。”这一说法固然有道理，但我认为，这部作品难产的另一个或许更为重要的原因，却是作者在“生命的意义”“价值观念”“社会变革的理想”等重大问题上产生了普遍而深刻的危机与幻灭感。作者将那些犹疑、彷徨，甚至有些绝望的思考一起写入了小说。

在以前的课上，我每次都要向学生提出这样的一个问题：托尔斯泰的绝大部分作品都不喜欢在章节之间用小标题，这是作者的写作习惯所致。《安娜·卡列尼娜》似乎也不例外，但有趣的是作者在这部作品中却出人意料地使用了一个标题，那么这个小标题是什么呢？没有学生能回答这样一个简单的问题。这说明，同学们在阅读作品时还不够细致，因为，在我看来，这个在文体上的、形式上的反常之举是不应该被忽略的。好吧，我现在告诉诸位，这个小标题就是“死”。也许列夫·托尔斯泰在写下“死”这个标题时，完全是无意识的，但却泄露了一个重要的秘密，这部作品的主题并不像很多人指出的那样单纯，至少不是以“婚外恋”“反叛”“家庭伦理”一类的题目所能涵盖的。“死”这个标题在全书中那样醒目，似乎暗示了“死亡”是作者的思考中无法逾越的障碍，正如托尔斯泰在作品中说的那样，既然人人都要一死，那么他在生前的荣辱得失、衰盛毁誉、挣扎和希望又有什么意义呢？问题既出，无人能够回答，在这里托尔斯泰似乎又钻进了牛角尖，又在代替上帝进行追问了。这种思考注定没有答案，是因为它本身是非理性的。因此，我觉得，尽管有人认为这部作品是有史以来最伟大的社会问题小说，但它从本质上来说是反理性、反社会的。也就是说，在列夫·托尔斯泰有关“获救”的辞典中，社会进步、革命理想、知识与文化、理性与科学统统不在其中。在托尔斯泰看来，艺术不是别的，其存在正是对上述一切价值系统困难而神圣的超越的象征。

在《安娜·卡列尼娜》这部小说中，列夫·托尔斯泰塑造了许多在文学史上光芒四射的人物：安娜、渥伦斯基、吉提、列文、卡列宁、奥布浪斯基公爵……在这些人物中，唯一一个在生活中左右逢源，带有点喜剧色彩的就是奥布浪斯基公爵，其他的人物无不与死亡主题有关。如果我们简单地归纳一下，这部作品主要写了两个故事：其一，是安娜与渥伦斯基从相识、热恋到毁灭的过程，以及围绕这一进程的所有社会关系的纠葛；其二，是列文的故事以及他在宗教意义上展开的个人思考。正如那句著名的开场白所显示的一样，作者对现实的思考是以家庭婚姻为基本单位而展开的，至少涉及了四种婚姻或爱情答案：卡列宁夫妇，安娜与渥伦斯基，奥布浪斯基夫妇，列文与吉提。每一个答案都意味着罪恶和灾难。安娜是唯一经历了两种不同婚姻（爱情）形式的人物。在作者所赋予的安娜的性格中，我以为激情和活力是其基本的内涵，正是这种压抑不住的活力使美貌纯洁的吉提相形见绌；正是这种被唤醒的激情使她与卡列宁的婚姻，甚至彼得堡习以为常的社交生活，甚至包括孩子谢辽莎都黯然失色。与这种激情与活力相伴而来的是不顾一切的勇气。当小说中写到渥伦斯基在赛马会上摔下马来，安娜因失声大叫而暴露了“奸情”之时，对丈夫说出下面这段话是需要一点疯狂勇气的：“我爱他，我是他的情妇……随你高兴怎么样把我处置吧。”托尔斯泰对这种激情真是太熟悉了，我们不妨想一想《战争与和平》中的娜塔莎，《复活》中的喀秋莎，还有蛰伏于作者心中的那头强壮的熊——它的咆哮声一直困扰着列夫·托尔斯泰。

如果说列文这个形象对托尔斯泰来说意味着个人经验的改写，那么安娜恰好预示着一种可能：她对家庭的背弃，她的自杀，都是作者想做而未做的。因此，作者对安娜的深爱、赞赏与恐惧是不难理解的。有相当多的学者认为，安娜的悲剧是由于客观的社会环境造成的，比如说脱培西之流蚁聚一处的上流社会生活圈子的压力，或者说，安娜和渥伦斯基的爱情悲剧是他们两人都无力也不愿与这个生活圈子一刀两断而导致的。正是在这个意义上，英国作者高尔斯华绥认为安娜之死是作者的败笔，是不真实的。首先，从小说本身所展现的事实来看，这一见解是说不通的。安娜与渥伦斯基结合固然会导致社会的压力，但这种压力并未大到足以毁灭他们的程度。其次，假如这种爱情意味着“获救”和“幸福”，那么承受这种压力就是应有之义。至少，对于女主人公安娜来说，她在与渥伦斯基结合的过程中，她所面临的最大恐惧并不是上流社会的摒弃，也不是遗弃谢辽莎的后果，而是她不知道爱情的对象何时会停止这种爱，从而让她的全部牺牲彻底贬值。由此，安娜进入了嫉妒——怀疑——安慰——怀疑——嫉妒的怪圈，并最终导致了厌倦。由此可见，安娜的死是由于厌倦，她的自杀是有着充分的理由的。厌倦压迫着她，使她在任何时候都会采取自杀这一步骤，尽管安娜本人并非完全了解这一点。这同样可以解释，为什么安娜的自杀带有那么一点灵机一动的神秘色彩——她去车站并不是为了自杀，而是去等候渥伦斯基。火车进站的鸣叫使她突然想到了死，于是她就走下了站台。她当时表现得异常“清醒”，她甚至感到自己手提包被什么东西挂了一下，又从容地解开了它，但这种清醒何尝不是一种深刻的迷惘。在这里，只有一点是清楚的，那就是安娜想惩罚他的情人，想让自己的死使对方感到悔恨。她动用了属于她的最后一点资源。

从另外一层意义上说，安娜的死是“注定”的，也就是说，作者托尔斯泰早就将她列入了牺牲者的名单，因为托尔斯泰对激情导致的后果已做了预先的设定，他不相信安娜与渥伦斯基的婚姻／爱情形式有多大的前途。事实上，在作者安排安娜与渥伦斯基在车站月台上第一次见面时，宿命的阴影已经将两人笼罩于其中了。

我们再来看看列文与吉提。这对恋人虽然历经波折与坎坷，最后终于成了眷属。较之安娜和渥伦斯基，他们之间的爱情更符合托尔斯泰的理想。在这里，《战争与和平》中的安德烈、彼埃尔、娜塔莎的三角关系被一分为二；安德烈与娜塔莎之间充满激情的爱情在安娜与渥伦斯基身上得到了更为充分的展现，而彼埃尔与娜塔莎宗教气息很浓的婚姻则在列文与吉提身上再一次被重写。列文与吉提的重归于好被托尔斯泰赋予了天堂般的温馨。像彼埃尔一样，列文也是一个神秘主义者，他的“猜字游戏”式的求爱过程更像是一次赌博，不过他成了赢家。列文的求婚被接受之后，困扰着他的所有障碍仿佛在顷刻之间被瓦解了。托尔斯泰写道：“他（列文）必要的时候可以飞上天，或是举起房子的一角来。”由于有了梦寐以求的爱情，他一度深恶痛绝的沙龙聚会不再令人感到无聊，他甚至感到自己承受不住幸福的晕眩，迫不及待地与茶房彻夜长谈。婚姻的枷锁在列文那里也成了逃避自由的绝妙借口，尽管他不得不放弃自己打猎的爱好，但他为自己失去了自由而欣喜若狂：幸福就是妻子不让列文去猎熊，列文感到高兴，爱，不仅是征服了他，而且是整个地将他吞没了。“我心里丝毫找不出惋惜我的自由的心情。”“我高兴的正是失去我的自由。”

然而，现实正如托尔斯泰所指出的那样，与不幸的背景相比，幸福是脆弱的，来得快，去无踪。列文与现实的和解是暂时的，忧郁与痛苦很快又回来了。爱情并未使他“获救”。为了阻断自己的自杀企图，列文像一个强迫症患者一样，把家里的绳索全部藏起来（因为他看到绳索就想上吊），而且不敢携带枪支（开枪自杀就更容易了）。列夫·托尔斯泰仿佛被死亡这样一个巨大的诱惑迷住了，在《安娜·卡列尼娜》中，他写到了形形色色的死：列文哥哥的死，安娜的自杀，列文克制不住的自杀冲动，渥伦斯基为自杀所寻找的漂亮借口（上前线并尽快地被土耳其人的子弹打死）。小说中的人物似乎没有一个有好的结局，就连密哈罗夫这样的人也成天幻想着离开世界：“要是能够逃到什么地方去就好了。”而卡列宁无疑是小说中最为悲惨的一个人物。他自始至终都在深渊中挣扎，他生活中的一切都是虚假的。糟糕的是卡列宁本人能够意识到这种虚假而根本无力改变它。在他的心目中世上的一切都是邪恶的，唯一可以支持他生命的是一种病态的责任感：他用这种责任感强迫自己办公务，用这种责任感来谈情说爱，来面对背叛他的妻子，与他的情敌和解。具有讽刺意味的是，卡列宁自己把这种责任感解释为“侍奉上帝”的道德需要。

毫无疑问，列文是小说中的第一主人公。托尔斯泰为了改造这个人物，动用了自己的人部分经验积累。从某种意义上说，列文就是托尔斯泰本人。那么，托尔斯泰借助于这个人物的苦难历程要向读者传达一个怎样的信息呢？或者说，列文这个富足的地主、患有强迫症的沉思者、具有非理性倾向的“神学家”所关心的最重要的问题是什么呢？我以为就是上帝与个人的关系。或者说，人在何种意义上需要一个上帝，以及人在没有上帝的情况之下何以得救。与其说他给我提供了一个真实的答案，还不如说留给了我们一个自相矛盾的谜团。列夫·托尔斯泰的思考留下的是一个原样的世界，但他也在某种程度上给出了答案，那就是列文式的坚韧与忍耐，或者以蒂利亚口吻所说出的：“上帝给予了十字架，也就给予了我们忍受它的力量。”它与里尔克、卡夫卡所给出的答案大致相仿。

马丁·杜伽尔曾认为，托尔斯泰是最具洞察力的作家，他的目光十分锐利，能够穿透生活的壁垒而发现隐含其中的“真实”。但我却倾向于认为，从根本上来说，托尔斯泰是一个图解自我观念的作家，不管是早期还是晚期作品，主题上的联系十分清晰，尤其是《战争与和平》《安娜·卡列尼娜》两部巨著，其中的人物、情节、主题多有雷同之处。他的观念的疆域并不宽广，他的素材也不丰富，但这并不妨碍托尔斯泰的伟大，正如塞万提斯的狭隘主题并不妨碍《堂吉诃德》的伟大一样。小说的真实来自他的智慧、敏感而浩瀚的心灵，而更为重要的，他的诚实。维特根斯坦在读完《哈泽·穆拉特》以后曾感慨地说：“他（托尔斯泰）是一个真正的人，他有权写作。”

《包法利夫人》与福楼拜

一、爱玛

如果我们把安娜·卡列尼娜与爱玛这两个人物形象做一个简单的比较，我们便会立即发现这两个人物之间的许多共同点。她们都具有摆脱或改变自身处境的强烈愿望，与社会现实发生了剧烈的冲突，她们最终都死于自杀（卧轨和服毒）；这两个人物的性格之中都有一点浪漫的色彩，这种浪漫与社会生活的严酷性构成了反讽；导致她们毁灭的外在因素都是所谓的“婚外恋”或自我放纵。然而，两个人物表面上的共同特征并不能掩盖她们之间的巨大差异。我们今天来分析“爱玛”这个人物的意义，不妨就从这些差异入手。首先，安娜的死具有浓烈的哲学意味，正如我们在上一课中所讲的，安娜的自杀多少带有那么一点“灵机一动”的味道。至少，从社会现实对个人的逼迫和挤压来说，安娜所遭遇的压力远较爱玛为轻。也就是说，安娜的死主要是源于内心慢慢培植、累积起来的厌倦，是激情消失之后难以驱除的空虚和绝望。而爱玛的死则带有更多的社会学因素（从这一点上来说，福楼拜将《包法利夫人》的副标题称为“外省风俗”不是没有道理）。

有的同学提出，假如公证人、鲁道尔弗或随便什么人能够借给爱玛三千法郎，她的死是不是可以避免呢？我认为提出这样的问题非常合理，从小说中看爱玛虽然到了山穷水尽的地步，但也并不是非死不可。至少，与安娜不同的是，爱玛临死之前仍然有着强烈的求生愿望。她最终选择服毒，无力偿还高利贷是一个因素，对破产这一灾难性后果的夸张想象亦在背后推波助澜，但我认为，她的死与“浪漫的梦幻”突然苏醒有关。鲁道尔弗也好，莱昂也好（包括勒乐、公证人），这一张张道貌岸然、彬彬有礼的面孔突然露出来的狰狞、恶俗和残忍使爱玛猝不及防，一时处于惊慌失措、手忙脚乱的境地。所以我觉得，爱玛的死并非仅仅由于“高利贷危机”的残酷，而主要是由于对社会生活突然向她展露出的“真相”缺乏足够的心理准备。

从另外一个方面来说，爱玛是一个外省农家姑娘，缺乏安娜那样显赫的贵族地位、丰富的社交阅历和老练的处世手段。“现实”对她来说，无论从哪个方面看，都不是一个可供演出的舞台，而仅仅是一个陌生的、尚未充分认知的险恶之地。安娜与爱玛都怀着对爱情的浪漫憧憬，所不同的是安娜是从一开始即明确地知道自己要求的是什么，她只有一个目的，那就是她与渥伦斯基的爱情。而爱玛的爱恋对象则带有虚幻的、朦胧的性质。我们知道，鲁道尔弗与莱昂尽管在事实上都与爱玛发展了充分的“私情”，但他们两个人实际上都不是爱玛理想中的爱欲对象。如果一定要在小说的人物中挑选一位的话，那么这个人就是在作品中只出现过两次的子爵。他们第一次认识是在一次舞会上，子爵请她跳舞。第二次是在小说的结尾，失魂落魄的爱玛在绝境中差一点撞上他的马车。奇怪的是，子爵这个人物在小说中并无正面的描述，他像一个影子一样出场，又像影子一样倏然而灭，却在爱玛的心中留下了难以磨灭的记忆。子爵的形象犹如爱玛那些虚无缥缈的想象（加上爱情小说的催化）在现实中的一个投影。充其量，他只是某种氛围、某种音乐的曲调，一种杂有“美女樱与烟草”的味道，一个她渴望侧身其间而又不得其门而入的舞厅，一句话，子爵的形象实际上是爱玛渴慕已久的上流社会生活的象征物。因此，在爱玛对爱情的憧憬中，暗含着强烈的改变自己社会地位的吁求，而她原先渴求的具体的爱情对象反而变得模糊不清了（她从未记住子爵的脸）。如果说，子爵仅仅是这种生活的一个影子，那么鲁道尔弗和莱昂就是影子的影子。正如渥伦斯基的恋情使卡列宁、谢廖莎以及富足安宁的生活在安娜的眼中一下子失去了分量一样，子爵这个具体可感的“投影”一旦出现，爱玛的婚姻生活就突然变得索然无味了。

在我们讨论爱玛这个人物形象时，有一个不容回避的问题，就是她身上的浪漫主义色彩。这个问题涉及作者塑造这个人物的动机以及人物在作品中的意义所指，我想着重谈一谈。爱玛的确是读浪漫主义爱情小说长大的，尤其是由于外省的地缘位置，这种浪漫主义与她天性中的纯真、淳朴、喜爱幻想等因素结合在一起，很容易在她的记忆之中扎下根来，并渐渐影响到她的思维和认知习惯。她用这种浪漫的眼光打量这个世界，编织自己的爱情梦想。假如她的一生都在偏远的外省农场度过，这种浪漫也许说不上有什么不合适，当然也不是一种心智或性格的缺陷。问题是，当这株娇柔的植物离开温室，置身于狂风寒霜之中，枯萎也许就是它不能逃脱的命运。有人说，福楼拜塑造这个人物的意图就是为了批判爱玛身上的浪漫主义，批判她的不合时宜，她的任性和堕落。在以前同学们的作业中，的确有很多人抱有这样的观点，他们甚至得出结论说，一个人要想在社会中立于不败之地，就应该彻底抛弃浪漫和幻想，脚踏实地地生活。在一些外国文学的教科书中，持有类似观点的人亦不在少数。他们甚至搬出一系列名词来论证福楼拜的哲学观念，并以此来解释福楼拜创作这个人物和《包法利夫人》的初衷，这些名词包括：“客观性”“实证主义”“生活的科学形式”等等。在他们的眼中，作者福楼拜俨然成了一个市侩式的实用主义者。这样一来，对《包法利夫人》这部作品的理解完全被导向一个错误的方向。这的确是一个不幸的错误，因为这种观点与作者本人的哲学观念、生活信条以及《包法利夫人》所呈现的意义完全相反。

实际上，所谓的“客观性”“实证主义”至多不过是作者在艺术表现手法上的尝试（关于这一点，我们在后面还要详细分析）。从现有的资料来看，福楼拜本人即有很浓重的浪漫的气质。他长年隐居乡野，对于已经羽毛丰满的资产阶级社会的生活理念深恶痛绝，他一直到死都未能克服身上“出世”“遁世”的倾向。他不屑于与资产阶级的凡庸生活融为一体，他的生活观念既不切实际，也不合时宜。他有一句名言：“我所欣赏的观念，就是绝对的虚无。”他的生活态度十分消极，几乎带有一点病态。在我看来，他是一个多少有点病态的完美主义者、幻想家、遁世者。比如他每天要洗好几次澡，生活中没有什么享乐（包括爱情），完全自觉地与当时的世俗社会保持距离。

如果我们能够通过以上分析勾画出作者形象的大致轮廓，再把这个形象与爱玛做一个比较，我们也许就会大吃一惊。正是从这个意义上，我们也许不难理解作者这样的感慨：“包法利夫人，就是我。”福楼拜一生创作的作品并不算多，与他同时代的前辈巴尔扎克更是不能比拟，但他的所有作品自始至终都延续了同一个主题，作者通过这个主题的一再表述，来表达自己在当时的社会现实中强烈的不适感。这种不适在爱玛的身上表现得比较外露一些，而在《情感教育》《一颗简单的心》《布法与白居榭》中则多少改变了形式。顺便说一句，越来越多的人认为，《布法与白居榭》是作者最伟大的作品，它的价值似乎被埋没了。从这部描写两名异想天开的遁世者最终被迫回到现实中苟延残喘的小说来看，《包法利夫人》的主题依然清晰可见。话说回来，爱玛的“堕落”与“浪漫”本身也许并不重要，重要的是她何以“堕落”，“浪漫”何以导致毁灭。如果说作者对“爱玛”有一点点指责或哀叹，那也仅仅在于，在作者看来，爱玛对于一八四八年以后资产阶级社会的现实完全缺乏了解，当她在外省农场的阁楼上贪婪地阅读爱情小说的时候，她身外的法国社会已经发生了极其深刻的变化，“浪漫”产生的土壤和气候都已消失殆尽。

爱玛身上的“浪漫”对于作者来说，犹如一根探测器。作者试图用它来衡量一下社会的庸俗、残酷程度。我觉得，福楼拜在这方面的确十分残酷。“爱玛”惨死的过程，作者写得如此详细，以至于有一些论者将福楼拜与左拉的自然主义混为一谈（这当然是胡说八道）。但我认为，作者这样处理是有充分的理由的。“爱玛”这个人物在读者的眼中越是天真、柔弱、悲惨，在她对立面的那个无声而残酷的社会现实的面貌就越清晰。关于“浪漫”在资产阶级现实社会中的处境这一主题，福楼拜以后的作家亦曾多次书写，但福楼拜是最早的先驱者之一。到了二十世纪中期，在加缪的剧本《误会》中，这个主题被再次触及。不过，加缪对现实的批判比福楼拜要尖锐、激烈得多，多少带有一点极端化。他通过作品人物之口发出了这样的感叹：这个社会已经容不下哪怕一丁点的浪漫，即便是一个小小的浪漫念头亦会招致杀身之祸（《误会》中的儿子最终死于母亲和妹妹之手）。

二、查理・包法利

通过上面的分析，我们已经大致知道了福楼拜创作《包法利夫人》这部小说的初衷，以及这部小说在主题上的重心所在。然而在我看来，对于作者所勘探、表现的现实生活的深度与广度来说，爱玛并非是唯一的一根探测器。我当然不是说，被人戴了绿帽子的查理・包法利在作品中比爱玛还重要，但这个人物对作品主题的深化起到了不容忽视的作用，历来的研究者和教科书似乎都忽略了这个人物的存在。他似乎只是一个陪衬或道具，可有可无。我们好像忘记了，查理・包法利在小说中也是一个有血有肉的人物，也属于福楼拜塑造出来的特殊“典型”。而且，整部小说是以包法利上学作为开端，他的死亡作为全篇的终结——爱玛死后，他又硬撑了一段时间，才在这个残酷的世界上消失。如果我们把这部作品作为某一个人物的传记来读，传主只能是查理・包法利，而不是爱玛。也许有人会说，当爱玛与鲁道尔弗、莱昂打得火热的时候，作者似乎把查理给忘记了，这话自然没错。在作品中的某些章节，查理的活动、思想的确描述得比较简略，但这并不意味着这个人物不重要。事实上，当爱玛死后，查理读到妻子的情书时，那些被作者省略掉的部分便重新被照亮了，我们仿佛把小说又重读了一遍。在小说的结尾，包法利获悉妻子背叛后的心理活动过程，作者也没有详细的交代。然而我们即便把包法利本人的“弱智”、“迟钝”和“憨愚”等特征考虑进去，亦不能得出结论说，查理对妻子的偷情与背叛全然无动于衷。（他最后轻易地就原谅了他的情敌鲁道尔弗的时候，他想了些什么呢？）

爱玛与查理具有完全不同的性格心理特点，我们不应在这一点上把两个人物混为一谈。然而，我认为，从一个更大的范围内来说，在作者的某些特殊的暗示之下，这两个人物不仅属于同一个社会阶层，而且属于同一个文化类型。相对于那个日益成熟、严酷的资产阶级社会来，他们两个人都有着某种先天的缺陷。一个充满热情与幻想、浪漫与天真；一个缺乏生活情趣、智力平庸、感觉迟钝，然而他们都属于不合时宜的弱者。作者对爱玛这个人物的任性、轻浮、不合时宜的幻想做了充分的展示，而对她的天真、淳朴甚至是纯洁却没有正面表述，而只是做了一点暗示。比如，当公证人将与她发生肉体关系作为给予她生路的交换条件时，作者先是描述爱玛“立刻就红了脸”，然后写她因吃惊而怪叫，似乎完全不相信世上竟会有这样“无耻”“下流”“混账”“丧尽天良”的事情发生。最后，爱玛感觉到了骄傲：“她从来没有这样高看自己，也从来没有这样小看过别人。”作者在这里仿佛极其郑重地提醒我们：应该重新认识爱玛与鲁道尔弗、莱昂的关系。作者正是通过爱玛的“堕落”写出了她的“纯洁”。查理·包法利亦是如此，他的迟钝、平庸、古板、懦弱的背后是宽厚、淳朴与善良，这样一个人物如果出现在《十日谈》或《堂吉诃德》里，也许还会带上一点喜剧色彩，然而他是生活在十九世纪中叶的法国，他会有怎样的遭遇呢？

爱玛看清了这个社会的真实状况已为时太晚，她在面临破产的威胁、无计可施之时，作者没有容她多活一天，立即就让她喝砒霜死掉了。因此，爱玛是一个真相的目击者，但她却没有时间去咀嚼苦难。而查理·包法利却是一个苦难的承受者。他对苦难的承受完全是被迫的，如果没有爱玛，他可能终其一生都觉得满足（因为他智力迟钝，感受力比较麻木），然而他不仅目睹了妻子的惨死，而且通过她留下的情书获悉了所有的隐情与秘密，进而认识了这个社会的基本真相。他不善表达，天性愚钝，他在获悉真相之后选择了沉默。作者没有过多地渲染他的悲伤、绝望和痛苦，而是让他静静地一声不吭地靠在墙上死去了。作者没有写出来的部分，读者却看得很真切。让一个迟钝、麻木的人去承受全部的灾难，作者的确是残酷了一点。所以，这部作品的主题在很大程度上都与爱玛的悲剧有关，但却是通过查理·包法利而最终完成的。

查理·包法利这个人物的遭遇，常使我想起美国作家辛格的短篇小说《傻瓜吉姆佩尔》。福楼拜似乎不愿意将查理直接写成一个傻子。包法利（Bovary）这个姓氏是作者生造出来的，含有牛的意思。《布法与白居榭》中布法（Bouvard）亦与此类似。“包法利”显然不是傻子，只不过像牛一样笨拙、迟钝而已。我不能肯定辛格在写作《傻瓜吉姆佩尔》这个脍炙人口的名作时是否受到《包法利夫人》的启发与影响，但这两部作品的主题十分相似，人物的遭际和命运亦有类同之处。像包法利一样，吉姆佩尔也有着智力上的先天缺陷，全镇的人都在欺骗他并以此为乐，他的妻子亦在公开地背叛他。让吉姆佩尔这样一个傻瓜去获悉事件的真相似乎更为困难，因此辛格没有采取“私信公开”这样一个形式，而是让妻子在临死之前直接告诉他真相，使吉姆佩尔不得不去承受苦难的重负。他在知道全镇的人（包括他妻子）都在欺骗他之后，曾经有过片刻的犹豫，打算报复他们（在面粉里撒尿，以便让全镇的人都吃上掺尿的面包），但他最终放弃了这个想法，像宽恕妻子那样宽恕了所有的人。在这里，辛格使用了明显的反讽技巧，仿佛在提醒他的读者：如果在全镇的居民中，还有一个诚实、有德行的人存在，那么这个人就是傻瓜。

在《包法利夫人》中，查理·包法利宽恕他的情敌鲁道尔弗这一节，是整部作品中最充满温情的篇章，当然也存在着许多疑问。查理为何要主动宽恕情敌呢（鲁道尔弗并未请求对方宽恕）？是因为他天性的质朴、善良，还是他觉得这个无耻之徒的身上黏附着爱玛的灵魂？或是他有着将所有苦难承受下来，将“无限的痛苦倒咽下去”的行为惯性？作者尽管没有明说，但从“错的是命”这句“伟大”的话来看，上述情形恐怕兼而有之。在这里，反讽的意味也显而易见，包法利忍受着巨大的内心痛苦而给予情敌的宽恕，在对方看来只是愚蠢、忠厚和下贱。传统的价值准则，诸如诚实、忠恕和仁慈在现实社会中正在急剧贬值，就像爱玛的“浪漫”一样，已经没有适当的位置。

尽管作者声称他是一个虚无主义者，尽管他在作品中将自己隐藏得很深，但我们从查理·包法利这个人物身上亦能隐约看到作者的价值取向。

在欧洲文学史上，智力上的弱者形象可谓屡见不鲜。我们随手即可开列出一个名单，比如全福（福楼拜《一颗简单的心》）、伊凡（列夫·托尔斯泰《伊凡·伊里奇之死》）、辟果提（狄更斯《大卫·科波菲尔》）、迪尔西（威廉·福克纳《喧哗与骚动》）、安娜（英玛·伯格曼《呼喊与细语》）等等。奇怪的是，除了查理·包法利、吉姆佩尔之外，这些人物大多是保姆、仆人一类的角色（某种意义上查理·包法利也可以被视为一个“保姆”），他们既是苦难的目击者，同时也是承受者。列夫·托尔斯泰笔下的男仆伊凡，“身上散发出青草和泥土的香味”，简直就是俄罗斯大地的化身。他们对命运逆来顺受，对苦难有着巨大的消化力，他们的存在似乎是为了守住人类某种古老理想、价值的底线。他们既是模糊希望的托迹之所，亦是想象中的避风港，更是长久的慰藉。

三、文体

米兰·昆德拉有一句流传很广的名言，大意是，直到福楼拜的出现，小说才终于赶上了诗歌。众所周知，欧洲的小说最早是从叙事长诗中分化出来的。也就是说，叙事诗中描述事件进程的部分被剥离出来，渐渐成为一种专门的说故事的体裁。小说的诞生使诗歌失去了“叙事”的天然权利，而较多地从事抒情。然而，与诗歌这种古老的艺术相比，小说的幼稚是毋庸置疑的，它长期以来遭受冷落与歧视也就不足为怪了。在我看来，小说的不成熟，除了它作为一门专门的艺术尚未得到充分的发育之外，更重要的是，它与诗歌的关系十分暧昧，没有摆脱对于诗歌母体的依赖，它自身特殊而严格的文体上的规定性在相当长的时间内未能形成。早期小说的故事性倒是大大增强了，然而诗歌也可以讲故事，而且一度讲得很好，那么小说与叙事诗的差别究竟在哪儿？甚至就连小说艺术的评价尺度，也是从诗歌那里借用过来的。一个最明显的例子是，直到今天，我们在评价一部伟大的小说时最常用的话仍然是“这是一部伟大的史诗”。“史诗”的风范依旧是小说的最高评判标准。这就好比说，在小说的园地里获得成就，却要到诗歌的国度去领受奖赏。

福楼拜的出现是具有划时代意义的，而《包法利夫人》更被认为是“新艺术的法典”，一部“最完美的小说”，“在文坛产生了革命性的后果”。波德莱尔、圣伯夫、左拉等人纷纷给予这部作品极高的评价。由于这部作品的问世，福楼拜在一夜之间成为足可与巴尔扎克、司汤达比肩的小说大师，举世公认的杰出的文体家。福楼拜的巨大声誉在相当程度上是因为《包法利夫人》无懈可击的文体成就。到了本世纪初，福楼拜的影响与日俱增，现代主义的小说家也把他奉为始祖与楷模，尤其是二十世纪五十年代后的法国“新小说”，对福楼拜更是推崇备至，他们认为正是福楼拜使小说获得了与诗歌并驾齐驱的地位。新小说的重要代表阿兰·罗布-格里耶为了进行所谓的文学变革，将福楼拜看成叙事艺术上真正的导师和启蒙者，甚至把福楼拜视为巴尔扎克的对立面，对巴尔扎克式的“过时的”写作方式展开彻底的批判和清算。那么，《包法利夫人》在文体和叙事上究竟取得怎样不同凡响的成就，对于小说的发展又起到了怎样的作用呢？

大家知道，《包法利夫人》上卷的第一小节是采用第一人称来叙述故事的。从第二小节开始直至作品结束用的都是第三人称。这部作品的第一行出现了这样一个句子：

“我们正上自习，校长进来了，后面跟着一个没有穿制服的新生和一个端着一张大书桌的校工。”

在这里，“我们”这个词可不是随便写写的，它的意义非同一般。诸位不妨回忆一下巴尔扎克的小说通常是如何开头的。比如说：“路易·朗贝尔于一七九七年生于旺代省的一个小镇蒙特瓦尔，他的父亲在那里经营着一所不起眼的制革厂。”（巴尔扎克《路易·朗贝尔》）有人曾针对这个开头提出了这样一个问题：谁在讲述这个故事呢？是作者吗？作者的语调为什么那么不容置疑？他为什么会无所不知？当然，并不是每一位小说读者都会提出这样的问题，但是这种坚定、明确、无所不知的语调显示出作者凌驾于故事、读者之上，当属没有疑问。而且这种口吻尚未完全摆脱口头故事的讲述形式。如果有人针对

《包法利夫人》提出同样的问题，谁在讲述《包法利夫人》的故事？答案是“我们”。讲述者是如何知道的？答案是“我们看到了”。而且叙事者在“看到”的同时，读者也看到了。故事展开的时间与读者阅读的时间是同步的（在巴尔扎克那里，故事早就发生过了），这样一来，作者一下子把读者带入到事件的现场，相对于巴尔扎克，这里的故事显然更具有逼真的效果。用今天的眼光来看，类似的第一人称叙事并不是什么了不起的玩艺儿，可在当时，福楼拜所跨出的这一小步，其意义却不同寻常。而且我认为福楼拜在文体上的贡献当然不只是人称的变化，在这种变化的背后，一种完全不同于雨果、司汤达、巴尔扎克的叙事方式真正确立了起来。在福楼拜的笔下，以往全知的叙事视角受到了严格的限制：作者不再站在无所不知的立场，模仿上帝的口吻说话；不会随时从叙事中“现身”，对作品的人物、主题展开评述，提供意义；不再拥有将自己的思想和倾向强加给读者的特权。

福楼拜是欧洲文学史上最早的要求作者退出小说，并开始在实践中成功实现这一信条的作家之一。他要求叙事排除一切的主观抒情，排除作者的声音，让事实展现它自己。他认为作者的意图和倾向，如果让读者模模糊糊地感觉和猜测到，都是不允许的；文学作品的每一个段落，每一个字句都不应有一点点作者观念的痕迹。正如他的学生莫泊桑所说的那样，福楼拜总是在作品中“深深地隐藏自己，像木偶戏演员那样小心翼翼地遮掩着自己手中的提线，尽可能不让观众觉察出他的声音”。

福楼拜在给乔治·桑的信中也曾这样写道："说到我对于艺术的理想，我认为就不该暴露自己，艺术家不该在他的作品里露面，就像上帝不该在大自然里露面。"法国学者布吕纳曾敏锐地指出，"在法国小说史里，《包法利夫人》具有划时代的意义，它说明某些东西的结束和某些东西的开始"。我们从后来的罗兰·巴特、德里达等人的叙事理论中都可以清晰地听到福楼拜的声音。如果说欧洲小说文体变革的历史，可以像布思所描述的那样，被看成是作者的声音不断从作品中消退的历史，那么福楼拜无疑是一个不可忽略的关键性人物。

也许会有同学提出这样的观点：既然小说都是虚构的，在作者与读者之间早就达成了一种默契，也就是说，读者在阅读小说之前早就预先接受了小说的虚构性这样一个事实，那么作者如何讲述这个故事（是客观化还是主观化的叙事）并不重要，重要的是作品能否打动读者，更何况，作者故意在作品中隐藏自己，并未完全放弃对读者的"引导"，只不过这种"引导"更为隐蔽，更为机巧。对一种修辞的放弃就必然意味着另一种修辞的确立，说到底，"客观化"也只能是一种修辞手段而已。我认为这种观点是很有意思的，也很合理。坦率地说，我也是从修辞学的角度来理解福楼拜文体变革的意义的。实际上，福楼拜将自己从叙事中隐藏起来，其目的只是为了更好地"显露"；对叙事视角进行限制，其目的正是为了让叙事获取更大的自由。

在全知视角的叙事中，作者与读者之间的交流是公开进行的（在古老的说书的场合，听众甚至还可以直接向讲述者提问，或者进行讨论）：作者讲述，读者阅读。但福楼拜不满足于这种公开的交流，因为交流的效果受到限制。他更喜欢一种暗中交流，也就是说，作者并不告诉读者自己的见解和倾向，而让读者通过阅读得出自己的结论。这样一来，读者与作者之间交流的疆域一下子就扩大了。

我不认为，福楼拜的客观化叙事完全放弃了自己“引导”读者的权利。因为从《包法利夫人》这个作品来看，作者本人的倾向、立场和意图仍然可以在阅读中被我们感觉到。另外我也不同意“纯客观”这样的说法，因为这个概念把一些本来很清楚的事实弄得一团糟。况且，《包法利夫人》并不是一个“纯客观”的作品，它与后来“新小说”的罗布-格里耶等人所谓的“物化小说”“纯客观叙事”有着本质的不同（我也不是说罗布-格里耶的作品就一无是处，至少他的《嫉妒》相当不错），但罗布-格里耶把福楼拜在修辞上的一些趣向极端化之后，紧接着就出现了一个他本人也始料不及的问题：“非人格化叙事”也好，纯客观、物化叙事也好，作者又如何能做到这种“纯客观”呢？一个明显的事实是，作家写作当然不能离开语言文字这一工具，语言文字本来就是“文化”的产物，它既不“纯”，也非“物”，“纯客观”如何实现呢？它不是神话又是什么？后来罗布-格里耶干脆不写小说（据说最近他又重操旧业），去搞电影了，因为他觉得摄影机更接近他的“物化”要求。在我看来，这仍然不能自圆其说。摄影机固然是物，但操纵摄影机的人当然也是“文化”的产物，他（她）有着自己的特殊的价值观和感情上的喜、憎、哀、乐，如何能够“纯客观”呢？就《包法利夫人》而言，福楼拜的变革并未抛弃传统的叙事资源，也没有损害作品文体的和谐与完美，以及最为重要的，叙事分寸感。我们在以前曾说过像列夫·托尔斯泰这样的作家是不太可能轻易模仿的，他巨大的才华本身就是一个奇迹（茨威格说他比伟大还伟大），而福楼拜的身上更具有匠人的特点。毫无疑问，他是一个卓越的巧匠。《包法利夫人》是一部精心制作出来的杰作，自从问世以来，即成为“完美”的象征。福楼拜对语言和文体十分敏感，创作态度更是兢兢业业、一丝不苟。在《包法利夫人》这部作品中，作者并未随意处理任何一个细节和线索，力图做到尽善尽美。叙事的节奏、语言的分寸、速度和强度的安排都恰到好处；作品中的每一个人物的出场次序、在故事中占的比重、主要人物与次要人物的关系都符合特定的比例。比如说，爱玛首先与莱昂相遇，但在爱玛与莱昂的关系急剧升温的时候，作者却让他去了巴黎，莱昂离开后留下的巨大情感空缺使她飞蛾扑火地投入鲁道尔弗的怀抱，而当爱玛与鲁道尔弗的情感冷却之后，莱昂又从巴黎回来了。这样的安排不仅使情节的发展合情合理，而且叙事亦出现跌宕和变化，避免了平铺直叙的通病。再比如，子爵与瞎子在作品中都是象征性的人物，虽然着笔不多，但他们每次出现都会有特定的意味，似乎都预示着故事进程的某种微妙变化。爱玛的“失足”（她与鲁道尔弗坠入欲望的河流）在小说的故事中十分重要，但作者所挑选的地点既非鲁道尔弗的木屋，也非他们散步的树林和花园，而是别出心裁地安排在一次农业展览会的会议厅里。其间，鲁道尔弗对爱玛发动的语言攻势常常被大会主席的讲话所打断。虚伪的爱情誓言和表白与公牛、种子、奖章、粪池一类的话语完全并列在一起，作者未加任何说明。整个调情过程看上去既滑稽，又荒谬，而字里行间却到处弥漫着被压抑的、急不可待的欲火。不同类型话语的陈列所形成的张力使这个场景令人十分难忘。事实上，这也是我所读过的有关“调情”的最美妙的篇章。

关于语言，福楼拜在小说中有过这样一段描述：我们敲打语言的破铁锅，试图用它来感动天上的星星，其结果只能使狗熊跳舞。看来，福楼拜对语言有着特殊的敏感，对于语言在表述意义方面的巨大困难有着十分清醒的认识。由此我们可以了解，为什么福楼拜把语言的准确性看成是作者表述上的唯一使命，也可以理解作者对语词的甄别和取舍为什么会到了走火入魔的地步。有人将《包法利夫人》视为学习写作者的最好教科书，我认为这样的评价并不过分。

白色的寓言

海洋

当以实玛利不由自主地在棺材店门前停下脚步，当他看见人家出殡就要尾随其后，贪婪地观看，当他的忧郁症到了不可收拾的地步，以至需要一种有力的道德来约束自己，免得他故意闹到大街上，把人们的帽子一顶一顶地撞掉的时候，他本能地意识到，他必须赶紧出海了。出海，在麦尔维尔看来，是摆脱尘世苦难、厌世感、忧郁症的一剂良药。海洋作为与陆地相对立的一个地理概念，在麦尔维尔那里，是为一切罗曼蒂克、忧郁症和心不在焉的年轻人而设的天然的避难所。

漫无边际的大海是一片闪耀着金黄色光芒的成熟的麦地，又是一个碧绿、柔和、温顺的巨大牧场。它还是一架看不见机杼的织布机，昼夜不停地替他的主人（上帝）制造华美的衣裳。

对于一个水手来说，出海捕鲸既是对农事诗、牧歌的重复书写，同时也意味着与上帝（或魔鬼）展开神秘的对话，意味着对超自然的一切进行沉思。对麦尔维尔而言，也许后一点更为重要，因为据他看来，沉思和水是始终结合在一起的，《白鲸》亦可以解释为水的沉思录。当那艘名为“裴廓德号”的大船有了初步的斩获，在左右两侧各悬起一个鲸头时，麦尔维尔有理由将它们分别命名为洛克和康德。

然而，大海既是牧场和麦地，同时亦是人间最大的墓地；既是婢女，又是暴君，它喜怒无常的天性也具有了几分上帝的性质。这一点，麦尔维尔和他的读者都十分清楚。除了年轻而富于幻想的主人公本人之外，恐怕不会有多少读者把海洋看成是治疗忧郁症的适当场所（当然，现代医学证明了日光浴对忧郁症患者的确有些好处），相反，成年累月的海上航行使人染上忧郁症倒是有可能的。我们只要想一想小说中的亚哈濒于疯狂的强迫症的来源，即可明白这一点。麦尔维尔深知海上捕鲸业的严酷性，用他自己的话来说，当满载而归的捕鲸船一靠岸，水手们往往从船上直接被抬进了医院（葬身鱼腹者还不在此列）；他也曾打过这样一个比方：陆地生活中最疯狂的自杀行为，到了海上，在捕鲸者的法典中，即可被称为“谨慎”。相对于陆地，海洋既凶残，又任性：“像一只野性勃发的雌老虎在丛林里翻翻腾腾地把它自己的小老虎压死了一样，海洋也是这样汹涌奔腾，连最有威力的大鲸也给冲得撞上岩石，跟四分五裂的破船并排撇在那里。除了它才能控制自己以外，谁都支配不了它，控制不了它。它像一匹发疯的战马，呼呼喘喘地使它的骑手丧命，这个无主的海洋蹂躏了地球。”

看来，随着思考的深入，对海洋狂暴恐怖的认识渐渐占据了麦尔维尔意识的中心，到了本书的第五十八章，作者竟然通过以实玛利之口，直接向读者发出了这样的忠告：不要因为不切实际的幻想而离开陆地，将自己投身于阴险成性的海洋，因为你一旦离开了那个宁静安谧的塔希提小岛（被海水包围的陆地），你多半就再也回不去了。

不需要太高的智力，我们很容易就会了解到，麦尔维尔的忠告与他在小说开头的许诺是自相矛盾的。另外，麦尔维尔对于大海的性质及其功能的认识是混乱的，即使从抽象的象征意义上来看也是如此。如果我们把这个问题求教于麦尔维尔本人，相信他亦无能为力。这种矛盾的混乱既不是叙事文体上的瑕疵，亦非源于作者技术上的遗漏或疏忽，我认为，它是作者内心无法克服的困惑的直接反映。

麦尔维尔认为，与海洋相比，陆地上的生活虽然拥有安宁，但这种安宁却是一种假象，因为“人类都是天生就在脖子上套着绞索的”，威胁只不过是暂时地隐迹，一旦“死神倏然降临”，人类这才体会到了生命中那种悄然而来的难以察觉的却又永远存在的危险。在人与命运的搏击之中，陆地生活并非理想的竞技场，因为这种搏击的真相被重重伪饰包裹了起来。水手与海洋的关系之中，包含着一个简单而古老的寓言。捕鲸水手面对无边的海洋时，生命本身的意义既具体、直接，又抽象、充满象征性。水手既是一个商业利润的追逐者，同时又是一个哲学家和诗人。他们既忧郁又快乐。他们忧郁是因为大海让他们知道命运不可改变，而快乐则是源于他们对命运的全部接受。麦尔维尔曾经这样赞叹他笔下的水手：

> 他会囫囵吞下一切结果，一切信条，一切信念和劝说，一切有形无形的困难，不管多么疙瘩烦难的东西，就像一只消化力很强的鸵鸟把子弹、铅丸都吞了下去。

因此我们完全可以理解，为什么捕鲸水手坐在随时会丧命的捕鲸小艇上，就像陆地上的人晚上坐在家中的火炉前一样安详自适，心中毫无畏惧。麦尔维尔的意思是，海上随时随地会出现的巨大风险需要水手们拿出最大的勇气与之周旋，与这种风险的残酷程度以及水手们无所畏惧的内心相比，陆地上的忧郁症如果不是被彻底遗忘，那么就是不治而愈了。如果作者把这样一种观念贯彻到底，那也没有什么问题。但是，亚哈船长怎么办?

我们如果将亚哈也视为一名忧郁症患者，由于他病得十分严重（小说中多次写到他的强迫症心理，歇斯底里以及疯狂的征兆），即便海洋能够治愈他这名“超级病人”，那么治愈的过程也许就是彻底毁灭的过程（小说中所提供的事实也的确如此）。麦尔维尔本人对亚哈的态度是意味深长的。他一方面对亚哈不向命运屈服的勇气给予了最大程度的赞美，同时又把亚哈的行为称之为不折不扣的疯狂。更为重要的是亚哈身上的伟大情操在麦尔维尔看来，实际上就是一种伟大的病症而已，他进而认为，人类一切的伟大性都不过是病症的表面形式。这种矛盾的认识在《白鲸》中随处可见。既然麦尔维尔那么热衷于浪漫主义的冒险，并认为生命的价值就在于历险，那么这种“历险”维持在何种程度上才不至于“陷入疯狂”呢？在洛克的经验主义和康德的超验主义之间，究竟应当如何维持平衡呢？

在《白鲸》众多的人物中，以实玛利自始至终是一个旁观者。自从“裴廓德号”启碇到它的最终沉没，将疯子和诗人的角色兼于一身的亚哈和以斯达巴克为代表的水手之间的争执一直没有平息过。亚哈显然是大海的精灵，与莫比-迪克一样，彼此成为真正的对手（亚哈四十年的生命历程中，在岸上的时间还不足三年），而斯达巴克和大部分水手只是为了分得捕鲸的利润才出海冒险的。他们既勇敢、热情，又本分、理智，他们卷进追击莫比-迪克的行程之中，带有被迫的性质。斯达巴克在大船即将沉没的前夕，依然徒劳无益地向着桅顶的索套手哀叹：“桅顶的人呀！可看到丘冈上我那孩子的手么！”他们就像在暴风雪中行走的旅人一样，遥远家乡木屋中温暖的炉火从未熄灭。在这两种力量旷日持久的对峙之中，以实玛利的态度是晦暗不清的：他既不参与争论，亦不发表见解，只是记录下了他们的情感与理性之间较量的全过程。从中我们可以感受到麦尔维尔深刻的犹疑和内心的困惑。

正是这种犹疑和困惑，使我们可以大致整理出海洋在麦尔维尔复杂的认知和想象中所扮演的三种角色，或者说承担的三种功能。首先，海洋是作为一个古老的、充满浪漫的梦想的替代物而出现的，以实玛利就是抱着这样一个想当然的信念扑入它的怀抱的，大海的漫无际涯，它的力量、神秘，它的激情，也许还有它的简单，恰如其分地成为一个象征物。麦尔维尔不止一次地宣称：海洋是一个富有激情和浪漫幻想、为陆地生活的枯燥乏味所围困的年轻人最好的去处。每当以实玛利为海面上壮观的景色所吸引，轻快的诗意便会沉渣泛起。在这个方面，海洋是作为陆地的对立面而出现的，它意味着浪漫、诗情和幻想。

其次，海洋是陆地的延伸物。很显然，在十九世纪中叶，带有殖民主义征服色彩、充满商业捕鲸船的大海已不再是人类梦想适当的托寄之所，它的组织形式和体制与大陆毫无二致。但至少在麦尔维尔看来，由于大海的简单、真实、充满凶险，它更适合成为一个象征性的场所，用于书写人与自然、人与命运抗争的寓言。

最后，海洋还是一只“无法抗拒而眼不能见的大手”，一个对人类施以暴行、使人类最为愤怒、没有形体的庞然大物。《白鲸》中的人物，其名字大多直接来源于《圣经》，似乎“裴廓德号”是另一艘“挪亚方舟”，航行于上帝的国度，只不过它最终沉没了，从中可以看出麦尔维尔的悲观主义和宿命论色彩。在这里，海洋如果不是上帝，那也一定是人与上帝展开对话的理想场所；莫比-迪克如果不是上帝的化身，也一定是上帝充满警示与启迪的神迹。

象征

说《白鲸》是一部象征小说，这大概没有什么疑问。问题在于如何理解作品中的象征、指代物及其对象之间的关系，如何诠释象征的内涵和意义。在历来对《白鲸》的解读中，批评界似乎有过度诠释的嫌疑。如果一只烟斗（象征着享乐），一条绳索（代表着团结与协作），一尾乌贼鱼（暗示着恐怖）都具有无限诠释的可能，那么，《白鲸》中没有什么人物、事物和场景不具备象征性。但是，从某种意义上说，文学语言与它所表述的意义之间本来就不是榫合卯严的。由于文字本身的暧昧不明，它的暗示性，激发想象和联想的力量，阅读意图的水流总是要溢出文本内容的杯沿，也就是说，文学作品一旦进入“诠释”的领地，则没有什么诠释不是“过度”的。

有人（比如艾柯）曾提出，合理的诠释是让读者的理解和想象、作者的意图以及本文的意图三者之间达成一种暂时的妥协与和解。这种说法的好处是：给读者的意图划定界限，使它受到一定的节制，不至于使诠释漫漶无涯，流荡失控。这种妥协一般来说是能够达成的。因为，不管作者将自己隐藏得多深，不管作家多么不愿意为作品的内涵和意义负责，从叙事中，我们总是能够捕捉到作者意图的蛛丝马迹。正如瓦尔特·本雅明所说的那样，无论作者伪装得多么巧妙，“教谕”的目的总是若隐若现。但在《白鲸》这部小说中，情况却有所不同。作者从不惮于说出自己的观点，从表面上来看，这些观点或观念都十分明朗；作者也不会故意隐瞒自己的意图，这些意图有时还相当直露。但是，在作者的观点或观念之中，没有一个能贯彻到底，自圆其说；他的意图也不是处于统一和谐的状态。我的意思是说，麦尔维尔的观念从局部来看是明朗或明确的，但是，由于它的每一个命题总有其反命题，每一次意义的阐述总是伴随着相反的消解冲动，因而从总体上来说它是相当混乱、矛盾的。我认为，这种混乱和自相矛盾并非是有意为之（它与詹姆斯·乔伊斯在《尤利西斯》中有意识制造混乱的文体有着重要的区别），而是内心迷惘状态的真实反映。在这一点上，麦尔维尔既不同于他所崇拜的莎士比亚，也不同于他的启蒙者卡莱尔，甚至也不同于他的导师霍桑。正是他的困惑和游移给叙事意图带来了混乱，从而为读者的诠释腾出了广阔的空间。

亚哈船长率领“裴廓德号”的水手追击白鲸的过程是整部小说的中心情节，也是最富有象征意味的事件。如果我们假设读者是一位社会学家，他完全可以赋予这部壮观而浪漫的史诗以严格的社会政治视角，因为“裴廓德号”的冒险史可以被视为十九世纪中叶美国社会发展状况的隐蔽的象征。“裴廓德号”就像一个微缩的世界，其社会分工、社会阶层十分清晰。从船长、大副、二副到一般水手，每个人都享用不同份额的拆账，而且海洋也不再是一个浪漫的冒险场所，它同样受到现实社会政治因素以及游戏规则的约束。亚哈船长一出场，就与那些试图通过捕鲸而分取红利的水手不一样。他既老派，又固执，还多少有点异想天开，不愿意受到一般社会化程序的控制；他去追击白鲸，既不是为了获利，也不是为了娱乐，而是服务于某种“高尚而神秘”的目的。亨利·纳希·史密斯曾经将莫比-迪克描述成一头尚未为人们真正理解的庞然大物，从某种意义上它暗指美国社会急剧发展起来的资本主义。而亚哈恰如福克纳笔下的那个老处女爱米丽（威廉·福克纳《献给爱米丽的一朵玫瑰花》），完全生活在传统社会的阴影之中，对于新型社会的一般伦理既不能适应，也自动地游离于这个伦理之外。因此，亚哈无论是肉体，还是精神，都在这种社会更迭和巨变之中留下了难以除去的痕迹。如果说爱米丽小姐是一朵静静枯萎的玫瑰，那么亚哈则以他的非凡勇气与他身心所面临的几乎难以超越的障碍展开了自杀性的搏击。由于历史的潮流不为一己之力而改变，因而他的追击只能以毁灭而告终。在偏重于社会政治视角的学者眼中，亚哈的疯狂是他与社会生活格格不入，陷入自我封闭和彻底孤立的必然结果。

对于弗洛伊德的门徒们来说，《白鲸》这部小说无疑是一个适合于精神分析的理想文本。亚哈这一形象也提供了一个病理学独特个案。麦尔维尔本人也认为亚哈船长身上的伟大与勇气本身就是一种疾病。用现代精神病的标准来衡量，亚哈所患的疾病既有忧郁症，也有妄想狂的成分，当然也还有自我幽闭和强迫症的明显征兆。如果干脆将亚哈描述成疯子，那也许是不确切的，因为在整个追击白鲸的过程中，他的理智并未崩溃，有时还相当清醒。比如，他为了迷惑那些水手，让他们误认为自己追击白鲸的目的亦不过是获取商业利润，每次发现大鲸（不是莫比-迪克），他都装出一副急不可待的样子下令攻击，甚至，为了防止自己险恶的机心过早地暴露，激起哗变，他还下达了一条莫名其妙的命令：让瞭望手发现一只海豚也要报告。但是，只有亚哈本人心里明白他究竟要做什么，或者说，他的心智出了怎样的问题。如果我们简单地来说，他的心灵遭到了囚禁，有一种不可知的力量统摄并控制住了他。一个常年漂荡在海上，经受着单调孤寂生活折磨的人，很容易把这种无形的、不可知的控制者想象为一个具体有形的对象。对于亚哈来说，这个适当的对象就是那个他长久的对手兼伙伴，他从未战胜过、被数不清的传说伪装起来并咬掉了他的一条腿的莫比-迪克。

在亚哈的意识中，白鲸成了另一个象征：它是一堵墙，“那堵紧逼着我的墙”。他如果能够得救或康复，就必须打碎那道墙：“囚犯除了打穿墙壁怎么能跑到外边来呢？”也许，麦尔维尔也向我们做出了这样的暗示，人人都是他心灵的囚徒。我们还知道这也是霍桑的主题，但与麦尔维尔不同的是，霍桑从未想到过要去打碎囚禁着自我的那道墙壁。所以，从心理学和精神分析学的角度来看，亚哈追击白鲸的过程，实际上就是他与自我生死搏斗的过程，他唯一的敌人不是莫比-迪克，正是他自己。麦尔维尔也曾意味深长地发出过这样的感慨：“亚哈船长在追击自己的影子。”有评论说，亚哈是因为被莫比-迪克咬掉一条腿而产生了复仇心理，从而不惜一切代价去追击它。这一论点尽管在作品中亦能找到支持它的零星证据，但还是过于简单了。亚哈那条被咬掉的大腿只不过无时无刻不在提醒他——那堵紧逼着他、让他须臾不得喘息的墙的存在。美国著名的评论家牛顿·阿尔文，干脆将亚哈对白鲸的追击描述成“一种反抗的本我与一种压迫性文化的超自我进行殊死搏斗的历程”。然而，亚哈只不过是作者虚构出来的人物，对亚哈所做的任何形式的精神分析必然都会把作者牵涉进来，尤其是麦尔维尔本人的童年。在美国，的确有人对麦尔维尔的童年进行过考证并找出了相应的证据。

我们当然也可以从基督教神学的角度对亚哈与白鲸的冲突进行考察和描述。有人说，《白鲸》是一个道德寓言：它告诉人们必须顺从上帝的意志和神力。梅普尔神甫的讲道以及小说中三次出现的预言家的警告似乎明白无误地表达出作者的这种告诫的意图。另外，麦尔维尔从小受到熏染的加尔文教的教义似乎也能够支持这一判断。加尔文教宣称宿命论，认为人企求得到拯救的唯一道路是向上帝归服，并企求他的悲悯。但是，一个明显的事实是，这一判断与作者在作品中时常流露出来的对亚哈向命运挑战的敬佩与赞扬是互为矛盾的。

另一个问题是，白鲸究竟象征着什么？是上帝呢，还是魔鬼？是不可抗拒的万能意志，还是破坏一切的魔鬼般的力量？从小说本身所提供的信息来看，无论我们认同哪一个答案，都会不可避免地陷入自我矛盾的怪圈。顺便说一下，在霍桑那里上帝与魔鬼本来就是一回事。麦尔维尔观念上曾经受霍桑的影响，因此他创造出莫比-迪克这个神魔合一的怪物也就不足为奇了。

白色

在《白鲸》的第四十二章，麦尔维尔写下了一段迷人而又费解的文字，题为“白鲸的白色”。假如我们把“白色”也看成是某种象征符号，那么我觉得，这个符号是整部小说中最深邃、最耐人寻味的一个内核。作者本人似乎也十分看重这个符号的意义，他说，如果他不能够把这个意义阐述清楚，整部小说恐怕就算白写了。

莫比-迪克虽然可怕，可至少在以实玛利（麦尔维尔的叙事代言人）看来，若把它与大鲸的白色相比，它还不算是最令人恐怖的事物。从麦尔维尔给我们划定的白色的想象疆域来看，白色是大鲸、雪山、海洋、熊和信天翁以及亡灵裹尸布的颜色。可是以实玛利又说，白色就是明显的没有颜色，它什么也不表示，又象征着一切事物，是各种颜色的凝结物和综合体。因此，白色在这里与其说是象征着上帝、魔鬼或死亡，还不如说代表着让小马驹本能地吓得发抖的虚空。以实玛利认为自己就是这样一匹小马驹：尽管他感受到了巨大的恐惧，却不知道它到底源于何处。

麦尔维尔的这段文字使我自然而然地想到了古希腊神话中有关“塞壬”的那个寓言。塞壬，那些生活于地中海堡礁深处的水妖，通过她们美丽的歌声来引诱过往的水手，把他们带上死亡之路。问题是塞壬从不现身，也从未有水手真正看到过她们，甚至连她们的影子也没有见过，只是在传说中知道她们是一群美女。那么，究竟是什么东西昭示或表明她们的存在呢？唯一的答案便是“声音”。水手们正是遵循着声音所指引的方向踏上死亡之旅的。我们已经知道，本世纪初的卡夫卡对这个寓言简直着了迷。“女歌手约瑟芬”的故事就是对“塞壬”传说的一次重写。在卡夫卡看来，人类所面对的这个世界从不向人轻易泄露它的奥秘。它向我们显现出来的只是某种“奥秘”的装饰物或附属品，就像塞壬所发出的声音。在《城堡》这部小说中，K 能够看得见矗立在远处的城堡，就是无法进入其中；他可以看见那些被人称为“克拉姆”的关键人物，甚至还有机会与他们握手，可就是见不到克拉姆本人；如果每一个在城堡附近出没的官员都有可能是克拉姆的话，那么只能说明他们谁都不是。但克拉姆并非不存在，因为他定期给 K 写来信件，还派来了两名协助他工作的助手。

“塞壬”的寓言在欧洲文化的传说中存在着许许多多的变体。除了卡夫卡之外，布洛赫、克尔凯郭尔、休谟和叔本华都曾思考过这个问题并为之困扰。而在美国文学中，霍桑也许是第一个涉及这个主题的伟大作家。在人类的经验世界和超验世界之间存在着一个过渡性的开阔地，在这片广阔的地域中，充满了各种各样眼花缭乱的事物或表象。在寓言中，它被抽象为某种具体的诱饵，引导着人们走向死亡。这个诱饵在“塞壬”传说中就是水妖们发出的美妙的声音；在卡大卡的寓言中，它就是可望而不可即的城堡的阴影；在霍桑的笔下，它甚至可以是一场妖女聚会的梦魇（《年轻的古德曼·布朗》）；而在麦尔维尔的《白鲸》中，它正是莫比-迪克。将“裴廓德号”上的水手引向死亡的就是这个柔软、光滑、美丽的大鲸，以及它在海面上所喷出的高高的水柱。

因此，在《白鲸》中，莫比-迪克并非是真正的恐怖之源，让以实玛利感到胆寒的也不是这个极具破坏力的庞然大物，而是它身上的那一缕耀眼的白色以及它所象征的无形的力量。麦尔维尔不止一次地写到过这只无形的手，他还认为“一切最会对人类施以影响而使人类最为愤怒的东西，都是没有形体的”，“莫比-迪克无处不在”。与卡夫卡一样，麦尔维尔描述了人类在经验世界与超验世界之间心灵遭到封闭的困惑。他的悲观和神秘，不管我们是否愿意接受，作为读者，我们无疑都会深受感染。他感慨“每个人都是自己心灵的囚徒”，“凡事都是虚空”，每个人的心灵都是被恐怖的海水所包围的“塔希提小岛”。正是从这个意义上，我们才能理解亚哈船长这个重要的人物形象及其内涵，他所代表的勇气或疯狂，理解麦尔维尔对亚哈行为的赞美、疑虑和深深的困惑。

与麦尔维尔或卡夫卡的认知相比，我们今天生活的这个世界显然已变得更为复杂了。塞壬的声音——作为一种饰物或中介的象征，已被数不清的物的符号所代替，它们更为醒目，更为丰富。我们今天所面临的存在状况似乎已不再是经验与超验世界的简单的二元对立。一方面，经验正在急剧地贬值，在这个技术即将统治一切的世界上，我们的欲望本身及其实现过程亦在被符号化，并成了生存的最终目的。冒险不再是遥遥无期的寂寞航行，不再是风景、鲸鱼、危险和必须承受的灾难，它早已成了互联网上的轻松游戏。即使是亚哈船长的忧郁症和疯狂，在今天也可以通过精神分析加以缓解或通过药物加以控制。从某种意义上说，我们已不再恐惧那个君临一切的主宰，不管叫他上帝、基督，还是白鲸身上的白色。我们似乎也不再需要它，不会为它陷入沉思，不再为之大伤脑筋。我们每个人都想成为自己的领航员，而实际上，这个领航员正日益成为传媒的傀儡。

另一方面，始终困扰着麦尔维尔的那个经验与超验世界的界限，现实生活与我们想象的界限，事物与符号、虚拟与真实的界限正在消除。我们倘若仍然把真实作为写作的唯一目的，把“记录员”（卡夫卡语）的职责看成自己唯一的使命，那么，在充斥着各种伪饰物的图案背景中，它将更加难以辨认。洞悉现实和存在真相的努力，同时也变得更为困难。麦尔维尔式的概括和归纳，他的象征手法，他的寓言方式已不再是叙事的灵丹妙药。随着经验世界的贬值，作为耐久消费品的“故事”亦受到了即用即弃的新闻消息的挑战，传统的故事的“生产方式”势必也会受到质疑。

然而，我们在某种意义上仍然是那个可怜的亚哈，我们孱弱的心灵的塔希提小岛仍然为海水所围困，我们的焦虑和疯狂甚至比亚哈还要深刻。我们的捕鲸船已经驶离了麦尔维尔的那片凶险的水域，但我们依然是“裴廓德号”上的水手。

1999：小说叙事掠影

一

耿占春先生在一次谈话中曾提到，我们对于叙事文学在二十世纪末所面临的普遍困境的描述，一开始就存在着某种错觉。他做出这样的暗示，并不是对于急剧变化中的社会对文学的疏离和冷漠视而不见，对于文学在社会生活中所占的份额及其影响力的缩减缺乏了解，问题恰恰在于，我们在发出小说死亡，文学日暮途穷一类的哀叹时，必然有着一个潜在的心理背景和比照尺度，在很多人的眼里，这一尺度就是十九世纪的文学黄金时代。

这种比较虽然有着统计学上的、表面的合理性，但危险也同样存在。从时间上来说，欧洲小说除了十九世纪的辉煌之外，尚有十七、十八世纪相对的沉寂，中世纪的漫漫长夜；而从空间上而言，欧洲之外还有非洲、印度、南美和中国。因此，叙事文学在十九世纪的欧洲所造成的空前繁荣的局面仅仅是一个特例，而且，这种繁荣主要指向文学在公众生活中的地位，文学对于大众的影响力。这种辉煌曾经达到了怎样的程度，它所留下的阴影就会浓重到怎样的程度。两者都被夸大了，以至于我们忽略了这样一个基本事实：文学从根本上来说是个人的事业。假如它是一个奇迹，也是个人用无数痛苦和梦想堆积起来的奇迹；假如文学是一个神祇，只有那些感觉到在世界的胸膛里始终有神秘事物敲击着的人们，才会感到亲切的共鸣。

在我的意识中，时代或地理因素从未成为一个重要问题，国度、种族，甚至是道德观和宗教信仰亦不会成为阅读的取舍准则。只有个人的心灵在面临欢乐的歌唱，面临晦暝的颤栗才会带给我们长久的震撼，只有语言，让我们心怀希望和感激。

当我试着就二十世纪的小说创作写下一些浮光掠影式的感想时，我对于以下一些名字怀有敬意：卡夫卡、普鲁斯特、威廉·福克纳、博尔赫斯、雷蒙德·卡佛。他们所探索的不仅仅是未知世界，而且是未知世界的真理；不是了解、认知和记述，而是领悟和启示。中世纪有了但丁就有了一切，同样，卡夫卡和博尔赫斯的存在为二十世纪的文学挽回了尊严。

二

法国作家埃来娜·西克苏在她的一篇论文中说过，写作就是反抗遗忘，而乔治·卡都衣也是这样给《追忆似水年华》下定义的，普鲁斯特为了生活在时间的绝对性中而进行了“狂热与不懈”的努力。在普鲁斯特的笔下，时间第一次具有了空间上的意义，也就是说，它不再是钟表上的刻度与指针，不再是依次翻过的一叠日历，甚至不是春秋寒暑，过去未来，而是一只芳香四溢的花瓶，它同时容纳了瞬间与永恒。

正是那些在回忆的返光中呈现出来的事物——它们开始是晦暗不明的，沉睡的，难以确定的，构成了普鲁斯特诗学的基本意象。钟楼，雨伞，沙龙聚会，供热装置的哼哼声，女佣，歌剧演员，街角的马车，奥黛特的爱情……所有这些意象都包含着一个秘密，作者的意图不在于向人们揭示这一秘密，而在于赞美生命中包罗万象的人间气息。

普鲁斯特的叙事风格既沉郁，又活跃，既富丽堂皇，又清新自然，“任何另一种风格，和普鲁斯特的风格相比，都显得黯然失色”。与詹姆斯·乔伊斯一样，普鲁斯特在世纪之初就已预感到了电影在讲述故事方面不容忽略的优势地位，他对小说叙事方式的改造同时也意味着寻找小说叙事的新空间。他认为，小说应当从传统的讲述故事的羁绊中解放出来，去关注普通的事物，让感觉与一切事物的神秘规律线路接通。他重申了马拉美的信条，必须从普通的事物中发现并表达美感，必须尽一切可能捕捉能够激活想象力的词汇和语句，使每一句话都闪耀着自然的光泽，散发出生命自身的气息。

他将议论引入了叙事，迫使情节退居次要地位，他的结构遵从于直觉和写作的“现时状态”，给无限敞开的心灵注入了“即兴创造”的活力。他改变了小说叙事的“再现”传统，将“感觉的真实”视为至高无上的唯一“真实”。他深信，世间万物转瞬即逝，不再重现，只有通过艺术、通过写作才能被真正领悟而得以保存。因此，他从不人为地安排结构的严整性，或者通过某个主题控制千丝万缕的叙事线索，而是让写作时的感觉与所描述的事物彼此寻找、召唤和通联。

在普鲁斯特的作品中，细节的出现，重复各个主题之间的对位和呼应，有时会给人以精心安排的印象，它使卷帙浩繁的巨著有着内在的统一性。但读完整部小说，我们自然会听到天籁，它是即兴的，跳跃而悸动的，随意得仿佛是一个病人间断式的低声倾叙，从容而优雅。

普鲁斯特创造了一个全新的叙事风格，并自己使它达到完美的境地，这不能不说是一个奇迹。没有人敢于模仿《追忆似水年华》这部浑然天成的皇皇巨著，但这并不妨碍他身后众多的追随者将它视为文学上的《圣经》。

三

卡夫卡的写作起源于个人感受到的难以逾越的障碍，起源于个人和他面对的世界所构成的紧张关系。他始终关注的一个问题，是个人封闭状况的黑暗背景，它的局限和可能性。卡夫卡的叙事结构正是个人面对世界而产生迷惘时，挣脱形形式式的罗网，试图抵达真实的焦虑的转喻或仿制。

假如我们将卡夫卡的小说视为一个个巨大的暗房，那么依据主人公的视线与行动轨迹而冲洗出来的底片则具有以下性质：行为线索本身的清晰程度使背景的映像更加模糊；反过来，背景的模糊又使得线索本身具有随意性，就像是一只颤栗的手画出的不规则纹线。如果我们将《城堡》中的K作为一道照亮暗房的光线，那么，由于它过于微弱，飘忽不定，不免给人以这样的印象：与其说它照亮了城堡的格局，不如说它使黑暗更加显著。在K的行动序列中，“照亮”即便不是变相的遮蔽，也不过是昙花一现。

很多卡夫卡的研究者都注意到了他小说中的寓言性质，但卡夫卡显然不是为了概括存在的本质而去书写寓言，恰恰相反，个人经验以及这种经验的提纯使他的故事带有了寓言特征。而卡夫卡作为一个伟大的文体家的地位，也不是依靠改变叙事的外部形式而获得的，他只在文学的内部进行工作，其巨大的功绩在于，他改造并重建了传统小说的“戏剧性”结构。

无论是《美国》、《审判》，还是《城堡》，卡夫卡在细节的处理和整体故事的构架上都沿用了传统的戏剧冲突的形式，但却不受因果律的限制。因此，格里高尔可以在一觉醒来发现自己变成了一只甲虫，K可以无辜地被突然逮捕而忙于寻找被逮捕的原因，弗丽达可以将她的洞房安排在一个教室里，卡尔可以因为一次乡间旅行而被他的舅舅赶出家门。

而时间、人物、地点、中心事件这样一些戏剧的必要因素在卡夫卡的小说中都得以保留，彼此之间的关系有着严整的统一性。近来有人甚至认为，卡夫卡的小说借用了侦探小说的叙事形式，也不能说完全是无稽之谈。

但卡夫卡小说的戏剧性，尤其是他作品中到处弥漫的喜剧色彩则与传统叙事有着天壤之别。巴尔扎克的《人间喜剧》实际上只不过是一幕篇幅冗长的讽刺剧，而莎士比亚的喜剧则带有浓烈的神话或幻想成分，卡夫卡的喜剧第一次有了现实感。它不是欲望的代偿物，也不是变相的喻世夸张，它就是现实生活的真实逻辑。

四

在《一个无可奈何的奇迹》中，博尔赫斯笔下的主人公因为自己的苦恼得不到解脱而走进了瓦齐汗清真寺的大门。他祈求上帝或安拉替“他”解脱重负，同时又想到，上帝和安拉不过是一个无法想象的事物的两种不同的名称。最后，一个乞丐来到了他的身边：

> 他向我伸出手，对我说起话来，声音始终很低：
>
> “给点儿施舍吧，穷人的保护者。”
>
> 我摸摸口袋，回答他：

“我一个钱也没有。”

“你有很多。”他答复说。

我右边的口袋里就是那些小石片。我拿出一片，让它落到空空的手掌里。我连一点声音也没听到。

“得把所有的都给我，”他对我说，“给了所有的，就是什么也没有给。”

我明白了，对他说：

“我要你知道，我的施舍也许是可怕的。”

他答复我说：

“说不定这是我唯一能够接受的施舍。我有罪孽。”

我让所有的小石片都落进这只凹陷的手掌里。好像落到海底里一样，连最轻微的声音都没有。

后来，他对我说：

“我不知道你的施舍是什么。可是我的施舍才真是可怕。它留在你的身边，跟白天、黑夜、智慧、习惯、世界，一起留在你的身边。”

我以为，在这段文字里，已经包含了博尔赫斯叙事的大部分信息。通常，在传统的小说中，故事的情节大多以行动的目的，实现目的的过程中所遇到的障碍，目的的完成三部分构成。博尔赫斯在他的大部分小说中都沿用这一叙事模式，但这一模式的三个构成部分都一一被加以彻底的改造。

首先，目的本身缺乏明确的指向性。一本书，一个传说，甚至是一个意念都会引发主人公一连串的行动。在上述引文中，蓝色的小石片为何使主人公陷于濒临疯狂的境地，充其量也只是一个哲学和玄学命题。

其次，在实现目的的过程中，原初的动机往往在事件的发展中被另一个更大的动机所取代。所谓的障碍往往只是对目的的修正。实现目的的过程并不意味着“问题”的解决，而是恰恰相反，只是为了使新的问题凸显出来，这样层层递进，循环往复，构成了头尾相接的叙事圆环。在《一个无可奈何的奇迹》中，对老虎的渴望源于布莱克和切斯特顿对老虎的描述，而他在恒河三角洲并没有见到梦想中的老虎，只是得到了一些蓝色的小石片，而小石片的无限繁殖又引发了他新的苦恼。用卡夫卡的话来说，我们确信已经拥有的东西，最终只有丢弃。他最终将这些石片交给了一个乞丐。

再次，目的的完成或问题的解决总是在另一个层次上实现。主人公给了乞丐所有的东西，而乞丐认为他什么也没给。乞丐什么也没有“施舍”给他，却给了他一切，这就是跟白天、黑夜、智慧、习惯、世界一起留在他身边的日常生活。在这里，原始的动机——去旁遮普寻找老虎的冲动已经没有什么意义了。

作家史铁生曾经向我打过这样一个比方：博尔赫斯相对于二十世纪的叙事文学，有些类似于爱因斯坦对于现代物理学所做出的贡献。假如说陀思妥耶夫斯基试图在地狱般的人间重建天国，博尔赫斯则是在语言的领域内创造另一个宇宙。他发现并记述了一个个奇迹，但却是无可奈何的奇迹，只有在想象中才有意义。他的喜悦和悲观同样透明、美好，他的“游戏”寂寞而自由，洋溢着启示的力量。

五

继海明威和福克纳之后，在叙事文学的领域之内，美国也许还没有一个作家可以和雷蒙德·卡佛相提并论。作为极简主义流派成就卓著的代表，卡佛力图恢复契诃夫短篇小说的传统。和契诃夫一样，卡佛蔑视小说的技巧。契诃夫在告诫年轻作者时有一句名言：不要玩弄蹩脚的花招。这句话到了卡佛那里就变成了：不要玩弄花招。

然而，这只是表面现象。谁都不会否认卡佛小说叙事上的简洁与朴实，但这种风格的出现正是以他对短篇小说叙事艺术的深入理解、他的精湛的叙事技巧为基础的。因此，在卡佛身上，极简主义恰恰是深藏不露的叙事技巧的代名词。

卡佛喜欢用短句子，很少运用修饰成分，而且经常使用貌似平庸的词汇。叙事语言所承载的信息量往往不是通过语词的实指意义得以传达，而是通过“语调”来间接体现。卡佛小说的叙事人总是变换身份在他的每一部作品里出现。它一出现，读者立即就能辨认出他身上浓郁的蓝领阶层的情感气息，他的迷惘、落寞，在日常生活中的挣扎、堕落，无时无刻不散发出这种气息。从叙述视点上来看，卡佛所处的位置略高于他的叙事人。这使他获得了一种便利：在某些场合，他就是叙事人，而在另一些场合，作者又可以从叙事人的角色中分离出来，对叙事者（往往又是主人公）的观点进行反省。

和二十世纪的许多伟大作家一样，卡佛对于“情节”的处理别具匠心。他的独特之处在于，他将“悬念”从“情节”中解放出来，使它具有独立的叙事功能。也就是说，悬念并不是故事或“情节”的一个组成部分，而是一个单独的叙事元素。卡佛的很多小说看不到情节发展的明显线索，但悬念却无处不在。他曾经在一篇文章中谈到，悬念并不需要依靠故事的跌宕起伏来实现，有时只需通过一个简单的词汇，比如“突然”，即可达到自己的目的。

卡佛小说的结尾通常奇峰陡起，意味隽永。但这与欧·亨利小说的结尾迥然不同。欧·亨利小说的意外结局常常使人对事件本身感到惊讶或震慑，从而增强叙事效果和感染力，而卡佛则使读者的视线跳出事件之外，因此，欧·亨利的结尾只是对传统叙事中“戏剧性因素”的一种强调，而卡佛则具有哲学上的意义。卡佛更加注重事件之间的“暗中联络”。

卡佛的叙事对二十世纪短篇小说的贡献，也可以看成是他对叙述的戏剧性的一种改造。他的小说在描述琐碎的日常生活时，既保留了戏剧性的感染力，又避免了造作的痕迹。但美国当代的许多年轻作家在追随卡佛的足迹时，大都遭到了失败。这足以说明，卡佛的叙事手法并非万灵药。一方面，卡佛的叙事艺术是他个人在痛苦的生活境遇下，在写作的磨炼中点一点积攒起来的；另一方面，不断变化的社会生活也在呼唤着情绪更加饱满有力，技巧更为深邃、自然的叙事风格的出现。

《城堡》的叙事分析

一、K 的迷失

要想确定 K 的身份，他试图进入城堡的目的和意图，他的一系列雄心勃勃的计划以及他的结局都不是一件困难的事。按照弗拉基米尔·普洛普和 A. J. 格雷马斯的叙事理论，有关 K 的一切活动似乎可以压缩成一个简单的序列或句式。事实上，正是这种被夸张了的简单性让人感到震惊。

假如我们将《城堡》视为一个巨大的暗房，那么依据 K 的行为而冲洗出来的底片则具有以下性质：行为线索本身的清晰程度使背景的映像更加模糊，反过来，背景的模糊又使得线索具有随意性，就像是一只颤栗的手画出的不规则的纹线。假如我们将 K 的活动看作一道照亮暗房的光线，那么，由于它过于微弱，飘忽不定，不免给人以这样的印象——与其说它照亮了暗房的格局，不如说它使黑暗更加显著。在 K 的行动序列中，“照亮”假如不是变相的遮蔽，也不过是昙花一现。

在《审判》和《美国》中，主人公 K 和卡尔视觉上的局限性也是显而易见的。这不是叙事上的视角限制，也不是人为的修辞学和方法论，而是一种被决定的命运逻辑，也就是说，无论是 K，还是卡尔，他们所看到的只能是局部，局部的局部，仿佛是一个自我幽闭症患者的内分泌腺所起的作用，“可能”只有首先成为“只能”，才能最终成为它自己。《城堡》中所蕴含的巨大的不确定性，并不是对日常生活经验的抵消，而是它的提纯物。这种不确定性以 K 内心的迷惘感以及在完成某种使命时遇到的难以逾越的障碍为前提，同时又构成了超越这种障碍的全部基础。这种自相矛盾的排斥性力量形成了卡夫卡喜剧的中心情节。

我们之所以将《城堡》看成一幕喜剧，不仅因为卡夫卡沿用并改造了传统喜剧故事中的戏剧性因素，还由于他的幽默感为叙事提供的反讽效果。

毫无疑问，K 的身份只不过是一名土地测量员，作为一种职业，它一开始就显示出了可有可无的性质，K 固然可以凭借这一身份来城堡工作（事实上，他一接到通知就匆匆赶来了），但这一身份并不是自明的，它的重要性取决于城堡的态度。也就是说，K 的身份的合法性具有相当大的依赖成分。一旦它所依赖的对象出了问题，合法性就会立即消失（土地测量员这一身份作为卡夫卡眼中的个人在资本主义市场上所占据的位置的转喻，本身就是焦虑的反映）。因此，当K踏着积雪，从一个遥远的地方来到城堡的一个客栈时，城守的儿子希伐若对他的态度是值得玩味的。首先，希伐若是否应当接待K，如何接待K，都取决于城堡是否曾经需要过土地测量员这一事实；其次，即便他获悉了K的身份，了解到K的到来是出于城堡的邀请，他冷淡的态度却并未好转，反而进一步加深了。希伐若自有他的直觉。（作为一个城堡官员的儿子，他对城堡的熟悉程度与K相比是不成比例的。在他与K的冲突中，希伐若地位的优越感是不言自明的。）即使城堡当局曾经下令招募一个土地测量员，那也不能说明任何问题。

和客栈老板、庄稼汉、希伐若对他职业和工作的冷漠相对应的是，K对自己作为一个优秀土地测量员却充满了虚妄的自豪感。由于K对城堡当局的邀请确信不疑，对他在城堡工作期间理应受到的重视和礼遇存有不切实际的幻想，他对困难的估计、对自身状况的审视就具有了讽刺性的偏差。当K面对希伐若的粗暴无礼表现出了真正的冷静、满有把握的自信时，喜剧的帷幕已经悄悄地拉开了。

在《美国》这部小说中的第二章，卡尔受到一位商人的邀请去乡间别墅作客。他的舅舅，也是他在美国唯一的保护人却出于某种隐秘的动机不同意他前往，但最终还是被他说服了。卡尔在赶赴乡间别墅的途中完全沉浸在乡间甘甜芬芳的气息中，沉醉在对商人女儿的不着边际的想象里，并未意识到自己已经被判决的命运——在他去乡间的途中，舅舅已决定将他抛弃。他的舅舅派出了一位信使（它使我们多少会联想起《城堡》里的巴拉巴斯），同时追赶着卡尔的马车，去宣读让卡尔滚蛋的亲笔信。判决已经做出，只是不可思议地被悬搁着。真正的喜剧就出现在这样一种悬搁的缝隙中——K因为明显地意识到了商人的冷遇（这种冷遇可以解释为商人预先从信使的口中获悉了K被抛弃的真相，他没有必要再对K伪装好客以博取他舅舅的好感）而对主人发出威胁，赌气似的要求回家。卡尔的威胁可以看成是一个孩子的撒娇举动，其目的是为了索取更多的热诚和重视，其内在基础则依赖于舅舅显赫的地位。问题在于，卡尔发出威胁的基础已经不存在了，甚至他也回不去了。

这一情节似乎也可以做这样的解释，商人提出邀请，让卡尔去乡间做客本身即是一个预先设定的阴谋，舅舅表面上的拒绝只不过让阴谋更像阴谋而已，不管情形如何，卡尔的命运在开始就已经被决定。

在卡夫卡看来，个人的自由实际上就是命运在判决前夕挣扎的自由——他可以选择的只是迷失（毁灭）的方式，就像一只老鼠，要么被捕鼠器夹住，要么扑入一只猫的怀抱。从某种意义上说，《城堡》是《美国》第二章的重写，反之亦然。随着情节的展开，我们（还有K）不久就会看到，他受命前来城堡工作的所谓指令只不过是当局庞大机器在运转过程中出现的一个故障。他来到城堡的理由被突然抽空，成了一个多余而又碍手碍脚的人，他首先应当做的工作不是丈量土地，而是确立自己地位的合法性。

K 来到城堡的使命既然可以被界定为测量土地，那么，他要顺利地完成这项工作，必须获得开展这项工作的外部条件，而首要条件是当局的需要。这样一来，得到包括村长在内的城堡当局的工作许可，并与最高当局的代言人克拉姆见面就成了一个关键。K 的迷失，首先是从使命的核心（测量土地）向边缘地带（获取工作的许可）溃败开始的。尽管他始终没有忘记自己的真正使命，但他在边缘地带逗留得越久，目标也就离他越远。他挣扎得越剧烈，返回中心的道路就越遥不可及。K 最终得出的结论只能是虚幻。正如村长所告诫的那样，什么都无法确定："你听到的唯一真实可靠的东西，就是我们的电话机传送的这种低声哼唱的声音，此外什么都是虚幻的。"

作为一个异乡人，K 的行为举止，他的热情和执着，他的既天真浪漫，又英勇无畏的性格都与城堡的整个氛围格格不入，而对于 K 在来到城堡之前的所有经历，作者却未做详细的交代。在小说的第二节，当阿瑟和杰里米亚两位助手向他行礼致敬的时候，K "不禁想起了他过去服役的日子"（他原先是一名军人吗？），随后，他想起自己的故乡：

> ……迷了路，或者进入了一个奇异的国度，比人类曾经到过的任何国度都远，这个国度是那么的奇异，甚至连空气都跟他的故乡大不相同，在这儿，一个人可能

会因为受不了这种奇异而死去，可是这种奇异又是这么富于魅力，使你只能继续向前走，让自己越迷越深……

在这里，故乡并不是一个地理概念，它仅仅指向精神记忆的家园，指向一种传说。K在城堡中遭受的挫折使他多次回忆起自己的故乡，但却从未产生返回故乡的冲动，这也是意味深长的。

也许会有人说，既然K在城堡进行土地测量的合法性始终得不到证实，那么他何不离开这个村庄，返回故乡呢？K解释也许是城堡奇异魅力的蛊惑。另一个原因是，我们对于这座废墟堆积成的迷宫的性质缺乏足够的了解，因为得不到证实的合法性未必就可以判为非法。城堡是否需要一个土地测量员这个问题虽然被无限悬搁，但当局毕竟给他派出了两名助手，克拉姆毕竟给他写出了一封封洋溢着鼓励、劝慰之辞的信函。“这儿没有谁留下你，但是也绝不是说要把你撵走”，而且，城堡当局在无关紧要的事情上立即满足了K的愿望，从而既夺去了K获胜的可能性，同时也夺去了他的任何反抗的念头。可以自由进出的迷宫绝不是一个真正的迷宫，而废墟的“魅力”是不可抗拒的，它几乎是剥夺了人的任何自主性，甚至包括“退出游戏”的愿望。

因此，我们完全有理由这样相信：不管K心目中的故乡具有怎样超凡脱俗的性质，无论K在来到城堡之前具有怎样的生活经验，毫无疑问在K的血液中，自有一种韵律应和着城堡的节拍。关于这一点，我们在后面还要谈到。

K 显然意识到了迷失的危险性，正如一个在沙漠中迷路的人急不可待地寻找路标一样，K 在城堡下的村庄里首先发现的标识物就是弗丽达和自己的两位助手，他无力辨别标识物的真伪，进而陷入了更大的迷乱。他异想天开地将当局派来的两名助手视为与他一样的外乡人，应当并且可以“互相支持”；而弗丽达的爱情，似乎为他提供了某种天然的许诺，甚至使他获得了共同对付黑暗，完成自己使命的信心。

K 为了达到目标而表现出来的不顾一切的决绝姿态使我们想到了保罗·蒂里希对生存勇气的一系列描述。在蒂里希看来，这种勇气正是不顾一切，不顾非存在威胁的决绝姿态。只不过，保罗·蒂里希是正面的阐述，而卡夫卡则是反讽中的暗示。勇气在蒂里希那里是“必须”，而在卡夫卡那里则是“只能”。

K 的勇气的确令人惊奇，为了完成虚无的工作，道德的概念被 K 偷换成了道德掩盖下的不择手段，这多少反映了 K 的性格中工于心计的一面。这在小说一开始，K 对渥斯华尔德谎称自己是 K 的助手时就表现了出来。随后，他因为有可能接触克拉姆的情妇（弗丽达），而立即将奥尔珈抛在了一边；伪装出孩子般的口吻与汉斯交谈，借此博取他的帮助，并通过他争取他母亲的支持；试图勾引佩披以便打听克拉姆的下落；最后，他牺牲了弗丽达的爱情。

不惜一切手段达到没有可能实现的目标，这是卡夫卡为他的喜剧所设置的前所未有的形式维度。

二、弗丽达：另一种迷失

按照弗丽达自己的供述，她的唯一梦想就是能够和K在一起，“只有这一个梦想，再也没有别的了”。导致她最终离开K，不情愿而又无可奈何地扑入K的助手之一杰里米亚怀抱的关键因素，除了K对她的冷漠之外，还在于K没有带她一同离开城堡，逃到一个遥远的地方去。与任何一个陷入爱情泥淖的女性一样，她所关注的只是一些简单的感情枝节。弗丽达对K的使命的不理解贯穿始终，这种隔阂具有两个方面的含义：首先是对K工作的必要性的冷漠和怀疑，其次是对K被判定的命运缺乏深刻的理解，这就导致了弗丽达与K反抗命运的方式的差异。

K在企图摆脱自己噩运方面所付出的巨大努力，在弗丽达看来也存在两个方面的疑问。弗丽达看不出（或者感受不到）K的这种努力与她的爱情有着怎样的联系，这就使得双方的目标发生了偏离；另外，即便是反抗命运本身，K的做法也是没有意义的，可笑的。弗丽达认为，有一个更加有效的方法被K忽略了，那就是逃离——K所面临的威胁将不复存在，她也可以完全占有K的爱情。

弗丽达在反抗方式的幼稚性上甚至比K走得更远，但这恰恰构成了弗丽达对城堡体制、话语和规则彻底颠覆的趋向，尽管这仅仅是一种乌托邦。这显示了女性特有的敏感性、直觉以及不顾现实威胁的勇气。

如果说，弗丽达开始时对K的容忍、支持是出于爱情本能，那么，随着时间的推移，这种支持已渐渐变成了怀疑和抱怨。“你总是虐待我，啊，K，你为什么老是折磨我？我决不，决不会回到你那儿去，我一想起我还有可能回到你那儿去，我就会发抖。”这不是普通的抱怨，简直就是仇恨。这当然是根植于她对K的全部的爱，而且即便在她公然背叛K的时候，它也一直在她体内燃烧。

米兰·昆德拉在谈到《城堡》中K与弗丽达感情纠葛的时候，将这种纠葛描述成一种简单的肉欲，“没有任何爱情的介入”，我以为显得有些轻率。在昆德拉看来，这种带有肉欲成分的情感对K而言，仅仅意味着在放逐的途中被剥夺了一切时所获得的一丝慰藉，这没有什么问题，但假如我们将观察、判断的聚焦投射在弗丽达身上，情况立即就会发生根本的变化。爱情，不仅仅构成了弗丽达生存的全部幻想（这种幻想在K看来固然是一种假象，他眼中的弗丽达就好像一个“在粪堆里看见自己失去的一块宝石”的人一样。实际上粪堆里即使有宝石，她也没法找到），而且是她一切行为的出发点。

当K和奥尔珈一同来到酒吧，第一次见到弗丽达的时候，“K和她的眼睛一接触，就觉得她这一看，好像决定了一件关系到本人的什么事情，一件他还不知道是否存在，而弗丽达明确地告诉他是存在的事情”。那么，这是一件什么样的事情呢？如果说它是爱情的发端，K只是感觉到它与自己有关，并不知道它是否存在。而弗丽达却明确、大胆地暗示了他。K的内心另有牵挂，它过于沉重，以至于他的心智尚处在恍惚状态。事实上，他在与弗丽达见面、调情甚至于交合的过程中，他一直显得心不在焉，他内心真正关注的只有一点，弗丽达是否认识城堡官员克拉姆，自己能否通过她与克拉姆见面。在这里，弗丽达奉献的爱情对K来说不仅是一种慰藉，而且已经具有了祭品的性质。在K被放逐（或自我放逐）的旅程中，爱情尚未进入他的视线，即便他感觉到了它也会视而不见，这同样是他的命运决定的。

与K的这种恍惚状态不同的是，弗丽达表现出来的是不顾一切、令个人震惊的大胆，当克拉姆在屋里传出哼哼声，呼叫弗丽达的时候，弗丽达应答道："我正在陪着土地测量员哩！"这又是一次颠覆。克拉姆似乎没有预料到弗丽达会这样回答他，这个似乎拥有无限权力的人陷入了沉默，而K却被吓得跳了起来，随后是一阵痛苦的自省。由于弗丽达泄露了一切，他深思熟虑，步步为营地从弗丽达身上获取克拉姆帮助的希望几乎就要破灭。因此，尽管他意识到弗丽达的爱情弥足珍贵，超出一切，但也立即开始了对她的指责，"你这是干吗？咱们俩全毁了……"而弗丽达却冷静地答道："毁掉的只是我，可这样我就真正得到了你。"我们可以清楚地看到，弗丽达与K刚一见面，他们的话语就是错位的，看起来他们说的是同一件事，但话语指向完全不同。K的语言指向克拉姆以及摆脱自身窘境的希望，而弗丽达关注的只是爱情的可能性。

当然，弗丽达的情感并非没有盲目的成分。实际上，她之所以不假思索地投入K的怀抱，女人天性中的嫉妒心起了相当大的作用，当K和奥尔珈手拉手，并肩走进酒吧的一刹那，这种嫉妒即成了她内心情感之火的助燃剂。从某种意义上说，弗丽达的迷失是女人命运中的情感形式决定的，对于女性来说，最大的悲哀莫过于被排斥在爱情之外。

弗丽达的迷失，显然开始于她认识K之前，但却因为K的介入而变本加厉了。虽然从结构上，她的迷失与K的迷惘十分相似。K试图找到存在的依据，而弗丽达的着眼点却在于情感的真实性。在通往爱情的道路上，弗丽达所受到的重重阻挠既是城堡压力的直接体现，又是K迷惘状态的衍生物。她的情感变得脆弱、多疑、乖戾是必然的。

克拉姆原先的情妇，弗丽达的前任对她的一番苦苦忠告似乎只是个人经验的现身说法，但是，既然克拉姆，或者格拉特能够派遣一位弗丽达少年时代的伙伴伪装成K的助手来引诱她（借此阻碍并监视K的工作，粉碎K的信心），那么客栈老板娘的劝告也未尝不可看作是来自城堡的声音。

这种劝告既是诱导，又是威胁，这种威胁加之于奥尔珈一家所产生的后果，卡夫卡在第十五节做了详尽的描述，现在客栈的老板娘几乎已向弗丽达和盘托出了。它立即就对弗丽达产生了作用。尽管她没有接受老板娘的劝告，可也终于在沉思之后，向老板娘承认自己对于K的爱情只是一时冲动，“自从我失去克拉姆之后，一切都大不相同了……”她伤心地说着这样的话，伤心地低下了头，两只手抱在胸前。

如果说，来自城堡的压力还不足以摧毁弗丽达的信念，那么，她对K的绝望则给了她致命的一击，因为，她在对抗外界压力时唯一可以利用的财富就是K的爱情。不过弗丽达的绝望并不是突然出现的，而是通过她一系列周密细致的谛听、观察、判断所得出的结论。

当她与K公开同居并搬入一所小学之后，她对于自己与K爱情的实质看得更加清楚一些了，尤其是当弗丽达发现K为了达到他个人的某种意图，引诱鞋匠的儿子汉斯·勃伦斯威克时，汉斯就像一面镜子，在刹那间照亮了她所处的地位。引诱的目的是相同的，都是为了接近城堡当局；引诱的手段也是相同的，都是伪装出来的“孩子气”。甚至，汉斯在面对引诱时的反应与弗丽达亦大致相仿。在弗丽达的眼中，汉斯之所以会冒着被严厉惩罚的危险，像一个反叛的士兵投入敌阵，决定支持K，是基于K故作亲昵的语调，基于同情的一时冲动（同情显然不是爱的代名词，但足以构成爱意的基础）。这一幕是酒吧小酌那个夜晚的再现。让弗丽达不能容忍的是，K在为了达到私人的目的时全然不去考虑这个十多岁的孩子可能遭遇的惩罚（对弗丽达来说，K从来没把自己的牺牲当成一回事）。

弗丽达向K反问道：“现在这个可怜的孩子在这儿被你利用，跟我那时在酒吧间里被你利用，这两者之间又有多大的区别呢？”接下来，她按照这个逻辑将自己与K的关系实质做了进一步的放大，自己只不过是K手中的一张牌，一副道具，一个人质而已。这是一种夸张了的猜测。高倍显微镜下的图像失去了原物的直观性，但未必不是原物本身。弗丽达的推理过程大致如下：

K在与克拉姆打交道的进程中，为了使自己在心理和交换条件上处于有利地位，将克拉姆心爱的情妇（弗丽达）挟持，然后等待着对方付出高昂的索取代价。

这个细节，米兰·昆德拉在《玩笑》一书中做了改写，正如玩笑到底不过是一个玩笑一样，克拉姆也不过将弗丽达换成了另一个姑娘佩披而已。这也可以看成克拉姆在暗中对K发出的嘲笑。但是，玩笑在《城堡》中却具有双重意味。弗丽达不顾一切地离开赫伦霍夫旅馆，失去克拉姆的护佑，失去了“令人艳羡”的情妇名号，所获得的只是一个变相的人质的身份而已。甚至，弗丽达惊异地发现，当K的两位助手与自己朝夕相处，公然向她调情的时候，K连起码的嫉妒心都没有。

正如他们在赫伦霍夫旅馆见面时的情景一样——他们的拥抱，他们手脚的摇摆都不能使他们意识到身外的一切，只是提醒他们要寻找的是什么：“冲动”。计谋或者爱情并未最终导致他们认清各自的命运，只是看到了命运促使他们抵达的那个结局。

在小说的结尾，弗丽达离开K，投向杰米里亚怀抱的情景，与当初她背叛克拉姆，将自己托付给K的盲目恰好构成了反讽。这两者没有本质上的区别。一轮迷失后暂时的澄清仅仅意味着下一轮迷失的开始。弗丽达在照顾病中的杰米里亚时，K的来访也使她萌发了回心转意的念头，但这与她当初离开克拉姆时流下的悔恨的泪水如出一辙。

K与弗丽达都陷入了难以自拔的迷乱中，它们有着共同的社会现实背景，又彼此影响，互相渗透，构成了这个时代触目惊心的生存景观。

三、影子的影子——谁是克拉姆？

在《城堡》中，克拉姆始终是作为一个象征性的人物出现的。他是城堡夜晚中最黑暗的部分，也是通往城堡的布满蛛丝小径的地图上模糊不清的标志。他就像某种气味，人们只能意识到它的存在，而无法予以任何现实的直观。被描述的次数的多少对我们看清他的真正面目并无帮助；相反，这些自相矛盾的描述只不过在他的身上覆盖上一层层的遮蔽物而已。无论是对K，弗丽达，还是奥尔珈和巴纳巴斯，克拉姆都是一个意念的中心，他们从各个不同的方位趋近他，议论他，交换着有关他的一切信息。

当K通过酒吧的某个小洞眼打量着这个对手时，卡夫卡的描述是十分精细的："克拉姆先生就坐在书桌旁的一只舒适的沙发里，他的脸给一盏盏低挂在他前面的白炽灯照得容光焕发，一个中等身材、臃肿颟顸的人。他的脸蛋还是光溜溜的，但是他的两颊由于年龄关系，多少有点松弛。浓黑的胡须又长又尖，眼睛藏在一副斜搁在鼻子上的闪闪发光的夹鼻镜后面……”

这段文字与后来巴纳巴斯在城堡见到克拉姆时的描述大致相仿，当时，克拉姆正在擦他的眼镜，但他的眼睛差不多总是闭着，看起来好像已经睡着了，只是在梦里擦着他的眼镜罢了。他似乎在看书，有时也会低声对录事们说几句含混不清的话。

然而问题在于，K和巴纳巴斯看到的克拉姆是否是同一个人?

对于所有城堡治下的居民们来说，克拉姆给人的印象总是一些鸡毛蒜皮的小事，一种特殊的点头姿势，一件没有扣上的背心，擦眼镜时的动作手势，在昏暗的灯光下凝视着书本的脸……在这些与克拉姆打交道的人中，假如我们依照他们与克拉姆关系的远近排出一个顺序表的话，应依次为：K、巴纳巴斯、弗丽达、老板娘。K只能通过书信与克拉姆进行联络；而巴纳巴斯则可以时常出入城堡，在克拉姆和K之间传递信件；弗丽达和老板娘则同为克拉姆的情妇。

在K的意识里，克拉姆的亲笔信无疑是他与城堡官方关系密切的首要证据。这既是一种对信心的支撑和鼓励，又是希望所在。而村长则对这种关系不屑一顾，因为在他看来，那只不过是克拉姆的私人信函，既不代表官方，也没有任何实质性的内容。村长的嘲讽明确地暗示了以下情节：克拉姆是不是城堡的最高当局?即使他是无可争议的权威人物，他是否具备发号施令的权力（城堡的日常事务并不依赖于某一个个人，而是决定于这部庞大机器的工作程序，这一点，村长在此之前已向K做了详细的说明）？还有，他从巴纳巴斯手中接过的那些信件是不是出自克拉姆的手笔？

从克拉姆信件的内容来看，也颇有蹊跷的成分。当K在进行土地测量这项工作还远看不到任何眉目，纠缠于一些毫无意义的外部事务的泥淖中不能自拔的时候，克拉姆却在信中向他发出了这样的指令：

"不要松弛懈怠，希望继续工作。"

这与其说是一种鼓励，还不如说是讽刺，或者是一幕恶作剧。

K唯一有可能与克拉姆正面接触并与他直接讨论自己的工作的机会是在赫伦霍夫旅馆。当时，他从佩披（弗丽达的继任）口中得知，克拉姆就在这座旅馆中，而且不久之后将坐雪橇离开，K终于看到了希望，他找到了那驾雪橇，并打算在那儿守候到见到克拉姆为止。一直到天快黑下来，克拉姆还迟迟没有露面，在这时，K与马车夫进行了一次短暂的、饶有趣味的谈话：

K："克拉姆什么时候出来？"

车夫："等到你从这儿离开之后。"

马车夫在尚未弄清K的真实身份的前提下说出这样的话，实际上已经阻断了K追踪克拉姆的道路。随后出现的那个长得漂亮、脸庞白里透红的年轻人——克拉姆的私人秘书摩斯麦再次向 K 重复了这个意思。摩斯麦判断出 K 不等克拉姆露面不会离开，就命令马车夫将马匹卸下来，从而彻底粉碎了 K 的非分之想。道路依然在黑暗中，他的被幽闭的焦虑症状没有得到消除。

从表面上看，作为一个信使，巴纳巴斯在与克拉姆打交道的过程中处在了比 K 有利得多的地位。然而他在城堡里见到的每一位官员都有着相似的外貌和举止特点，连说话的语气都十分相近。他可以称得上是一个有关克拉姆的资料专家，一部百科全书，有关克拉姆模样的描绘他早已谙熟于心，他收集了许多说法，反复进行比较。不过，正因为他收集的资料太多，真相反而越出了他的视线，“他甚至有一次在村子里从车窗外看见了克拉姆，或者是他相信看到的就是他。因此他做了充分的准备，打算好好认识一下克拉姆，可是——你怎么解释这一点？一旦他在城堡走进办公室，他们给他指出那就是叫克拉姆的那个官员时，他又不认识他了……”

那么，作为时常要与克拉姆同床共枕的弗丽达或老板娘来说，他们对于克拉姆是否有准确的把握呢？这一点同样是值得怀疑的。通常她们被克拉姆召见的时间是在晚上，灯光又晦暗昏沉，况且既然被召见意味着一种虚幻的荣耀，肌肤相亲也不会有太多的真实性。

克拉姆这个符号中最有人性的地方，就是残存不灭的欲念的残渣。当他（他们）在办完公事之后，不知如何打发时光的时候，欲念便蠢蠢欲动，驱使着肉体的主人心烦意乱地去炮制一封封下流的书信。欲念本身既是一种权威的变体，同时也是一个发泄口。“克拉姆是以粗野出名的，他能够一连几个钟头像哑巴似的坐着一声不响，然后猛地冒出那么粗野的话来吓得你禁不住发抖。”从欲望不受主人控制这种状况，我们才能看到克拉姆身上作为人的某种气息，但克拉姆或者索尔蒂尼平息自己欲念的方式却更深地反映出城堡机制的一般社会特点。

我们固然无法知道克拉姆用怎样的姿态与那些女性相处，但他猎获女人的途径往往是通过“情书”。“情书”在《城堡》中是一个十分暧昧的概念。作为一种古老的、代代沿袭的求爱方式，“情书”的原初特性和功能被彻底置换，在奥尔珈的眼中，它只能说是一纸行政命令，或公文，问题在于克拉姆或索尔蒂尼仍然沿用了情书的形式。他们在写“情书”时无法控制住自己，使它实质上成了下流淫秽的侮辱性文本。这一方面暗示了欲念的强大和迫不及待，同时又是变态性欲的一个有机的组成部分。只有当克拉姆意识到收信人在阅读这些信件时一边羞愧难当，一边瑟瑟发抖时，才会得到心理上的满足。这里，卡夫卡准确地揭示了性欲社会化的种种特点。

从另一个意义上来说，原始情书所包含的尊重、平等或者夸大对象的有利地位、显示出写信人的软弱等特点对城堡的体制都构成了重大威胁，城堡官员之所以沿用情书的形式，实际上是在玩弄文化欺骗。城堡当局从来没有公开宣布过剥夺个人的自主性和自由（一个女人在收到情书后可以有拒绝或同意的选择自由），甚至他们在一切可能的领域宣扬这种自由，但它正是通过形式、幌子，通过在无关紧要的事情上满足居民的自由的同时剥夺了个人的自主性。尽管克拉姆的情书只不过是一封普通的求爱信，但“却从来没有被拒绝过”，这当中有老板娘，有弗丽达，佩披，还有一些我们尚不知道名字的女人。似乎只有一个人敢于拒绝城堡官员的情书，这就是奥尔珈的妹妹阿玛丽亚，而城堡则立即用它严酷的、令人发指的方式对她进行了惩罚。

正是通过比较克拉姆和另一位官员索尔蒂尼的情书，奥尔珈成了一个城堡巨大秘密的发现者，“你看不出这两个人的不同在什么地方”，他们两人的情书同样粗暴，同样下流，甚至连字迹也有几分相像。奥尔珈与众不同的视点无疑给了我们一个重大的信息，索尔蒂尼就是克拉姆。

这一充满智慧的猜测简直可以无限推衍下去。奥尔珈进而怀疑，克拉姆这个人是否存在?

像克拉姆这样的人是大家都想见的，可他又难得露面，这就很容易在大家的想象中产生不同的形状。比如，克拉姆在这个村子里有一个名字叫摩麦斯的秘书，你认识他吗?是吗?他也是躲在幕后不见人的，可我看见过他好几次了。一个长得挺结实的年轻小伙子，你说他不是这样吗?所以，显然他一点儿也不像克拉姆。可是你在村子里会发现有人发誓赌咒地说摩麦斯就是克拉姆。他就是克拉姆，此外不再有别的克拉姆了。人们就是这样把自己弄得迷迷糊糊的。

如果说摩麦斯就是克拉姆，那么可疑的克拉姆的名单几乎可以扩大到格拉特、索尔蒂尼、希伐若、村长、小学教师、K的两名助手，以及一切与城堡有关的官方人物。甚至，连那位给克拉姆赶车的马车夫也未必不是经过伪装的克拉姆本人。因此，我们在说克拉姆这个人物并不存在的时候，实质上是在说，克拉姆在城堡里无处不在。

在城堡阴影下生活的居民早已失去了反省自己存在的能力，更谈不上对城堡体制的洞察力和判断力。因此，他们对于克拉姆的存在只有一丝好奇心而已，他们用不着去关心谁是真正的克拉姆。他们不仅是城堡的牺牲品，而且在不知不觉中成了城堡体制的组成部分（一旦奥尔珈家庭与城堡处在了对立面，他们便会立即出来助纣为虐）。

这一点，奥尔珈看得十分清楚。阿玛丽亚并不是一个有意识的反抗者，她甚至还爱上了侮辱她的官员索尔蒂尼，假如索尔蒂尼的情书写得稍为文雅一些，假如她不是出于一时的“孩子气”的冲动，她完全可以成为另一个弗丽达或老板娘。也就是说，奥尔珈一家是被迫成为城堡的反抗者或对立面的——命运将他们强拉进了反省者的行列。

所以，我们不难看出，奥尔珈一家的命运和K的出现是城堡庞大而齐整的乐队中的两个不和谐音，也是城堡故事的中心情节。他们陷入了同样的命运的怪圈：奥尔珈一家为了洗刷自己的罪名，K为了找到自己存在的合法依据，这都迫使他们踏上了对克拉姆苦苦寻访的艰难道路。

而克拉姆雄踞在遥不可测的城堡的某处。他既是城堡本身，又是它在令人迷乱的积雪中投下的影子，影子的影子。

四、宽恕的前提——奥尔珈一家的命运

当K第一次与奥尔珈见面时，就对她产生了好感，那是奥尔珈身上温柔、质朴、自然的气质给他带来的舒适感。在K挽着奥尔珈的手臂去赫伦霍夫旅馆的路上，K把全身的重量都压在她身上，尽管他竭力地抗拒着奥尔珈体内源源不断传达给他的愉快和甜蜜，这种感觉却滞留不去。

从后来弗丽达的嫉妒来看，K对奥尔珈所抱有的朦胧的情感并非缺乏心理上的基础，只不过在当时，他几乎没有余力去体味、感受这一切。K之所以将奥尔珈一家视为“村里心眼最好的人”，除了巴纳巴斯或奥尔珈那张亲切的脸庞所起的作用之外，更为重要的原因在于，奥尔珈一家正在遭受的噩运与K自己的尴尬处境之间形成了某种亲和力。

奥尔珈的父亲在城堡中也算得上一个小官员，他是救火会的第三把手，而且还救过他的上司格拉特的命。因此，他们一家与城堡当局的关系要比村里的普通人亲近得多。这也就可以解释，为什么城堡当局决定在村子里举行一个救火仪式的庆典，奥尔珈一家欣喜若狂。既然他们将自己视为城堡的“远亲”，那么，城堡的节日也是他们自己的节日，赠送救火车的庆典是卡夫卡在《城堡》中描述的唯一的娱乐活动（不管从什么方面来

看，娱乐或庆典实际上就是政治的延续）。阿玛丽亚和奥尔珈穿上节日的漂亮衣服，沉浸在庆典的喜庆气氛中，仿佛一点也没有意识到正在她们头上降临的悲惨命运。

命运的无常，或突然性在卡夫卡的小说中曾一再出现。它是一头随心所欲的怪兽，随时准备从暗处跃出，给它的猎物以致命的一击。在《审判》中，警察的出现带有强烈的非理性色彩，而在《城堡》中，作者多少赋予这种命运以合理的逻辑性。

当城堡大官员索尔蒂尼那看似威严、实质邪淫的目光落到了阿玛丽亚，这个穿着花边裙子，稚气未脱的少女身上时，奥尔珈、阿玛丽亚、他们的父亲的反应是令人震惊的。索尔蒂尼贪婪的目光一旦投射到阿玛丽亚身上，就怔住了，然后“跳过车来挨近她”，而阿玛丽亚居然一下子就“爱”上了这个与他父亲的年龄一样大的老人。奥尔珈感受到的似乎只有嫉妒。而她们的父亲显得更为荒唐，竟然立即猜出了索尔蒂尼的意图，并领着他的两个女儿迎上前去，供索尔蒂尼挑选。（他的疑问在于：他不知道索尔蒂尼看上的是哪一个女儿。）在这里，卡夫卡的反讽带有令人不寒而栗的残酷性，它突然给我们腾开了另一个空间，使人足以看清城堡统辖下居民生存状况的本相。也就是说，居民的荣耀（假如他们还有荣耀的话）只能是城堡的意志。

奥尔珈的父亲将两个女儿带到索尔蒂尼的面前，后者只是恼怒地挥手将他们赶开。这并不是说索尔蒂尼突然收敛了自己的淫欲，而是因为奥尔珈的父亲“没有很好地领会他的意图”，并违反了城堡在对待这类事情时应有的程序——城堡从不巧取豪夺。第二天清晨，索尔蒂尼派人给阿玛丽亚送来了一封“情书”。

关于这封“情书”的内容，小说未做正面描述。而阿玛丽亚出人意料地将它撕得粉碎，只是一时的“孩子气”。又是“孩子气”！在城堡疏而不漏的权力网络的淫威之下，人们的自由意志、情感，甚至记忆本身都被滤除殆尽，而唯有“孩子气”成了城堡在行使权力时遇到的最大障碍。（弗丽达和K的“孩子气”曾一度使城堡方面伤透了脑筋。）

因为这封信写得十分下流，阿玛丽亚甚至没有勇气再读第二遍。在这封信的末尾，索尔蒂尼这样写道：

> 你得马上来，要不然，我就……

假如不是“孩子气”发挥的作用，阿玛丽亚很可能像弗丽达或老板娘一样就范。在城堡非存在的废墟上，唯有这种一时冲动的“孩子气”或不成熟、任性具有隐隐的活力，反过来说，它也足以使我们了解城堡废墟的深度、广度以及其基本性质。甚至是奥尔珈也这样向K表白：“至于我，我坦白地承认，要是我得到了那么一封信，我准要去了。”

惩罚开始了。惩罚的方式显然是《审判》的进一步深化。假如说惩罚的前提条件是罪行的指控，那么，罪愆是空缺的。与《审判》不同的是，城堡并没有将奥尔珈一家送上法庭的意思，也没有公布他们的任何罪状，“就像这件事被忘了一样”。

律师们提出的意见也仅仅局限于蔑视索尔蒂尼的信，侮辱他的信使，一切都做了轻描淡写的处理。正如罪行不能由城堡当局明文宣布，而应由当事人自己去寻找一样，惩罚也不是由权力机构直接执行。除掉一株毒草的方法通常有两种：将它连根拔去，或令其自行枯萎。

奥尔珈一家并未遭到任何形式的流放、关押或杀戮（这往往是古老的庄园主对待犯了过失的奴隶所采取的方式），甚至，恐惧因为缺乏对象而变得空洞。那么，事实上的惩罚是通过什么方式降临的呢？

奥尔珈的父亲，一个有名的修鞋匠，在“阿玛丽亚事件”之后，开始为失去亲友、邻居而惶惶不安。最亲密的朋友也已远离了他们，连平时走路慢条斯理的雷斯曼也是匆匆而来，匆匆而去，就像是一个逃犯似的，以至于奥尔珈的父亲推开身边的人徒劳地去追赶他——这一细节中的滑稽成分使我们立刻想起了《审判》中的K在通往法院的道路上飞奔时的情景。父亲的修鞋店荒芜了，顾客们争着上门注销了合同，偿付了欠款。总之，村子里所有的人尽一切可能与这个摇摇欲坠的家庭划清了界限，甚至连救火会也要求奥尔珈的父亲辞职，并收回了他过去获得的所有荣誉和证书，“谁也没有办法拯救这个家庭的急骤坠落，谁也没有办法改变局面”。在这里，我们将不无悲伤地看到，中国的“文化大革命”似乎可以看成是卡夫卡小说的一次社会实践。

至少在奥尔珈的父亲看来，上述情形还远远算不上是一种惩罚，只不过是惩罚的前奏和序幕，他并未失去最后的信心。他的希望和等待的根由，在于一个“决定性的通知”。在此，卡夫卡揭示了这样一个心理学上的逻辑，一个自以为深陷罪愆之中的人为了得到宽恕，必须首先证明自己有罪。寻求宽恕的过程实际上就是寻求并证明罪过的过程，在这个过程的背后，所有的动机都指向一个中心：重返体制化。

正如上文所谈到的，一个在体制化的氛围中成长起来的人本身即是体制的一个部分。一旦他（她）被排斥在体制之外，恐惧与焦虑是显而易见的。我们可以想象，一个犯了过失的儿童在面临皮肉之苦和逐出家庭之外两种选择时，他是不会犹豫的。放逐的命运对一个儿童来说毫无疑问是不堪承受的，从某种意义上来说，奥尔珈一家的罪过有些类似于“原罪”。由于一个偶然的过失，人类遭受到了巨大的、超越他们承受力的惩罚，被逐出了伊甸园。从宗教伦理的角度来看，人类从此之后的一切挣扎既是一种赎罪行为，又是重返伊甸园所必然要付出的代价。末日审判既未来临，人类也就回不去。对于奥尔珈一家来说，“决定性的通知”被送达之前，重返体制、最后的宽恕也就遥不可及。

因此，奥尔珈的父亲对于实际降临的惩罚视而不见，其背后的心理动因是寻求一个更轻的惩罚。也就是说，城堡方面悬搁惩罚和审判的后果——整个家庭在无形的压力下自行瓦解，灵魂自行除灭、枯萎，实际上已远远超过了他们所应承受的范围。换句话说，城堡的不惩罚实际上就是最为严厉的惩罚。

在这样一个背景下，奥尔珈一家所承受的压力以及在这种压力下所出现的心理和行为变形就相对比较容易解释了。既然“寻求罪过”这一进程取消了生存的一切其他内容，它也必然会占据家庭每一个成员的意识核心。从这个家庭的坠落过程来看，在城堡的国度里，除了政治生活没有其他生活，除了政治意识没有其他意识，就连“洗刷罪名，寻求宽恕”本身也成了彻底沦为政治牺牲品的最可靠的途径。

奥尔珈是这个家庭中相对比较清醒的成员。“阿玛丽亚事件”之后，她逐渐看清了自己在城堡中存在的基本方位和未来的命运：“我是一个侍从们肆意蹂躏的玩物。”她既是一个观望者，又是一个见证人，同时还是一个清醒的苦难的承受者。在她的眼中，父亲为洗刷自己的罪过而付出的心血以及巴纳巴斯为了找到克拉姆以便挽救这个家庭的努力都是可笑的，没有意义的。她不抱什么希望，也无所谓绝望。她在苦熬，而苦熬或忍受恰恰是在城堡的黑暗中唯一合乎理性的道路。

> 不要失望，甚至对你并不感到失望这一点也不要失望，恰恰在似乎一切都完了的时候，新的力量来临，给你以支助，而这正表明你是活着的。

在奥尔珈身上，我们至少部分地看到了卡夫卡本人的信念，而她的冷静、坚韧在城堡的阴影中尤其显得光彩照人。

阿玛丽亚所受到的磨难是多方面的。首先是她自己的“罪过”，她撕毁了索尔蒂尼的信，侮辱了他的信使；其次，因为她的原因，整个家庭陷入了无法摆脱的命运的深渊；再次，因为她的“孩子气”和轻率，她葬送了自己的“爱情”。因此，阿玛丽亚的罪孽感既指向城堡当局，又指向她的家庭，甚至还有她本人。这位柔弱、活泼的少女的性格变得乖戾、心如死灰也就顺理成章了。

奥尔珈的弟弟巴纳巴斯主动承担了拯救这个家庭的全部使命，但他的挣扎和抗争只不过是使自己变得更像一个“祭品”而已。和土地测量员K一样，他的努力一开始就偏离了轨道，获得宽恕这样一个使命很快演变成了“谁是克拉姆？”的难题。

而且，由于K的介入，《城堡》的喜剧色彩再次被推向令人战栗的极致：巴纳巴斯将所有的希望寄托在K的身上。因为K的到来，他获得了在K和克拉姆之间传送信件的差使，通过送信和K的帮助，他希望与克拉姆建立联系，最终拯救自己的家庭。反过来，K同样希望依赖巴纳巴斯与城堡方面的“特殊关系”而见到真正的克拉姆。

K和巴纳巴斯彼此都是各自的希望所在，他们互相纠缠，互相折磨，而城堡却始终在他们视线上方远远矗立，岿然不动。

五、卡夫卡，被照亮的道路

卡夫卡的写作起源于个人感受到的难以逾越的障碍，起源于个人和他面对的世界所构成的紧张关系。在K的身上，这种紧张感始终没有得到缓解。当K第一次来到村里的时候，时间是晚上（后半夜），城堡在黑暗中即显示出了“一片空洞虚无的幻景”，而在小说的最后，K的身影依然浸没在暗处：“台阶下有一扇小门……里面似乎又亮又暖和，接着房门就关上了。”

如果我们将K作为一个“黑暗的巡游者”，那么《城堡》似乎也可以被看成是卡夫卡对异化现实的一次检视。尽管他敏锐的洞察力照亮了暗房的一个个局部，但通往获救的途径却恍惚未明。

由于卡夫卡小说强烈的荒诞色彩，他的写作不仅仅是对现实和历史一般文化状况的总结，它面向未来，是对一个远为深刻、复杂，正在分崩离析的世界的直觉性寓言。这个世界，无论是时间，还是空间，我们一时还难以看到它的边际。

《城堡》和《美国》、《审判》一样，都没有结尾，这绝不是偶然的。这一方面取决于卡夫卡文体的无限开放性——它使通常意义上的结尾显得没有必要；另一方面，它也显示出卡夫卡对于个人与存在是否能和解抱有深刻的疑虑。

马克斯·布洛德曾经在《城堡》第一版的附注中谈到了卡夫卡没有最终采用的结尾：“那个名义上的土地测量员将得到部分的满足。他将不懈地进行斗争，斗争至精疲力竭而死。村民们将围集在死者的床边，这时城堡当局传谕：虽然K提出在村中居住的要求缺乏合法的根据，但是考虑到其他某些情况，准许他在村中居住和工作。”虽然这个结尾与《城堡》的讽喻特征相一致，但卡夫卡没有采用它也有着充足的理由。既然这个世界的崩溃是从外部和内部同时开始的，那么任何形式的外部和解都是没有意义的。

受卡夫卡影响至深的法国小说家加缪，在其名著《西西弗斯神话》中所提出的个人与异化现实的和解之道，似乎在《城堡》中也呼之欲出，不过，在卡夫卡看来，K，或者西西弗斯并非完全是异化现实的对立面，同时也是异化了的现实的一个部分。也就是说，西西弗斯的胜利也只有在神话学中才能成立。

在这里，写作的意义被卡夫卡严格地限定在了记录的范围之内：用一只手挡住耀眼的光线，用另一只手草草记下在废墟中看到的一切。用卡尔维诺的话来说，检测黑暗的深度和广度，同时意味着检测光明和欢乐短缺到了什么程度。在普遍异化了的现实境况之中，个人只有通过充满警觉的洞察，复活心中被遮蔽的人的理想，获救才会成为可能。

实际上，正确的道路已经被指明。既然挣扎和获得宽恕的冲动仅仅是对异化现实的一次更彻底的臣服姿态，那么，终结意义上的“忍耐”就绝不是一种权宜之计；既然语言作为文明的精华已经受到了“异化”的污染，那么希望的秘密也不能由语言直接阐述。因此，对于卡夫卡来说，希望不在于K，不在于卡尔和弗丽达，而存在于他们的身后；不在黑暗的、虚拟的对立面，而存在黑暗之中的某处。

卡夫卡的钟摆

喜剧

弗兰茨·卡夫卡是一个旷日持久的话题，从他逝世不久一直延续到现在。许多声称从卡夫卡的作品中发现了至关重要的真理奥秘的人，包括那些宣称是禀承了卡夫卡衣钵的作家和诗人，有时只是发现了一些模棱两可的错误而已。对卡夫卡作品的误读始终存在，究其原因，一方面是我们对卡夫卡的语言方式缺乏经验，不够审慎，人们习惯于从他的小说、随笔、日记中的片言只语寄托个人的想象；更为重要的是我们缺乏耐心（卡夫卡本人将这种惰性称为人类仅有的两大罪恶之一）。也有一些作家不堪卡夫卡被迅速神话化的巨大压力，干脆声称卡夫卡的小说毫无价值，一钱不值，应当将他从“经典文学”的殿堂中扫地出门。持有这样一种观点的人似乎很像卡夫卡小说中的那个急性子的K——他的不耐烦乃是由于急于想看到底牌，而握有底牌的人并未告诉他相关的信息，只是微微表露了一下暧昧的笑容。这种观点本身似乎不值一驳。我个人亦不认为卡夫卡是一个对任何人都重要的必须加以研读的作家，阅读卡夫卡的确对某些人的心智提出了挑战，有时还带来伤害。我们知道，匈牙利的著名学者、西方马克思主义的奠基人之一卢卡契亦曾对卡夫卡的作品不屑一顾。尽管个人的遭遇促使他最终改变了态度，然而发生在卢卡契身上的这一种转变并不具有普遍意义或必然性。也就是说，并不是每一个人都有机会获得这样一个契机，从而缩短他们与卡夫卡之间的距离。

笼罩在卡夫卡身上最大的神话之一，就是卡夫卡是一个痛苦的精灵，无论是个人生活，还是这种生活孕育之下的小说，莫不如此。对于那些习惯于将作家的痛苦等同于其才智，用痛苦作为试金石来丈量作品的光辉的批评家来说，卡夫卡及其作品无疑就是坚如磐石的论据。我不想忽略家庭、时代和社会的结构形态加之于卡夫卡的痛苦、荒谬和绝望感，然而，假如我们简单地将这种绝望感与他的小说内容画上等号，就不仅会妨碍我们对卡夫卡小说的欣赏与诠释，也有违于文艺批评的一般原则。

比方说，莫扎特的一生充满了尖锐而持久的痛苦，但他的作品却既不晦涩，也不灰暗、绝望。假如我们抱着一种纯粹的寻求趣味的心理来阅读卡夫卡的小说，我认为这也没有什么不好，而且也是完全可能的，因为卡夫卡的那些迷人的故事并不缺乏趣味性。我在读大学的时候，曾看到一位女同学在读卡夫卡的《诉讼》时哈哈大笑，我问她有什么好笑的，她回答说，好笑的并不是K莫名其妙的被捕，而是那两位看守极其认真地吃掉了K的早餐！事实上，卡夫卡写完《诉讼》的第一章，将其朗读给他的朋友们听的时候，他们都无一例外地笑得前仰后合。卡夫卡的幽默还不止于此，随着情节的深入，我们知道那两个名叫佛兰茨和维伦的看守每次奉命去捉人的时候，照例要把遭逮捕人的早餐都吃个精光——这可以解释他们为何那么兴奋，为何起得那么早。他们吃早餐时是那么专注和认真，仿佛吃掉"罪犯"的早餐是生活中唯一值得追求的乐趣。我们不应忘记卡夫卡是一个捷克人，也不应忽略那个滋养着哈谢克《好兵帅克历险记》的文学传统。我认为，帅克与卡夫卡笔下的K的确有几分相像。我甚至联想到了塞万提斯的《堂吉诃德》，K的噩梦是堂吉诃德游历的另一个版本，而桑丘·潘沙就是《城堡》中K的两名"忠实"的助手。

卡夫卡的小说充满了戏剧性。由于小说披上了卡夫卡特有的"寓言"的外衣，戏剧性的场景或情节反而不容易辨认，卡夫卡笔下的那些"事件"不论是发生在阴森的法院里，还是积雪覆盖的乡村、马厩，抑或是俄克拉荷马的露天剧场、处决犯人的采石场，都有一种浓烈的戏剧氛围。像《诉讼》这样的作品自始至终弥漫着乖张、怪异的戏剧冲突，这种冲突就如某种神话的变体，亦如生硬僵持的舞台剧的即兴彩排。然而，我认为这种冲突与传统小说的情节推进方式有很大的不同。与其说卡夫卡故意在文体上标新立异，还不如说，这是由卡夫卡独特的经验和表述方式决定的。如果我们在阅读习惯上完全适应了卡夫卡的叙述语态，那么《城堡》和《诉讼》完全可以像侦探小说一般紧张、紧凑、张弛有度。（也的确有学者将卡夫卡的作品与经典的侦探小说进行比较研究）

值得一提的是卡夫卡的喜剧天才。在《诉讼》中，当K不厌其烦地向他钟情的比尔斯纳小姐表演被捕的过程，并借机抱着对方疯狂地亲吻的时候（他脑子里充满色情的幻想，试图叫出她的奶名），读者会和比尔斯纳小姐一样感到莫名其妙。我们不一定会笑出声来，但能够理解卡夫卡的幽默。

类似的例子在卡夫卡的《诉讼》中并不少见。在K看来是如此庄严肃穆的法庭竟然设在一座出租公寓的顶楼上，而审讯室的位置恰好是一对夫妇的卧室。丈夫兼做法院的听差。遇到开庭的日子，这对夫妇就要将屋子腾出来；如在平时，法院的办案人员与这对夫妇居然也能杂处一室：

> 在半夜里，准是深更半夜了，我（女主人）一觉醒来，预审法官正站在我们的床边，用手遮着那盏灯，免得灯光照在我丈夫身上，这真是多余的谨慎，我丈夫睡得那样死，灯光根本不可能照醒他。我却吓得要叫起来，可是，预审法官非常亲切，提醒我要小心谨慎，悄悄地跟我说，他一直工作到现在，他是来还灯的，还说，他将永远不会忘记我睡觉的模样。

这很容易使我们想起《城堡》中K与弗丽达兼做婚房的那间教室。事实上，无论是婚房，还是教室，作为人物活动的场景本身都会在刹那间突然改变自身的性质，而人物事先并不知道。这其中包含着这样一个暗喻：卡夫卡笔下的人物可以随时互相改变角色和身份——就像《诉讼》中的K，一夜之间从银行襄理变成了一个罪犯，最后被滑稽地处死；而场景本身亦是可以互换的，卧室变成法庭，婚房变成教室，采石场可以变成刑场，而所有的场景最终都将变成一个小小的戏剧舞台，人物就像是从一场噩梦中醒来，睡眼惺忪，几乎无法真正看清他所处的位置。

在《诉讼》中，那个自称能够帮助K疏通法官的画家，他的画室最终被证明是法庭的办公室，而画家的床顶着通向法院的门，法官们进入他的画室办公，得从画家的床上爬过去。正如卡夫卡在《诉讼》中反复向读者所暗示的，一切都属于法院，一切都是阴谋，法院的存在早已超越了个人的理解力，任何的场景都是虚幻的，都是舞台大幕遮掩之下的一个阴暗的局部。就连K最后被处死的情景亦像一个滑稽戏的表演。两名刽子手一左一右地挟持着他，走向一个露天的采石场。那两个人紧紧地贴着他，“K夹在他们两个人中间，直挺挺地走着；现在，他们这三个人结成一体，如果有人把他们中的一人撞倒，那么三个人都要倒下”。K甚至在临死之前，还想着那两个押他的人是在演戏。

这里涉及了卡夫卡叙事中的一个基本问题：作为作家的卡

夫卡与他笔下的人物K关系到底如何？尽管《诉讼》《城堡》中的K可以理解为卡夫卡名字的一个缩写字母，而《美国》中的卡尔的名字也是以K开头的；尽管卡夫卡把自身的遭遇演化为一个多少有点抽象的寓言，但是我们还是不应在卡夫卡与K之间画上等号，正如我们不应把西西弗斯或莫尔索等同于加缪。卡夫卡的遭遇和命运的性质都可以在K这个人物身上得到充分的证明，但至少在一点上，卡夫卡与K形成了重要而微妙的区别。我认为，这种区别就是卡夫卡所处的位置要比K优越一些。这一区别在我看来，就是卡夫卡式的喜剧和幽默的源泉。

在卡夫卡看来，人由于他们受到的局限而无法看清他们面对的存在的“真相”，无法看到事物的全貌，这就使他“退化”到了动物的基本处境。卡夫卡小说中的动物形象是令人难忘的，无论是面对猫和捕鼠器的耗子，还是地洞中那个可怜的动物，它们实际上与法院和城堡门前无助的K处境是完全相同的。正如那些在遥远的中国建造万里长城的工匠，他们既无法理解这一宏伟工程的意义，也无法看到它的全貌，他们所能看到的只是一些砖石。而在某种程度上，人与动物的身份也是可以互换的，比如格里高尔一夜之间就从人变成了一只甲虫。这一情境使我们可以联想到庄子“朝菌不知晦朔”的那个著名的比喻。因此，在这样一个背景下，我们再回过头看看《诉讼》中的那个急性子的K，他竟然把一切都看得那么简单，把开脱自己的罪行看得如此轻松，并为实现自己的目标而到处奔走，而他的命运实际上早已注定。与“万里长城”的宏伟蓝图相比，几块砖石可以拼出怎样一幅图像呢？

卡夫卡很喜欢用“一堆乱七八糟的积木”来形容主人公眼中的世界，而《诉讼》中K直到临死之前始终没有看到任何“真相”，他眼前的街道、灯光、采石场和对面的高楼依旧是一个任意拼合而成的废墟。K的挣扎，用卡夫卡的话来说，就是一只苍蝇的挣扎，他被黏在胶杆上，直到把腿扯掉，完全不能动弹为止。这的确是一幕残酷的喜剧。正是对这一喜剧的书写，卡夫卡洞悉了我们所处的这个废墟的性质（而不是真相），用保罗·蒂里希的话来说，卡夫卡通过对废墟的认知和书写承担了全部的荒谬。存在于K与卡夫卡之间的缝隙，透出一些模糊不清的亮光，从而照亮了舞台的一角，开启了被岁月尘封的沉重幕布。

看门人

在《诉讼》的第九章，教堂的神父向K讲述了这样一个故事：一个乡下人要求看守允许他进到法的门里去。守门人拒绝了他的要求，明确告诉他，现在不能让他进去。乡下人又问，以后可不可以进去，守门人说，有可能，但现在不行。乡下人决定等一等，等得到法院方面的许可以后再进去。守门人给了乡下人一个小矮凳，让他在门旁坐下，他就这样长年累月地等着。这期间乡下人做了很多尝试，包括用从乡下带来的礼物贿赂看门人，请求让他进入，但未能获准。最后，他的视力衰弱，日益苍老，生命即将完结。在临死之前，他招呼守门人过来，向守门人提出了最后一个问题：“所有的人都在努力到达法的跟前，可是，为什么这许多年来，除了我以外没有人要求进去呢？”守门人答道：“这道门没有其他人能进得去，因为它是专为你而开的。我现在要去把它关上了。”

这是寓言中的寓言。在K临被处死之前，作者特地安排他走进教堂，聆听神父冗长的讲道，看来也不是无缘无故的。这个寓言历来受到卡夫卡研究者的重视，有人甚至将它看成是卡夫卡一生创作的象征性说明。当然，关于寓言本身，也会有许多截然不同，甚至是自相矛盾的诠解。卡夫卡似乎不太愿意读者对他的作品（哪怕是局部情节）做出固定的一成不变的解释。用瓦尔特·本雅明的话来说，卡夫卡尽一切努力来避免和防止对作品的诠释。（本雅明《弗兰茨·卡夫卡》）卡夫卡通常的做法是，预先对被诠释的对象做出模棱两可的阐释，从而消解掉读者从这个对象中寻找“微言大义”的企图。比如说，卡夫卡写下这个乡下人与看门人的寓言之后，立即通过神父之口，对读者有可能发表的意见抢先一步加以注释。他是那么小心谨慎、那么细心，以至于解释本身使本来很清晰的寓言叙事立即变得混浊不清，面目难辨。

一边讲述故事，一边通过人物对话和心理描写对故事本身加以评述，是卡夫卡的惯常伎俩。他的目的之一就是要尽可能地清除掉叙事本身可能出现的道德或教谕的痕迹。卡夫卡的谨慎是有道理的，因为寓言意义的显示，必须依赖于寓言的特殊的解读方式，必须依赖于作者与读者之间在交流媒介——语言和语式方面达成的完美的默契。而正是对于这一点，卡夫卡没有信心。所以我们也可以理解卡夫卡的另一个深不可测的消除诠释可能的极端举动，那就是在遗嘱中告诉马克斯·布洛德，要求后者焚毁自己的手稿。本雅明对此猜测道："兴许，卡夫卡在世时每天都困扰于不可解决的行为方式问题，困惑于无从解释的言传交流，临终时有意让他的同代人尝尝自制的药丸。"（本雅明《弗兰茨·卡夫卡》）然而，卡夫卡毕竟无法阻止读者对这个寓言做出自己的诠释和想象，也无法阻止读者从叙事的字里行间去猜测作者本人的动机、意图和种种暗示。读者的猜测不论准确与否，本来就是作者—读者之间永远存在的心理游戏。

在乡下人与看门人的这个寓言中，我觉得重要的并不是乡下人与法的关系：他是否应当进入，他能否进入，以及他为什么要进入；而是看门人针对这一关系究竟向乡下人做出了什么样的暗示。所幸的是，看门人作为法的官员，并不是一个冷漠、被彻底异化的腐朽官僚；相反，他的同情心尚未泯灭，他的好奇心跃跃欲试，他的性格十分活泼且易于让人接近。在这个寓言中，看门人时常去和乡下人拉家常，还给他搬来了一个小矮凳，以便让他舒服一点。甚至当乡下人说话嗫嚅不清时，他还能屈尊俯身聆听。至于乡下人与法的关系的性质，看门人至少向他做出了四次重要的暗示：

首先，当乡下人问他能否进入法的大门时，看门人的回答是“现在不行”，言下之意，他最终是可以进去的，只是现在不行。其次，看门人看到乡下人朝法的大门里探头探脑地张望，他笑了起来，居然怂恿乡下人说：“如果你很想进去，那就不妨试试，暂且不管我是否许可。”这是一个近乎露骨的暗示，指出了另一个进入法的大门的途径。再次，当乡下人用带来的礼物试图贿赂看门人以便让他进去时，看门人的一番话更是意味深长。他说：“我收下来，只是为了免得让你认为还有什么事情办得不周。”这句话也可以这样解释：你已经是足够周到了，你想通过通常的渠道得到法的正式许可而进入大门的企图是行不通的。这句话还有一个言外之意，那就是提前告知了对方，等待下去可能会有的结局，那就是一无所获。最后，当乡下人行将老死，渴望了解事情的真相，向看门人提出了一个十分唐突的尖锐问题时，看门人立即完全满足了他的愿望，告知了事情的真相。尽管这番话对乡下人来说显然是太迟了，但获知真相对一个行将死去的人而言，毕竟仍然是莫大的安慰。

在这个寓言中，看门人尽管是法的最低级的官员，但他还是“法”的一个部分。因此，这个故事不免给人以这样一个印象：乡下人的地位与看门人相比，要卑微得多。他要进入法的第一道门槛，首先就必须征得看门人的同意，所以，看门人对乡下人所显示出来的优越感是不言而喻的。可是在教堂神父的眼中，情况有可能恰好相反。在神父所提出的某种解释中，看门人的地位连乡下人还不如，而事实上他是从属于乡下人的。

神父的理由是：乡下人毕竟是自由的，只要他不进法的门，他想去哪儿就可以去哪儿。而且，乡下人坐在法的大门外的小矮凳上，在那里坐了大半辈子，他完全是自愿的。至少在这个寓言中，看不出有任何被强迫的成分。而看门人却由于职责所限被牢牢地束缚在自己的岗位上，不能离开大门半步。既然那扇“法”的大门是为乡下人而设的，看门人显然就具有了某种附庸或道具性质。他既不能离开，也不能进去。（从他和乡下人的对话中可以看出，他其实对于门里面的情况一点也不了解。）而且，在乡下人还没有抵达这个门前的漫长岁月中，他就必须一直守候在那里，不得离开半步（要是乡下人不来怎么办？乡下人可以随时前来，亦可以永远不来），乡下人的到来突然使他的生活有了变化。也就是说乡下人终于来了，给他提供了一个尽职的机会，并且赋予了他生活的全部意义。我们可以感觉到，乡下人的到来实际上也给看门人带来了喜悦。我们完全可以感受到他对乡下人的殷勤、超越法规定的权限向乡下人表露出的自然关心和亲热。看门人职责的长短取决于两个因素，其一是乡下人何时到达，其二是乡下人何时死去。接下来的一个推论自然是：假如乡下人永远不来，看门人将虚度一生的年华。随着乡下人的死去，看门人的职责也就此终止。他有怎样一个结局我们不去说它，但作为一个看门人，其职业、生活的意义亦随之消失。因此神父总结说，看门人从属于乡下人，他的处境显然更为糟糕。更为甚者，看门人对这一逻辑本身，对于自己从属于乡下人这一事实毫无所知，反而以自己的一点实际并不存在的优越感而沾沾自喜，是十分可悲的。

当然，这一推论只不过是神父无数推论中的一个，他很快就用另外一种观点对这一推论进行驳斥。但我们仍然可以从中看出卡夫卡的某些意图。

看门人与乡下人的关系可以使我们马上联想到《城堡》中K与信使巴纳巴斯之间的纠葛：K要获得土地测量这一工作的正式许可（进入法的大门），就必须争取到信使巴纳巴斯的帮助。因为巴纳巴斯的职责就是在K与城堡官员克拉姆（看门人所指称更高一级的官员）之间传递信件。在K的眼中，巴纳巴斯是属于城堡的，就像看门人是属于法的一样。因此，K到了后来就把进入城堡、与官员克拉姆见面的所有希望都寄托在巴纳巴斯身上。而对于信使巴纳巴斯来说，正是因为K的到来，他才得以获得在K与克拉姆之间传递信件这样一个差事。

他的心里也许一直都在企盼着K的到来，以便获得这个职位。随着K的离去或死去，巴纳巴斯作为一个信使的职责也就到此为止。巴纳巴斯承担了为整个家庭洗刷罪名的艰巨任务，他比K更迫切地要求接近城堡当局，正是因为K的到来才给了他全部的希望。因此，K与巴纳巴斯的关系是一个既互相依赖又互相欺骗的悖论关系——他们两个人都深陷在一个毫无希望可言的巨大的骗局之中。与乡下人和看门人这个寓言一样，K最后通过巴纳巴斯的姐姐奥尔珈之口获悉了全部的真相，而巴纳巴斯却像看门人一样，对于这样一个骗局一无所知。

卡夫卡所塑造的各式各样的人物之中，我们可以看到这样一个带有普遍意义的状况：每一个人物都不比另一个人物更优越，实际上他们都是废墟的影子。每一个人物的暂时性的地位也并不是固定不变的。比如说，在《诉讼》中，负责逮捕K的那两个法的官员，在小说开始的时候，俨然是法的代表，拥有着无可置疑的权威，一副凛然不可冒犯的样子，但是到了小说的第五章，这两名办事员却遭到了更高一级官员（鞭笞手）的鞭打，还需要他们逮捕的对象K来帮他们求情。他们的地位比K还不如，他们从事这个职业唯一的好处就是可以吃掉“罪犯”的早餐（抓捕一般都于凌晨进行）。再比如，《城堡》中奥尔珈的父亲原先也是城堡当局的一位卑微的官员，正因为他感到自己是属于法，属于城堡的，所以城堡当局举办的一个节日就成了他自己的节日，他有理由显示出某种优越感，让自己的两个女儿穿上漂亮的裙子来欢度“他们自己”的节日。但正是这个节日中一点小小的变故，使他的地位一落千丈，从一个官员变成了一个“罪犯”。因此，我们可以说，如果在这些小人物身上可以看到一个共同的象征物，毫无疑问，这个象征就是《地洞》中的那个可怜的小动物：它们局限在自己的天地中，挨过的是一段被称为“生活”的囚禁生涯。

我们回过头再来看看这个寓言。看门人是属于法的，他既没有义务，也没有权力对乡下人做出任何暗示。那么，是什么因素促使他去这么做呢？神父的回答是看门人的好奇心和自负，甚至还有点头脑简单。因为这个看门人生来就比较容易让人亲近，性格中有着这样那样的缺陷，他的所作所为显然不符合法的要求，因而是“犯了规”。而在卡夫卡的词典中，有一个专门的词语，用于描述这种“越权”或“犯规”，这个词就是“孩子气”。

卡夫卡特有的寓言的讲述方式几乎都是一个深刻的悖论。不是绝望，而是荒谬或让人无所适从，像地洞中的老鼠一样，不停地忙碌，最终筋疲力尽、一无所获。尽管对于K来说，失败的命运往往一开始就注定了，尽管这种荒谬现实的铁幕坚实而沉重，但亦并非毫无缝隙。“孩子气”有时就是对抗这一铁幕的出其不意的方式之一。我认为，认识到这一点，对于我们解读和研究卡夫卡的作品极其重要。就乡下人和看门人的这个寓言来说，乡下人把一切的希望都寄托在“法”的正式许可上面，而看门人则明白地暗示他，这种正式的许可也许永远不会降临。这个可怜的乡下人没有能够理解看门人的暗示，也许是他“中毒”太深，让人不免感觉到，他的灵魂和躯体作为法的奴隶，已经明显地染上了废墟的色彩。我们反问一句，当时如果这个乡下人像看门人暗示的一样，不顾他的阻拦，直接闯进去，结果又将如何呢？在这个寓言中，卡夫卡没有回答这个问题。因为这样一个假设已经超越了寓言意义的疆域。但我想，就卡夫卡的整体创作而言，他一直在试图说出或暗示出这个答案，至少他在尝试着对这样一个动机进行思考。

在《城堡》中，奥尔珈的妹妹，那个有点淘气、任性、倔强的阿玛丽亚就做出了“乡下人”没有敢做出的举动。卡夫卡对此的解释仍然是“孩子气”。当城堡的某一位官员粗鲁地向她

"求爱"，用肮脏不堪的情书试图简单地征服她之时，阿玛丽亚的举动属于一种性质严重的"犯规"。她竟然撕毁了那位官员的情书，勇敢地进行了反击。顺便说一句，这位官员之所以会如此无理地向阿玛丽亚"示爱"，因为在他看来，这一行为本身就属于规则的一部分。据此我们可以理解，当阿玛丽亚"孩子气"的行为发生之后，城堡当局、家庭、邻里和社会组织结构所感受到的震惊是不言而喻的。从此之后，阿玛丽亚的整个家庭都陷入了《诉讼》中K所一度面临的处境：等候判决。不同的是，K很快就遭到处决，而阿玛丽亚一家的判决书却始终没有下达，惩罚也迟迟没有来临。但不惩罚本身就是一种惩罚。我们知道惩罚的前提是有罪，惩罚的后果则是宽恕，因此阿玛丽亚一家人必须首先证明自己有罪，然后才谈得上接受惩罚，最后才是宽恕。卡夫卡的幽默感在于，阿玛丽亚一家人费尽心机所要获得的结果恰恰是证明自己有罪，就像《诉讼》中的K一路小跑奔向法庭的举动一样荒谬而可笑。

我们应该还记得，在《诉讼》中，当K去找画家了解自己案情的可能结局时，画家告诉了他两种结果：有罪判决和开释处理。其中开释处理又分为三种方式，即无罪开释、诡称无罪开释和延期审判。从K的结局来看，他不幸走入了第一种结局，以莫须有的罪名被处死。其他几种方式，《诉讼》中则没有机会展开，而《城堡》则多少弥补了这一空缺。所以从这个意义上来说，我认为《城堡》是对《诉讼》的一次丰富和重写，两部作品的主题有着重要的承继关系。《城堡》中的K虽然不像《诉讼》中的K那样被明确判定有罪，但他始终没有获得生存的合法性，也就是说，土地测量员的身份一直没有得到确定。因此从某种意义上来说，不合法亦可称为“有罪”，K的所有挣扎无非是取得这个“合法性”，但“判决”却被无限期地推延了。我觉得，《诉讼》与《城堡》可以互相参照起来阅读。关于这两部作品的比较我们后面还要谈到。

我们不妨再问一句，《城堡》中的阿玛丽亚，假如采取《诉讼》中的“乡下人”的立场和姿态，与“法”或“城堡”当局合作，也就是说，心甘情愿地同官员恋爱，从而维持“法”的规则，那么结果会怎样？在《城堡》中，卡夫卡实际上已经做了清晰的回答，如果是那样的话，阿玛丽亚就会成为另一个“老板娘”。“老板娘”和“阿玛丽亚”，两种结局，哪一个更好？卡夫卡在这里真正陷入了沉默。很显然，卡夫卡对回答这个问题没有什么兴趣，而实际上他也回答不了。因为任何一个回答都会把一个复杂的问题简单化，卡夫卡不愿意这么做。

黑屋子

瓦尔特·本雅明在谈及卡夫卡的小说时，有两个概念我认为值得重视，其一是“容器”，其二是“遗忘”。在本雅明看来，卡夫卡的小说是一个巨大的、没有边际的容器，它连接着过去（记忆）与未来（压迫性的恐惧），它是一个多少有点暧昧的

“中间地带”。有时，本雅明也把这个“中间地带”称为遗忘。他引用维利·哈斯的话来说，《诉讼》这部小说的真正主人公是“忘却”，而K只不过是遗忘制造的无数精灵中的一个。“精神的东西，只要还能起一定的作用，就会变成精灵。而精灵又会变成只顾个人的个体，自我命名……”（本雅明《弗兰茨·卡夫卡》）K的意思，与卡夫卡小说中众多的动物意识一样，既无力又脆弱，其根本目的是宗教性的，也具有神经症的下意识强迫：把罪恶从记忆中抹掉。本雅明在他的另一篇文章《论卡夫卡》中这样写道：“卡夫卡的作品像一个圆心分得很开的椭圆。这两个圆心一个被神秘体验（尤其是传统的体验）支配着，一个被现代大城市居民的体验支配着……现代市民清楚自己是听由一架巨大的官僚机器摆布的，这架机器由权威操纵着，而这个权威即使对于那些执行官来说也是云里雾里，对于那些它们要对付的人们来说就更模糊不清了。”本雅明所描述的卡夫卡的世界，是一个由传统宗教记忆和现代都市居民经验构成的互补性的世界。那么，什么是传统的宗教记忆？它又是如何对一个现代社会的个体发生作用的呢？在卡夫卡的视野里，这个传统宗教记忆并不是一个自足的、自明的、固定不变的实体，实际上，对于我们每个人的记忆而言，也不存在着这样一个实体，用本雅明的话来说，“绝没有被吸收的教诲，也绝没有能够保存的知识”。而经由人们知识系统所保有的东西，比如书籍，以及对这些书籍的说明都是不可靠的。如果我们说，传统经验是卡夫卡小说的一个基石，那么这种经验的获得只能通过谛听。过去的声音由于年代久远已很微弱，它无疑增加了谛听的难度。当然问题还不止于此，很容易被我们的听觉所触及并吸收的声音往往是最没有价值的，而那些最难以辨认的声音才具有意义。因此，卡夫卡在传统经验与现实经验之间找到妥协与和解的企图在一开始就变得十分艰难，因为过去的经验正是通过“忘却”而得以保存并被神秘延续到了当代。理解这一点，对我们解读卡夫卡的作品至关重要。我们要获悉过去经验的真实，就必须对充斥着各种噪音的声响加以谨慎的分辨，而分辨这种经验的过程同时也必须求助于我们对当代生活的认知。这里还涉及另一个问题，那就是表述。罗蒂认为，卡夫卡对知识和文字本身缺乏起码的信任感，这就带来了卡夫卡的谛听和表述上的双重困难，前者暗示了分辨的难度，后者则促使他采取一种与通常的叙事迥然不同的寓言体写作方式。

很显然，本雅明的分析是在“历时性”的范畴内展开的，也就是说，过去延伸到现在并开向未来。在这里，“中间地带”这个概念的确意味深长，本雅明似乎是在向我们暗示，卡夫卡让传统经验与自身感受到的未来的压迫直接对话，从而把“现在”抽空了。这个“中间地带”与其说是对“现在”的描述，还不如说是揭示了作者在过去与未来之间的摇摆。这里又涉及卡夫卡小说的另一个核心词语，那就是钟摆。关于这一点，我们稍后再专门加以分析。不过，尽管本雅明对卡夫卡的解读很有意义，而且《诉讼》《城堡》这样的作品也能在很大程度上支持他的判断，但我还是觉得本雅明把问题搞得过于复杂了。我想试图用一个更为简单的概念（从共时性的角度）或比喻来说明这个问题。这个比喻就是“黑屋子”。

我在阅读卡夫卡的小说时，有一种最常见、最根本的经验，那就是卡夫卡的小说都是一个个黑暗的、没有边际的开阔空间。这就如同我们在不经意的地方一脚跌进了一个黑屋子，由于我们通常是从日常经验里耀眼的光线中直接进入这个黑暗地带，所以我们最为直接的感觉就是晕眩。等到我们的视线能够稍稍适应黑暗之后，我们才可以看见这个屋子里的一些物件。当然，它们也仅仅是一些物件而已。这些物件是做什么用的，为什么摆放在这样的位置，物件与物件之间有什么联系，我们一时还无法知晓。这些物件的形状、质地以及功能与我们通常所熟知的家具、摆设没有多少共同之处，因此，当我们刚刚看到它们时，会自然产生出陌生、反常化的效果。它们是什么？为什么摆放在这里？有何功用和意义？

反常化是卡夫卡小说细节的重要组成部分，我们在前面谈到过作为婚房的教室、作为法院的起居室、作为刑场的采石厂、作为交媾场所的酒吧等等。卡夫卡小说中有很多看似无关紧要的细节，它们有类似于我们通常所说的“闲笔”，尽管它们与整个故事的关系并不是很大，但从中我们可以清晰地看出卡夫卡的某些“习惯”。比如说，《诉讼》中的莱妮，她处于紧张状态的时候，总是要把右手的中指和无名指扯开，因为，有一层蹼状皮膜把这两个手指连接在一起，它们之间的皮一直连到两只短短的手指最上端的关节；比如当K把他的手放到大学生的肩膀上去的时候，大学生立即本能地用嘴去咬他的那只手（这个人学生很容易使我们联想起某种凶猛的动物）；比如《判决》中的那个父亲，当格奥尔格试图将他抱起来放到床上时，父亲一直在玩弄后者的表链，由于父亲紧紧抓住他的表链不放，格奥尔格始终无法把他放到床上；再比如，在《乡村医生》中，围观病孩的那些来历不明的客人，“从月光下走进洞开的门，踮起脚，张开两臂以保持身体的平衡”；诸如此类。这些细节既带有神话的特点，又具有梦境的性质，与日常生活中被规范化了的人类习性构成了强烈的反差。

如果我们进一步展开分析，则可以发现，卡夫卡小说中几乎所有的细节都是反常化的，都具有某种陌生化的效果。甚至包括人物的语言、行为、思考问题的习惯，多少有些夸张的形体动作都是乖张而离奇的，它们与日常生活中的个体判然有别。我们只要想一想《城堡》中的那两个幽灵般的助手，哪怕是他们走路时的滑稽姿势，即可充分了解卡夫卡的这一细节上的特点。当然，最为反常的还是卡夫卡小说故事的动机和推进方式。

这种推进方式，我们可以用黑屋子里面迷宫般的走廊或通道来表示。我的意思是，有些通道，看上去具有某种目的性和实际功用，但你一旦进入就会发现它深不可测。一个通道分出许多细小的分叉，它们通向黑暗深处，乱七八糟，根本无法走到尽头。小说中的主人公往往就是一只下水道的老鼠，头晕眼花是他们基本的生存状态，而迷失则是必然结果。有时，通道或走廊绕了许多圈之后，又回到了起点。你会发现，当你精疲力竭地到达目的地之时，却意外地发现没什么比目的地这种情况更让人沮丧和绝望的了。我认为，《城堡》中的K所面对的恰恰就是这样一个情境。他费尽心机试图抵达《城堡》，而从常人的观点来看，城堡并非不可抵达。因为当K站在积雪覆盖的村庄之中时，城堡近在咫尺，似乎触手可及，但是，悲哀的是，在他做了各种努力之后，他与城堡的位置仍然没有任何变化。它们之间距离既没有增加，也没有减少，他固然没有失去什么，但也什么都没有得到。《诉讼》中的K也是如此，洗刷罪名的举动并未带来任何值得安慰的结果，他与法院之间短短的距离（个人消弭罪过的过程）被无限地拉长了。

卡夫卡的小说与传统的小说一样，都具有一个经典的结构模式：行为（使命）——困难（障碍）——困难的克服（矛盾化解或使命完成）。如果说，卡夫卡在某种程度上改变了这一叙事模式，那就是他把主体面对的困难与使命的完成之间的距离无限地延展了，也就是说克服困难变得不可能，而且任何个体都不会抵达目的地。我们发现，卡夫卡小说里的主人公大都具有过于低估困难的特性。比如《诉讼》中的那个急性子的K，他试图一下子解决事实上永远不可能解决的问题；比如《城堡》中的那个土地测量员，我们应该记得，他是踌躇满志地踏上征程的，他向目的地进发的过程实际上就是他的信心不断被瓦解的过程，直至毁灭。这种头脑简单的特性与现实困难的严峻构成了巨大的反讽。这种反讽在《美国》中达到了顶峰。主人公卡尔去乡间的一个商人家参加聚会，商人出于对卡尔的舅舅

（参议员）的敬畏与奉迎，当然尽其所有对卡尔大加善待，以至于对卡尔与自己女儿的暧昧关系视而不见。问题是，商人的态度到了当天晚上突然发生了巨大的变化，卡尔感觉到了这种变化，意识到自己受到冷遇，因此，他仰仗着舅舅的权威，不断地向商人施加压力，甚至屡次威胁对方终止聚会，要返回舅舅的住所。殊不知，商人正是因为接到舅舅的一个手谕，才突然改变对卡尔的态度的。这个手谕是由一个信使（又是信使！）送来的（卡尔离开舅舅去商人那里参加聚会的同时，这辆马车就出发了。卡尔的命运从一开始就注定了），手谕的内容是舅舅将卡尔扫地出门，永远地抛弃他。因此当卡尔受到商人冷遇转而向舅舅求助时，舅舅的手谕就在商人的口袋里，当他以“回到舅舅那儿”作为要挟对方的手段时，他实际上已经回不去了。这的确是一幕悲惨的滑稽戏。

我们回过头再来看看这个黑屋子。正如前面所说，这个屋子里面的物件具有某种反常式陌生化的效果，它构成了卡夫卡层出不穷的人物和细节，屋子里的通道或走廊也是曲径通幽，带有迷宫般的梦幻色彩——这恰好可以解释卡夫卡那些令人不寒而栗的故事的延展路径。就连屋子本身也似乎大得没有宽度和纵深感，它是一个包容一切的宇宙——这是卡夫卡驱动那些牵线木偶尽情表演的舞台，也是他自己难以摆脱的巨大沼泽。一般来说，卡夫卡笔下的场景都写得比较单调，问题在于所有的那些场景都仿佛被浓雾包裹。卡夫卡所显示出来的场景只是一个更大场景的局部，也许是局部的局部。另外，梦境的氛围也是一块盾牌，它使屋子里所有的物在刹那之间失真。比如说，当素未谋面的神甫突然叫出“约瑟夫·K”这个名字时，我们完全有理由相信，K的噩梦快要醒来了；而当格里高尔一觉醒来发现自己变成了一只巨大的甲虫时，他其实并未醒来，只不过从一个梦进入另一个乌有之乡而已。

经由上述分析，我们已经大致了解了卡夫卡的这个黑屋子的一般性质，但我觉得我们还可以从以下方面对这个沉睡在黑暗中的世界展开进一步描述，其目的，是为了考察一下卡夫卡的修辞方法和写作技巧。众所周知，欧茨曾把卡夫卡称为“真正的圣徒”。这一评价不管是否妥当，至少产生了一个副作用，它所突出的是卡夫卡内心世界的痛苦，受制于忧郁症的文化视野，内在的紧张感，他对终极问题（比如罪与宽恕）的思考，对存在的关注，甚至是对未来的预言。我们慷慨地将“天才”这一桂冠加在他身上，往往就将他艺术上的独创性和匠心忽略或勾销了。我看过很多研究卡夫卡的论著，很少有人谈到他对于叙事文学的特殊贡献，更不用说对他独有的叙事方式展开分析。在这方面，阿根廷的博尔赫斯或许是一个例外。他有一篇谈论卡夫卡的演说，题目叫作“卡夫卡及其先驱”，这篇演说论述了卡夫卡在叙事上的几个重要的来源。

我认为，将一个作家所表现的内涵与叙事的形式分开来谈论是一个巨大的错误，因为，有什么样的内涵和意图，就会产生相应的形式。反过来说也一样。卡夫卡的形式，借用博尔赫斯的话来说，并不是他的独创，他只不过改造沿用前人的叙事方式而已，但这一改造却照亮了曾经哺育着他的那个传统，给它注入了活力。让我们重新回到“黑屋了”这个比喻上来。我有一种奇怪的感觉，仿佛卡夫卡小说中的主人公都是某种失忆症患者，《诉讼》和《城堡》中的K给人的感觉尤其如此。如果从严格的意义上来说，将主人公设置为一个失忆症的患者并非卡夫卡的本意，倒是符合现代某些流行小说的趣味。由于读者是遵循着主人公（人物）的视线来打量这个黑屋子的陈设的，这就自然而然地产生出这样一个疑问：是这些陈设本来就显得陌生、反常，还是主人公的视线将它预先变了样？我们不妨来看看第二种情况，也就是说正是由于主人公的心理、意识和记忆出现了问题，场景才会变得陌生而怪诞。突兀的细节和情节常常使读者产生这样的错觉：仿佛是主人公K的记忆遗漏掉了什么重要的内容，才会出现文本中怪诞的情节安排。而K和读者一样亦在努力地回忆，试图恢复黑屋子原先的真实面貌，寻找失去的记忆——用米兰·昆德拉的话来说，为已经来临的惩罚寻求一种罪过。毕竟从常理来看，一个没有犯过罪的人是不会遭到突然逮捕的。在这一点上，卡夫卡巧妙地利用了读者的心理，发展出了一种新的悬念模式。

我们在前面已经说过，卡夫卡的小说叙事中，实际上充满了紧张感与冲突、戏剧性变化以及最为重要的神秘感，这些因素较之于传统惊险小说，其强度有过之而无不及，那么这种神秘感是从何而来的呢？我们知道，一般的侦探小说，在写作之初，小说的中心情节或案情经过，作家大多了然于胸，作家不太可能像新闻记者那样，将案情的来龙去脉和盘托出。显示什么，隐藏什么，先讲什么，后讲什么，什么强化，什么省略往往就构成故事讲述的重要技巧。对于读者来说，案情本身无疑也是一个黑屋子，他只能看到这个屋子的某些局部，局部的叠加、组合最终将拼合出一幅完整的故事图样。悬念最终被揭开，紧张感得到释放，阅读过程也就完结了。在某些方面。卡夫卡的小说完全符合侦探小说的这一情节模式。在卡夫卡的小说中，我们往往也只能随着叙事的聚光灯看到黑暗屋子的一个个局部，而且是不甚清晰的局部。一个悬念引出另一个悬念。所不同的是，我们读完了卡夫卡的小说，也无法拼合出整个故事，充其量，作家只是让我们窥探了一下这个屋子的漫无边际而已。悬念仍是在悬搁之中，除非我们把自己变成卡夫卡笔下的主人公，否则我们将不会得到任何答案。

钟摆

土地测量员K被城堡的迷宫折腾得筋疲力尽时，偶尔会想起自己的家乡。

淡淡的怀旧感尽管是稍纵即逝，仍然向我们敞开了一段秘密。对于K来说，城堡所在的这个村庄是一个过渡性的落脚点——他接受邀请来工作。也就是说，他有来历，也有去处，城堡只不过是他人生中的某个无关紧要的客栈。一个简单的推论是，假如K感觉到城堡并不需要一个土地测量员，假如他事事不顺，工作毫无进展，他完全可以离开这个是非之地，或回到家乡，或另谋高就。K的情人弗丽达就曾经向他建议，让他离开这个地方，双双远走高飞。当K站在肮脏的雪地上遥望他的家乡时，K是否会想到这个“离开”的计划，我们不得而知。而且K从未就弗丽达的建议做出任何回答（也没有向读者做出解释）。反正他是待了下来，把一个客栈似的异地当成了自己的故乡。他为什么要这样做，这一切又是为了什么？假如K向我们做出解释的话，他又会如何说明这其中的原委？

我们不妨将这个问题与《诉讼》中乡下人和看门人的寓言联系起来考虑。前面我们也曾讲到，乡下人要进入法的大门，他就必须获得法的许可，他为了获得法的许可，在那里等了一辈子，直至死去。临死前他向看门人所提出的问题十分尖锐：为什么别的人不要求进法的大门？我们也可以问（事实上我们一直想问）这样一个问题：既然法的大门不让他进去，他回到乡下岂不是也可以吗？或者他干脆冲进去看看有什么结果，是不是也要比在法的门口老死要好呢？通过比较，我们知道，这个寓言与《城堡》中K的故事的主题是一样的。这里涉及了三种不同类型的人：乡下人、K和卡夫卡。

乡下人之所以为了一个合法进入法门的正式机会而在等待中死去，按照神甫的解释，他是被欺骗了。也就是说，他以为只有一条途径（等待），同时他也认为自己必须进这扇大门，但实际情况是途径不止一条（看门人曾屡次暗示他，希望他明白这一点），他也完全可以不进去。遗憾的是，乡下人直到临死之前才获知真相。他意识到真相时已经太晚了，假如早一点知道，他还会坐在门前死等吗？K 的身份要复杂得多，他也不像乡下人那么纯朴。与《诉讼》中的乡下人一样，他竭尽全力地为自己所从事的土地测量这一工作寻求合法性，他也许无数次地想到过离开，何况他还受到了恋人弗丽达的催促，但最终还是选择留了下来。从表面上看他具有选择离开的自由，与乡下人相比他的自愿性更为强烈。那么，K 这样做——老死在这个陌生的异乡，一如乡下人老死在法的门前，究竟是因为什么呢？他有着怎样的难言之隐呢？这个问题我们暂且不去回答，先来看看卡夫卡本人对这个问题的意见如何。

卡夫卡在与马克斯·布洛德闲谈时曾经说过这样的话：我们的世界（指的是绝望的个人充满自杀念头的世界）仅仅是上帝的一种坏情绪的产物，倒霉的一天而已。布洛德追问道：这么说，除了世界的这个表现形式之外，还是有希望的？卡夫卡笑了，他回答道："噢，有充分的希望，无穷无尽的希望——只不过不属于我们罢了。"

这段对话历来为很多卡夫卡的研究者所重视，也曾被广泛引用。不过仔细想一想，这段话多少还是有些费解的。我知道，有许多人会从"时间"或"绝望的暂时性"这样一个古老的角度去分析这段话，从而得出结论说，卡夫卡的意思是，困难是暂时的，上帝在这一天情绪不好（恰好被我们遇到了），并不意味着他的情绪会永远坏下去。因此，我们还是大有希望的。因为上帝的情绪会好起来，我们应该耐心等待……我以为这种理解中包含着极大的谬误，甚至可以说完全曲解了卡夫卡的本意。因为果真如此，卡夫卡为什么又加上一句“希望不是我们的”呢？这最后一句话该是什么意思呢？我认为，卡夫卡把“我们”看成是另一类人。这些人的悲剧性恰恰是因为他们拥有了非凡的记忆力。也就是说，一个莽撞的人说不定径直就走进了法的大门，不管是否得到许可，他就有可能获救；另一类人在城堡里没有得到工作的许可随即离开了那里，并顺带拐走了克拉姆的情妇，这有什么不好呢？但无论是卡夫卡，还是K，他们却都不是这样的人，他们只能选择留下来挣扎，等待，直至死去。

卡夫卡无疑是揭示了个体在这个世界上的绝望与荒谬感。但这个个体是“我”或“我们”（在很多场合它只指卡夫卡本人）。他从来不说你们、他们甚至所有的人都没有希望。没有希望的是“我”。是那个可怜的落入猫与捕鼠器之中的耗子，他唯一的自由是可以选择被捕鼠器抓住，还是被猫吃掉。在这里，卡夫卡显示出了他的审慎和悲悯。灾难所粉碎的不是整个世界，而是这个世界中的“我”或“我们”：“我们都充满了虚无主义思想，充满了自杀的念头——而这些念头是上帝的脑子里出现的。”卡夫卡这样说。我们说他有着非凡的记忆力，首先是指他对上帝（神秘经验）的记忆，这是不可磨灭的。上帝所降下的罪或灾难能够真切地被某一个有记忆力的人感觉到，当然隐秘的希望也只对这样的个体才会产生。

卡夫卡的故事是一个不发展的故事，从起点回到起点，或者说在各种因素的纠缠中陷入了泥沼，剩下的就是一只秋千的摆动。那是写作《观察》时的卡夫卡。他很早就注意到了秋千的奇妙功用：在一个点与另一个点之间来回运动，所谓的变化也不过是摆动的幅度增大或变小而已。如果对幅度加以严格限定，它更像是一只钟摆。卡夫卡难以表达经验中传统社会的记忆与现代城市居民的生活构建的两个极端之间的摆幅。当然，这两个极端我们还可以用以下的概念来代替：出发地与目的地、生与死、爱情与绝望、罪与惩罚（或赦免），诸如此类。

最后，我想来谈谈卡夫卡笔下的那些女性，幻想中的爱情，单调的欲望。粗一看，卡夫卡的小说中的情欲描写显得露骨和肮脏。《诉讼》或《城堡》中的K，几乎是每看到一个年轻的女性都会立即表露出性的饥渴和幻想，其行为更是粗鲁和突兀，比如莱妮、比尔斯纳、法院里遇见的陌生姑娘、听差的老婆、弗丽达、奥尔珈姐妹……在《诉讼》中，K的被捕弄乱了比尔斯纳小姐的房间，他要等她回来向她道歉并做出解释。可实际的情况是，比尔斯纳小姐一回来，K就不顾一切地扑了上去，抓住她的手：

> K说着跑了出去，抱住她，吻她的嘴，接着又吻遍了她的脸，就像一只干渴的野兽用舌头尽情地吸吮一潭终于找到了的清泉。最后他又吻她的脖子，她的咽喉，他的嘴唇在那儿停留了好长的时间。“现在我要走了。”他说，他

本来想叫出比尔斯纳小姐的奶名，可是他不知道。

K的举动多少有点让人诧异，因为比尔斯纳小姐几乎还是一个陌生人，K去找她是为了道歉，而不是深思熟虑的求爱。人物的举止发生了突然性的偏转，这样的例子在卡夫卡的小说中比比皆是。我们说过《诉讼》中的每一个年轻女人都会引发K扑向她们的强烈冲动，这不是什么爱情，甚至也不是欲望，而是来自某种动物的本能。我们再来看看K与莱妮之间的关系。K跟着叔叔去找一位有名的律师，以便帮助自己打赢官司。可到了那里之后，他立即和律师的情妇好上了。他们两个人像胶水一样地黏在了一起，又像两头饥饿的动物互相撕咬着，将律师和他的叔叔撇在了一边。这并不是说K已经忘掉了他的官司，忘掉了律师的重要性，而只能说明莱妮这个女人（就像任何普通的女人一样）具有一种奇异的、不可抗拒的魔力，把K牢牢地吸引住了。这不禁使我们联想起《城堡》中的弗丽达。在城堡的阴暗酒店中，K与弗丽达一见面，就被对方深深地吸引。这个长相平平的姑娘只看了他一眼，K就觉得这目光已经把与自己有关的一切难题都全部解决了。他们很快地滚入了桌子下面，开始了疯狂的性爱。

米兰·昆德拉曾经提出，卡夫卡小说中的性行为，尤其在《城堡》中的K与弗丽达身上，呈现出来的完全是肉欲，没有一丝一毫的爱情。这种说法又显得过于绝对了。因为在《城堡》的结尾处，当弗丽达投入助手的怀抱时，K的失魂落魄是显而易见的。另外，在《诉讼》中，当K走向刑场时，眼中浮现出来的秀丽倩影依然是比尔斯纳小姐。也有人指出，《诉讼》中的K勾引了莱妮，《城堡》中的K勾引了弗丽达，其目的是完全功利性的，因为莱妮是律师的情妇，是个“有办法的人”，而弗丽达是官员克拉姆的情妇，能帮助他完成自己的使命。这种解释从表面上来看，也不能说没有道理，但我们又如何解释K对其他众多女性的暧昧态度呢？

我觉得问题的关键是如何看待卡夫卡笔下的性与爱情，或者说这两个概念在卡夫卡那里究竟具有什么样的特性。欲望是水面上的漂浮物，而在水底沉积的却不是我们通常所说的爱情。在卡夫卡那里，有一个比爱情更浮泛，也更具体的说法，即女性固有的神秘力量，仿佛是塞壬或约瑟芬充满魅惑力的歌声。女性是一帖清凉药和解痛剂，一道甘洌的清泉，这使得卡夫卡笔下的那些备受压抑的主人公，一见到女人（不管她们长相如何），就迫不及待地要去抓她们的手，咬她们的脸，似乎希望以此来给自己注入活力。另一方面，像弗丽达、莱妮一类的女人，当她们把K作为一个欲望的对象时，情形也是如此，她们不是反复拧、抓、搓着K的手，就是像动物般的撕咬。交媾的目的不是肉体的欢愉（卡夫卡从不描写这种欢愉和满足感），而是为了尽情释放自己紧张的压力。

在卡夫卡的世界里，爱情并非不存在。在一些场合它与压力的释放以及功利性的目的纠缠在一起，而在更多场合，它成了一种奢侈的记忆。

加西亚·马尔克斯：回归种子的道路

一

“所有的事物都有生命，问题是如何唤起它的灵性。”这是加西亚·马尔克斯在《百年孤独》中最令人难忘的句子之一。它使人很容易联想起吉卜赛人的磁铁，奥雷里亚诺上校的小金鱼，向母亲报告凶信的鲜血，以及神父腾空而起的飞毯。它还使我想起了胡安·鲁尔福、富恩特斯、博尔赫斯、科塔萨尔、伊莎贝尔·阿连德等一连串拉美作家的名字。在博尔赫斯的《遭遇》中，进行殊死决斗的并非马内科·乌里亚尔特和邓肯，而是两把匕首。不幸的主人偶然惊醒了在一只玻璃橱内沉睡的凶器，从而导致了残杀，人成了匕首的工具。在胡安·鲁尔福的《佩德罗·巴拉莫》中，“人”只不过是幽灵还魂而已，自然界的一切声音似乎都可以看成是神灵的窃窃私语。科塔萨尔的

《被占领的房间》是一个人鬼杂居的住所，一半的房间能让人回想起死去的亲人。至于阿连德的《幽灵之家》就更不用说了。

据说，加西亚·马尔克斯童年的院宅也是着了魔的。马尔克斯后来回忆说："这座宅院每一个角落都死过人，都有难以忘怀的往事。每天下午六点钟后，人就不能在宅院里随意走动了。那真是一个恐怖而又神奇的世界。常常可以听到莫名其妙的喃喃私语。"也许只有迷信能够对童年的马尔克斯加以象征性的保护：阴魂走开以前就应该让小孩睡觉；孩子们躺着的时候如果门前有出殡的行列经过，应该叫他们坐起来，以免跟着门口的死人一块儿死；应该注意别让黑蝴蝶飞入家中，因为飞进来就意味着家里要死人；若是飞来了金龟子家里就要来客人；设法不洒落盐就能躲避厄运；如果听见怪声那就是巫婆进了家门，如果嗅到硫黄味就是附近有妖怪。[1]

很少有一个地区的作家像拉美那样，在短时间内如此集中地展现同一个主题，或者说作家与作家、作品与作品之间在题材、风格和创作方法上显示出如此多的经验的类通性。阿莱霍·卡彭铁尔似乎不太喜欢"文学爆炸"这个概念，他认为把当代拉丁美洲文学说成是 Boom 是对它的诅咒。不过拉美文学在二十世纪五十年代以后的迅速崛起，并在世界范围内产生了巨大的影响毕竟是一个事实。在对这样一个令人惊异的事实进行解释的过程中，"魔幻"一词往往就成了论述的中心，但它

1 参见［哥伦比亚］达索·萨尔迪瓦尔：《回归本源——加西亚·马尔克斯传》第三章，胡真才、卞双成译，外国文学出版社 2001 年版。

在很多场合被作为一种创作方式或风格的代名词加以使用。魔幻现实主义在二十世纪八十年代被大量介绍到中国之后，一些写作者将文本本身的神奇魅力归因于作家卓越的想象力。想象力固然没错，问题是，任何想象都离不开个人经验的支持。想象力的奇特，通常是以经验的与众不同为基础的。那么拉美作家带有普遍性的个人经验、他们眼中的现实究竟是怎样的，它与“虚构现实”的关系如何？这似乎就是达索·萨尔迪瓦尔在《回归本源》一书中着重阐述的首要问题。

巴尔加斯·略萨在他的《加西亚·马尔克斯：一个弑神者的故事》一书中，将马尔克斯个人经历的资料与他的大部分作品做了细致的对比分析。这本由《实际的现实》与《虚构的现实》两个部分组成的评传给我们勾勒出了加西亚·马尔克斯文学资源宝藏的大致轮廓。这一“对照表式”的写法似乎有点机械、笨拙，得出的结论也简单得惊人：所谓的“魔幻”从表面上看也许神奇、虚幻，实际上它却是哥伦比亚乃至整个拉丁美洲的基本现实。

《回归本源》在这方面走得更远。它的结构与略萨的那本评传不太一样，基本上是按照时间的顺序描述了加西亚·马尔克斯文学活动的经纬，它保留了略萨让“实际的现实”与“虚构的现实”彼此参证的写作方式，但这两个方面的对比却不像略萨那样泾渭分明，它们是紧紧缠绕在一起的。作者似乎从马尔克斯《百年孤独》的笔法中汲取了有益的技巧，在叙事时间上自由驰骋，围绕着马尔克斯个人经历的主要脉络，既有对往事的追溯，亦有对“后事”的提前预告。这就使得这本资料丰富、内容翔实、长达五十万字的巨著枝蔓复杂而不纷乱，线索繁密而不失清晰，颇能洞幽烛微，引人入胜。

在揭示作家的作品与社会现实、个人经历、文化传统的联系这方面，达索·萨尔迪瓦的考据癖较略萨有过之而无不及。如果说略萨的那张“对照表”还稍显笼统和简约，那么《回归本源》则几乎是精确到了具体的细节：比如作者的祖父在巴兰卡斯经营的首饰铺与《百年孤独》中制作小金鱼的炼金术的关系；比如实际生活中的拉斐尔·乌里维·乌里维将军与奥雷里亚诺·布恩迪亚上校形象上的渊源；比如，外祖父尼古拉斯杀死梅达多时所说的“我杀死了罗梅罗。如果他复活，我还杀。”这句话稍加改动后出现在何塞·阿尔卡蒂奥·布恩迪亚的口中；比如，埃斯佩霍在阿拉卡塔卡所表演的身体腾空而起的悬浮绝技，在《百年孤独》里的尼卡诺尔·雷依纳神父身上重演，只不过后者的手上多了一只巧克力杯而已；比如，《百年孤独》中那个令人难忘的吃土的女孩丽贝卡，其原型正是作者的妹妹马戈特，她在八岁前一直有着偷吃烂泥的习惯；比如，外祖父拉着他的手去香蕉公司特派员办事处观看冰块的细节几乎原封不动地写进了《百年孤独》的开头，而作者当时是否发出“这是我们时代最伟大的发明”这样令人捧腹的感慨则不得而知；甚至一九二八年因罢工而导致的大屠杀的细节，科尔特斯·巴尔加斯将军本人及其随后的“四号通令”都原原本本地出现在《百年孤独》之中。

这里所列举的仅仅是《百年孤独》写作的部分情况，至于说直接取材于社会生活、历史事件以及现实人物的作品，如《一件事先张扬的谋杀案》、《格兰德人妈的葬礼》甚至《没有人给他写信的上校》，萨尔迪尔瓦所开列的对照表则要复杂得多。就连马尔克斯本人也曾坦率地承认："没有本人的亲身经历作为基础，我可能连一个故事也写不出来。"

作者给这本传记冠以"回到种子"（中译"回归本源"）这样的书名看来是颇有深意的。因为至少在他看来，马尔克斯对于围绕着他的既琐碎又激动人心，既令人恐惧又充满诗意的现实生活的内在奥秘，并不是一开始就心知肚明。或者说要彻底看清令人眼花缭乱的现实，了解它对于自己写作和生存的意义，他必须获得一个全新的视角。正如他去了波哥大有助于看清他的故乡阿拉卡塔卡，去了墨西哥有助了解他的祖国哥伦比亚一样，欧洲的游历终于使他有机会重新审视整个拉丁美洲。在达索·萨迪瓦尔看来，假如我们把马尔克斯念念不忘的阿拉卡塔卡视为一个隐秘的中心，每一次离开或远游实际上也可以看成是不断的"回归"。外祖父那座幽灵出没的宅院，姑姥姥、外祖母所讲述的鬼怪故事成了马尔克斯一生中挥之不去的记忆之核。年轻的马尔克斯早已觉察到它对于自己写作乃至整个生命的意义（实际情形也是如此，这份记忆不仅给他的绝大部分小说提供了取之不竭的素材，同时也培育了他的想象力），他似乎只知道自己的口袋里沉甸甸的，却并不知道其中装的就是黄金。

哲学家牟宗三有一种说法，个人的禀赋虽有厚薄高下的不同，但每个人潜在的才能却都是独特的，不可取代的，所谓

"天生我材必有用"。关键在于能否找到最大限度发挥个人潜能的门径和入口。每个人都在寻找、碰撞，很多人终其一生，仍然恍恍惚惚，纵有不世之才亦只能寂然泯灭。一旦撞对门路，便能登堂入室，便能擦出火花，其生命必能发出熠熠光华。鲁迅如此，维特根斯坦如此，从某种意义上说，加西亚·马尔克斯亦是如此。有时，正确的道路就在眼前，而行人往往会以一念之差而倏忽错过。其中的神秘本来就属于生存的一部分。

一九六五年的某一天，当加西亚·马尔克斯开着他那辆奥佩牌小轿车，行驶在从墨西城到阿卡普尔科的路上，"那部遥远的、漫长的、从青年时代就开始撰写的长篇小说突然一下便全部展现在他面前"。奇迹终于降临到他的身上，他简直可以逐字逐句地把第一章背出来。实际上，加西亚·马尔克斯一生的经历仿佛都是在为《百年孤独》做准备，其中既有资料的收集，又有个人经验的积累，当然还包括他在此之前一次次成功和失败的写作训练。我以为，从叙事技巧这方面来看，《没有人给他写信的上校》在多年前就已达到炉火纯青之境（我一直认为这是他写得最好的作品），而早期的《枯枝败叶》无论从题材、主题，还是叙事风格上，都可以看成是《百年孤独》的雏形。但他注定了要通过《百年孤独》对自己的创作进行一次总结，或者说，他长年积压的恐惧、激情、梦想和野心都必须在这次写作中得到彻底的清算。在神话、鬼魂、孤独以及对往事的眷恋之中苟且偷安的阿拉卡塔卡，犹如一头野兽蛰伏在他的心中，它迟早会醒过来，迟早会要求作者赋予它灵性，给予它生命。

文学创作与现实的关系问题是一个陈旧得让人厌烦的话题。正因为是老生常谈，人们很容易对它麻木不仁。二十世纪的现代主义文学运动仿佛使“现实”这一概念急剧贬值，无论如何，这仍然是一个令人炫目的假象。作家的禀赋和想象力、形式的转换固然可以弥补个人经验的贫乏，但对于写作来说，经验或经历毫无疑问依然是最为重要的资源，这可以解释为什么个人生活一旦与真实的现实生活相脱离，其才思便会立刻枯竭。在这方面，美国的塞林格是一个突出的例子。今天的神话往往就是昨天的“真实”，而读者眼中的“传奇”通常正是作者心灵的直接现实。历史或现实生活中所包含的传奇性、戏剧性和荒诞不经的内容有时会使我们所谓的想象力和虚构能力相形见绌。加西亚·马尔克斯一直对“魔幻”一词耿耿于怀，他多次重申了同一个意思：他的写作并非魔幻，它就是现实。不过话又说回来，就拉丁美洲的历史而言，现实生活的急剧动荡、历史文化传统的丰厚内涵无疑滋养了一代又一代的作家，但所谓的“文学爆炸”为什么会在一个特定的时间段中发生？它的历史机缘与内在动机又是什么？

二

拉丁美洲的小说在二十世纪中叶前后的崛起，使同时代的西方文学黯然失色。然而，说起拉美文学与西方文学特别是现代主义文学的关系，即便在拉美的文学界，亦有不少的争议。这种争议有些类似于中国一度嚷喧不休，至今余波未定的民族性与世界关系之诘辩。不过，在博尔赫斯看来，争论本身并没有多少价值。他在《阿根廷作家与传统》一文中指出，那种担心向西方学习从而丢掉本民族的“地方特色”的忧虑，其实是荒谬的，因为真正土生土长的东西是不需要任何地方色彩的。他举例说，英国莎士比亚的《哈姆雷特》写的是斯堪的纳维亚题材，而法国的拉辛则往往从希腊、罗马的史诗中汲取灵感。民族主义者貌似尊重民族或地方特色，而结果却只能使创造力陷入自我封闭，窒息以至衰竭。在另一个场合，他不无调侃地检讨自己的“错误”：“我一度努力使自己成为一个阿根廷人，却忘了自己本来就是。”作为一个“宇宙主义”者，博尔赫斯的这一观点也许不难理解，他本人的创作与欧洲大陆的文学传统（尤其是英国、法国）有着千丝万缕的联系，而题材则涉及阿拉伯、印度和中国。

阿莱霍·卡彭铁尔在谈到拉美文学的辉煌成就时，曾不无自豪地宣称，当代所有的拉美作家都具有世界眼光。他本人的创作即是从超现实主义开始的，而阿里斯图亚斯、巴尔加斯·略萨、胡安·鲁尔福、富恩特斯、科塔萨尔等作家都不约而同地采用了现代主义的叙事方式。这固然与西方现代主义小说的影响不无关系，但更为重要的，叙事方式的变革，形式的创新也是真实表现拉丁美洲现实的内在要求。也就是说，并非作家人为地制造荒诞与神奇，拉丁美洲的现实本身就是荒诞与神奇的。这块有着不同的种族、血统、信仰的新大陆所构建的光怪陆离、荒诞不经的现实，也在呼唤着别具一格的新的表现方式。在《百年孤独》中，当加西亚·马尔克斯将火车描述成一个“行进中的村庄”，电影演员主演不同的电影被描述成“死人复活”，用“凉得烫手”来形容机器制造的冰块时，他只不过是说出了一种拉丁美洲人司空见惯的真实而已。因为西方现代文明的介入不是渐进的，而是像刀子一样直接切入的，欧洲现代发达的科技文明与印第安部落的古老的认知能力杂陈一处，所谓的荒诞，或者马尔克斯说的那种“拉丁美洲的孤独”就自然产生了。加西亚·马尔克斯曾说：“现实是最伟大的作家。我们的任务，也许可以说是如何努力以谦卑的态度和尽可能完美的方法去贴近现实。”客观地说，拉美作家在借鉴西方的现代主义叙事系统的同时，也极大地丰富甚至是改造了这一系统。无论是魔幻现实主义，还是结构现实主义，实际上与欧洲十九世纪末二十世纪初的现代主义小说叙事相比，已经有了极大的不同。

加西亚·马尔克斯曾说，拉美的现实向文学提出的最为严肃的课题，就是语言的贫乏。马尔克斯对语言问题的关注，在拉丁美洲作家中并非个别现象。实际上，一代又一代的拉美作家一直在致力于寻找并创造一种有效的叙事语言，用来描述拉美的独特现实。大部分拉美作家都用西班牙语（也有人使用法语）写作，但拉美的西班牙语是融合了印第安语、黑人土语并在历史的延续中发生着重要变异的泛美语言。一个墨西哥人能够理解古巴方言，而一个古巴人对于委内瑞拉俚语也耳熟能详。正是西班牙语自身的灵活性，可以使不同国家、地区的作家随时对它加以改造：拆解并重组它的结构，改变词性和修辞方法，甚至重新创造出新的词汇，而这种“语言的游戏”却不会妨碍交流与理解，这的确是一个饶有趣味的现象。不过，里维拉的《旋涡》却是一个极端的尝试，作者醉心于用方言写作，其结果是读者如不查阅词汇表，小说几乎难以卒读。拉美作家似乎很少去关注语言的纯正性和规范化，他们迷恋的是语言在表达上的力量、无拘无束的有效性，不管怎么说，拉美的西班牙语与早期的卡斯蒂利亚语、当代的西班牙语已经有了惊人的差异。我一直认为，叙事语言的成熟是拉美文学爆炸得以产生的前提之一。

加西亚·马尔克斯所关注的语言问题，除了文字本身以外，更为重要的也许是“形式”，也就是语言与现实之间的复杂关系。他觉得有必要创造一套全新的叙事话语来适应拉美的现实。这一说法与詹姆斯·乔伊斯在倡导形式革命时的宣言如出一辙。不过，马尔克斯所师承的欧美现代主义叙事大师，既不是詹姆斯·乔伊斯，也不是马塞尔·普鲁斯特，而是弗兰茨·卡夫卡、弗吉尼亚·伍尔芙、威廉·福克纳、海明威、胡安·鲁尔福。卡夫卡教会了他如何通过寓言的方式把握现代生活的精髓，并帮助他重新理解了《一千零一夜》的神话模式，打开了一直禁锢他想象力和写作自由的所罗门瓶子。威廉·福克纳则给他提供了写作长篇小说的大部分技巧，福克纳的那些描写美国南方生活的小说充满阴郁、神秘的哥特式情调，坚定了马尔克斯重返根源的信心；而且福克纳那庞大的“约克纳帕塔法世系”也在刺激着他的野心。在很长一段时间内，他都在追随福克纳，甚至还按照他的教导，尝试在妓院中写作。直到他有一天读了海明威的《老人与海》之后，福克纳的影响才有所抵消。马尔克斯在阅读这部作品时所受到的震撼是显而易见的，他忘记了四十度炎热的气候，“犹如拉响了一根爆破筒”，海明威用简单、清晰的结构和语言把握复杂深邃的现实生活的天才使他获益匪浅。《没有人给他写信的上校》从叙事上可以看出海明威风格的直接影响。弗吉尼亚·伍尔芙同样对马尔克斯意义重大。马尔克斯本人在回忆自己阅读《达洛卫夫人》的经验时承认，这部作品开头对于马孔多镇的缔造具有决定性的意义：

> 但是（轿车）里面确实坐着一位大人物；大人物正从这里路过，她隐身遮面，与平民之隔伸手可及，这些百姓或许是第一次也是最后一次与英王陛下，即国家永不磨灭的象征近在咫尺；这个国家将来会被辛勤的考古工作者在时间废墟的挖掘中发现，当伦敦变成一条长满野草的小径的时候，当所有那些在这个星期三的上午匆匆行进于人行道上的人都变成白骨，白骨里剩下的几枚结婚戒指埋没于自身尸体化作的泥土和无数个镶过牙齿的金质外壳之中的时候，轿车里的那张脸将大白于天下。（转引自《回归本源》第九章）

这段文字彻底改变了马尔克斯的时间感，使他“在一瞬间预见到马孔多镇崩溃的整个过程及其最终的结局”。更为主要的是，马尔克斯理清了历史、传说、家族生活三重时间的关系，这对《百年孤独》《家长的没落》的写作产生了深远的影响。

《回归本源》所记述的加西亚·马尔克斯与其说是一名作者或游历者，还不如说是一个贪婪的读者。无论他走到哪里，阅读从未停止。从《一千零一夜》《安提戈涅》到《白鲸》《变形记》，一切文学经典都成了他学习、借鉴，甚至模仿的对象。如果说，游历使他获得一个重新审视拉丁美洲的地理上的视角，那么与异域文化（尤其是西方文化）的相遇则帮助他进一步确定了自身的特性。殖民地文化也好，欧洲强势语言也罢，马尔克斯的准则首先是了解和学习，然后才谈得上击败、摧毁和重建。在文学上，他有着数不清的先驱者和导师，却没有顶礼膜拜的偶像，巴尔加斯·略萨把马尔克斯称为“拉丁美洲的弑神者”，所指的不仅仅是他介入现实的政治热情，也许还有蔑视一切权威与定规的勇气。

T. S. 艾略特曾说，我们所有的探寻的终结，将来到我们的出发之地。卡彭铁尔在临终前亦留下了“回到种子”的神秘遗言，马尔克斯的文学经历似乎也向我们勾勒出了“向外探寻”和“向种子回归”的过程。然而，僵死的、一成不变的、纯粹的传统只是一个神话，因为现实本身就是传统的变异和延伸，我们既不能复制一个传统，实际也不可能回到它的母腹。回到种子，首先意味着创造，只有在不断的创造中，传统的精髓才能够在发展中得以存留，并被重新赋予生命。这也许就是《回归本源》给我们的最大启示。

詹姆斯·乔伊斯：《都柏林人》

我知道，谈论爱尔兰作家詹姆斯·乔伊斯而试图绕过《尤利西斯》或《芬尼根的守灵夜》，是要冒一定风险的，我今天就打算冒这个险，专门要谈一谈他早期的短篇故事集《都柏林人》。我同样知道，有些人常常乐于谈论《都柏林人》，是由于除了这部作品之外，乔伊斯其他的作品他们一概读不懂，或者说，缺乏必要的耐心。我喜欢《都柏林人》，并不是因为我觉得它比《尤利西斯》更伟大，而是更精粹、完美，更让我迷醉。这就好比有人认为《菲雅尔塔的春天》比《洛丽塔》或《微暗的火》更纯粹，道理是一样的。

的确，在我的阅读经验中，存在着两个乔伊斯：写作长篇小说《尤利西斯》时野心勃勃、老谋深算的文体叛逆者；作为短篇小说巨匠的温情而敏感的青年艺术家。当然，也许有人要反驳说，写作《都柏林人》的乔伊斯（当时只有二十四五岁）并不缺乏野心，因为收在《都柏林人》中的十五个故事并不是通常意义上短篇小说的汇编，而是为了一个明显的写作目的，有意识地精心策划的、由一个个互相联系的短篇构成的系统。所以，《都柏林人》如果被认为是一篇写法新颖独特的长篇小说，也不是没有依据。詹姆斯·乔伊斯本人就把《都柏林人》看成是为爱尔兰而写的一部“精神史”，试图通过“童年、少年、成年以及社会生活”这样一个顺序来全方位地展示爱尔兰社会的精神症结。实际上，在这十五篇故事中，每一个短篇的主题都有所侧重，作品的人物分属不同的社会阶层，场景也涉及了爱尔兰社会生活的各个方面。即便没有乔伊斯本人的阐释，我们也不难看出作者在主题或形式上的精细设想：让一团团迷离奇幻的色块组合成一个绚丽的拼贴画。比如说《姐妹们》《圣恩》所涉及的是一般的宗教主题；而《常春藤日》却带有强烈的现实批判性，并触及了民族解放这样重大的政治问题；《阿拉比》是一个完美的青春期幻想小说；《悲痛的往事》则描述了一个完全缺乏爱欲的冷淡心灵。因此，就文体和叙事方式而言，《都柏林人》自有其独到之处，并不同于一般意义上的短篇小说。

我们知道，略萨的《胡利娅姨妈与作家》似乎也采取了类似的结构形式：单数章节讲述作家与胡利娅姨妈的恋爱故事，而双数章节则由一个个互不相关的短篇构成。但在略萨那里，大量的短篇小说的插入不过是为主体故事勾勒一个社会范围，而乔伊斯的短篇故事的内容看似毫无关联，实际上每一个都是整体的一部分：互为背景，各有侧重。另外，从每一个单篇的故事来说，尽管乔伊斯采取了现实主义的手法，但这些小说同时又大量使用了象征和隐喻，已经显示出作者后期小说复杂、晦涩的形式特点。乔伊斯本人对所谓的“现实主义”一直保持着距离。这可以解释他为何用七年时间来刻意创作一部现代主义的“圣经式”作品。在《一个青年艺术家的画像》中，乔伊斯借主人公斯蒂芬之口说出了他心目中小说的“史诗形式”：

> 最简单的史诗形式，可以看出是从抒情文学脱颖而出的，这是艺术家把自我延长，并且冥思默想，把自己作为一次史诗式的事件的中心。这一形式继续发展，直到激情的重心转移到离艺术家自己和离其他人等距离的位置。于是，叙述不再是纯粹属于个人的了，艺术家的人格也进入叙述之中，像是生命的海洋，围绕着那些人物和行动在流动……艺术家的人格，首先是一声呼号，或是一组音调，或是一种情绪，然后是一段流畅柔妙的叙述，最后经过千锤百炼，把自己化得无影无踪。

在这段文字中，乔伊斯把作者与叙事的关系，抒情化、非人格化叙事以及作者的最终隐退等一系列概念区分得十分清楚。乔伊斯并不反对作者情感的介入，比如在《都柏林人》中的《死者》《无独有偶》《一朵浮云》等篇章中，作者的叙事带有强烈的情感色彩，甚至带有某种抒情化、诗化的成分，但这种抒情化显然经过了锤炼，形成了某种“客观”“非人格化”的效果。作者的这种观念成形于《都柏林人》之前，在那时，他对小说形式上的思考已经显示出离经叛道的趋向。我们习惯上把《都柏林人》《尤利西斯》看成是完全不同的两类文本：其一是“现实主义”，其二是“现代主义”或“意识流”，仿佛两者之间水火不容；其实，无论是内容，还是表现形式，两者不仅有着紧密的联系，而且可以彼此参证，互相说明。

《一朵浮云》

在乔伊斯的《都柏林人》中，尽管每一个故事在表现社会生活方面有所侧重，但不可否认，有一些主题是贯彻始终的，比如说从象征意义上对过去生活的缅怀；对中产阶级生活方式的厌恶与讽刺；狂欢中的悲哀；个人在精神生活中的孤绝状态和无助感；等等。这在很大程度上反映了作者本人对爱尔兰急剧变化的社会生活的不适，他的多少有点悲观、消极的人生哲学以及在时间的流逝中无力把握自己的哀伤。乔伊斯在写这部书的时候，只有二十多岁，但文字中已经透出悲凉的沧桑感，《一朵浮云》就是这样一个令人忧伤的故事。

这篇小说很容易让人联想起麦卡勒斯的《侨民》：主人公坐飞机途经某地，突然决定去看望他多年前的一位女友。无论从哪个方面来看，自己对女友都存在着多方面的优势，他正是带着这种优越感去造访她的。在路上，他的脑子里甚至还梦想着一次艳遇。问题是，时间的流逝早已改变了一切，包括地位、心态和生活状况，但他并不知道这一点，或者说他不愿正视这一点。与女友的会面使他深受刺激：她看上去显得那样年轻，精神焕发，居室豪华而温馨。她的丈夫彬彬有礼地接待他，孩子们也天真可爱。面对这一切，主人公所能做的只有自惭形秽，狼狈而退。当他回到自己家中，看到自己寒酸的家以及那些缺乏照顾的孩子时，他的泪水流了出来。

与《侨民》一样，《一朵浮云》也是一篇有关忏悔的小说。所不同的是，《侨民》的主题是由忏悔到顿悟，从而使主人公重新找到了失去的自我，重新回到了“真实生活”的怀抱——小说结尾处，主人公带孩子去公园这一细节就是一个极为感人的象征；而在《一朵浮云》中，气氛则要压抑得多，小钱德勒的忏悔充其量也不过是无所适从的迷惘而已。尽管这两篇小说具有相似的主题，写法与结构也差不多，《侨民》似乎更为感人，更具有道德上的教育功能，情绪更饱满，但坦率地说，我更喜欢《一朵浮云》。麦尔勒斯似乎有点过于温情脉脉，乔伊斯则更冷峻得多。

故事中的小钱德勒是一个敏感、文弱、悒郁的青年，酷爱幻想，喜欢古典或浪漫的诗歌，他的理想是像一个诗人那样生活。但是八年过去了，小钱德勒的一切注定要发生变化，其中最重要的变化是痛苦、绝望、精神麻木和没有由头的厌倦感一步不离地跟着他。它是怎么发生的？这种心灰意冷的麻木是从哪里来的？在小钱德勒八年前的一个伙伴由伦敦返回之际，他缅怀往事，不由得悲从中来，感慨万端。在这里，乔伊斯涉及了“不适”感的两个来源：其一是爱尔兰社会本身的变化，其二是岁月的沧桑更迭（青春期的结束）。对于小钱德勒来说，两种因素兼而有之，小钱德勒毕竟早已不再是《阿拉比》中的那个纯情少年了。因此，当小钱德勒意气风发地赶往酒吧与从伦敦回来的加拉赫见面时，他实际上是去重温往昔的记忆和理想；他脚步轻快，仿佛突然之间充满了生活的勇气和激情。“生平第一次，他觉得自己比街上来往的行人优越。破题第一遭，他打心坎里厌恶这死气沉沉、庸俗不堪的卡贝尔街。”他突然间迸发出来的豪迈只不过是记忆中一去不返的理想的回光返照而已。

他的朋友加拉赫，八年前还是一个穷光蛋，论出身，论教养，他都不如自己，可如今他已经是伦敦报界的红人，腰缠万贯，荣归故里了。小钱德勒把自己的糟糕的境况归咎于没有离开爱尔兰，这是一个双重的讽喻：其一是作者本人对爱尔兰的厌恶与痛恨——乔伊斯二十岁时离开都柏林，从此以后终身在异乡漂泊；其二是对小钱德勒不谙世事、天性淳朴的淡淡嘲讽。整篇小说的主要部分是描写两个人在酒吧的会面与长谈，谈话本身就是一面镜子，它不仅反射出两个不同境遇的人所具有的精神状态，同时也暗示了八年的岁月所留下的痕迹与印记。

这是一篇讨论现实生活与可能的“理想生活”之间关系的小说。对于小钱德勒来说，两种生活摆在他的面前，首先是他的日常生活，即妻子、孩子用琐事堆积起来的生活空间，就像都柏林那肮脏、呆板、缺乏生气的街道所拼出的图案，它令人感到猥琐、反感和厌恶；其次是充满诗意、激情的理想生活，这是由拜伦诗集和加拉赫的“布道”所照亮的可能性空间。两面镜子映衬出一朵令人困惑的浮云：我们能够逃离令人窒息的日常生活吗？小钱德勒的理想经过八年时间的洗涤，在夸夸其谈的朋友面前，在不断啼哭的孩子与家庭琐事面前，它还有存在的可能吗？它在多大程度上不是一个荒谬的反讽？在这里作者暗示了超越自身境遇的艰难，就连困惑本身也没有什么意义，它所留下的也许唯有“羞愧”：听到孩子啼哭声，听到妻子哄孩子的喃喃低语，“小钱德勒觉得脸上火辣辣的，羞惭得无地自容，只得避开灯光，缩到阴影里，他谛听着，孩子的哭泣一阵轻一阵了，自己眼中却淌下悔恨的泪水”。

《阿拉比》

在《都柏林人》的十五篇故事中，前三篇是用第一人称叙述的，后十二篇用的则是第三人称叙事。作者这样做，有什么特别的安排或考虑吗？我们知道，前三篇故事写的是童年和少年生活。《姐妹们》的叙事者是旁观者，“我”并不是故事的真正主角，《偶遇》也是如此，但在《阿拉比》中，“我”既是旁观者，同时也是核心人物。作者的用意之一，也许是想借用孩子的眼睛扫描一下都柏林的生活图景，给读者一个大致的印象。

另外，由于孩子们天真烂漫，他们的眼睛所观察到的图景尚不足以用来揭示作者预先的“意图”（尽管《姐妹们》即涉及了宗教主题，但也是点到为止）。因此，将他们设定为旁观者，浮光掠影地描述眼中的人和事是较为自然的写法。同时，第一人称的语调也显得亲切一些。《阿拉比》中的“我”，已经从一个懵懂无知的儿童变成了一个情窦初开的少年。在这样一个比较暧昧的年龄，所有的事物都带有暧昧的特征。

如果让我从世界范围内挑选十篇最好的短篇小说，我想我一定会选《阿拉比》。记得有一年在广州，我和苏童在宾馆里聊天，说起彼此珍视的短篇小说，我们不约而同第一个想到的，竟然就是《阿拉比》。我认为苏童喜欢《阿拉比》是有道理的，因为他自己的写作中，曾有一个时期写出了不少可爱的乡村少年形象，我觉得那些形象是真实而令人难忘的，和乔伊斯一样，它复活了我们自己对于少年生活的许多记忆，或者说记忆、情感和想象的片断。而且我觉得，苏童的文笔与写《阿拉比》的乔伊斯也有几分相似，有点漫不经心，大大咧咧，但却充满了诗意。写到这里，我想起了另一个有意思的话题。有一位学生在听过我的课，回去读了《阿拉比》后，有一个问题始终在折磨她：乔伊斯为什么在《阿拉比》的开头要写“教士”，这个“教士”与整个故事一点关系也没有。而且，作者多次写到街上的房屋，写到各种各样的气味，写到灯火、雨、玻璃窗和花坛，在我的这个学生看来，作者没有必要这么唠唠叨叨，完全可以更简洁一点。她的另一个问题是，她一点也没觉得这篇小说有什么了不起，或者说有什么感人的地方。我记得那天她说了很多意见，但总的来说，可以归纳为以下两个问题：第一，作者的文笔为何那样琐碎（为何东拉西扯），他那样做是否有必要；第二，这篇小说有何意义，我们阅读这样的故事究竟能获得怎样的愉悦或教益。为了回答她的第二个问题，我记得我给她讲了一个小故事，我知道这个故事是真实的。

我在上海读书的时候，班上有一个男孩老爱往金沙江路的百货商店跑，常常买回来一些牙刷、牙膏和香皂，他并不缺少这些用品，可他总是不断地购买这些无用的东西。一个偶然的机会，我获知了他的一个小小的秘密，他喜欢那个柜台的女售货员。说“喜欢”也许不确切，说“爱情”又有点过分，他只是满足于看她一眼，最好，能够与她说上一两句话。当他和我成了好朋友之后，我常常看见他吃着饭，两眼就发直，嘴里还不住地喃喃自语：“我最大的梦想就是和她说上一两句话。”后来，知道他秘密的人越来越多，以至于同学们遇见他，往往第一句话就问：“怎么样，金沙江路的百货商店去过了吗？”他也并不怎么生气，往往红了脸，不声不响地走开了。当然他最终也没有和她说上话，直到毕业，他还是想着这个售货员。

在我看来，这个小男孩就是乔伊斯笔下的那个“我”，女售货员就是曼根的姐姐，而这个真实的故事就是《阿拉比》。我常常想，假如我的这个朋友犹犹豫豫地来到柜台前，从牛仔裤里掏出一张皱皱巴巴的纸币，心怀鬼胎地对那个漂亮的女售货员说：“买一块肥皂。”而售货员说：“你要买什么牌子的肥皂？”

只消这一句话，我的朋友就得救了，他会不会像《阿拉比》中的那个少年一样，泪水夺眶而出？

现在我试着来回答第一个问题，乔伊斯在这篇小说中也使用了他自己称之为“卑琐”的文体，东拉西扯，漫不经心，我觉得他这样处理语言，是十分必要的，甚至是必须的。因为在这个故事中，我们通常意义上的“爱情”故事尚未发生，小说中也没有什么惊心动魄的戏剧冲突，有的只是少年人忧郁而狂乱的想象或幻想。小男孩为什么喜欢曼根的姐姐？因为他想跟她说话，喜欢她走起路来左右摇晃的辫子，喜欢她站在栏杆前被月光照亮的身影，她的棕色有碎花的裙子，身体的曲线，搁在栏杆上的手以及裙子的镶边。当他看不见她的时候，她的名字就是秘密的快乐的中心；在捧着圣餐杯，在做祷告或唱赞美诗的时候，她的名字也会脱口而出，继而热泪盈眶。小男孩为什么要去阿拉比市场？是因为她第一次跟他说话时，无意中提到了这个词，Araby，这个词从此具有了魔力，它的音节在静谧中隐隐回响。

乔伊斯在叙事中的漫不经心，恰好迎合了小男孩内心的忧郁和空落，他“爱上”了曼根的姐姐，并没有十分具体的理由，这种爱之所以产生，是与少年的游戏、街道的目光、雨，这些物象和环境分不开的。作者为什么要写到死去的教士？因为教士居住过的后客厅注定了要与曼根的姐姐的形象联系在一起，是记忆和想象的策源地，是观察恋人的理想场所。简洁而琐碎，这是乔伊斯叙事的特点，在本篇中，却是恰到好处，少年的青春冲突就是那么简单，美妙，漫无边际，充满了忧伤。

《悲痛的往事》

在传记作者的笔下，詹姆斯·乔伊斯常常被描述成一个冷漠、厌倦、消极悲观、极端个人主义的作家；而写作《尤利西斯》时的乔伊斯则又多少有点玩世不恭（天知道他在这部旷世奇书中故意设置了多少陷阱，让后世的教授和学者伤透了脑筋）。所有这些标签组合成了詹姆斯·乔伊斯的世俗形象，这个形象与作者本人所宣称的国家观念、宗教态度和处世哲学倒是颇为契合。乔伊斯在言论上对于国家观点的淡漠是众所周知的。有关他的宗教态度，他在《一个青年艺术家的画像》中，曾借助戴德勒斯之口，把天主教称为 coherent absurdity（有条理的荒谬），而把基督教称为 incoherent absurdity（混乱的荒谬）。关于他的处世态度，消极、悲观与机巧、圆滑只不过是一个处世方式的两种表现形式，其实质是遗世独立，清高自守，孤傲而冷漠。

乔伊斯在写作《都柏林人》的时候，他的人生道路似乎就已经走到了尽头。不管怎么说，二十岁的乔伊斯对他眼中的世界产生这样的观感（我们知道这种观感以及由此而导致的人生哲学正左右了他的一生）并不是一件平常的事，在读完《都柏林人》之后，我曾经不断追问这样一个问题：什么样的障碍使他的情感无法逾越，什么样的困扰那么早就抓住了他脆弱的心，使他精神状态陷入空前的危机。当然，我们也可以将同样的问题抛给《悲痛的往事》中的达菲先生。

叙事者在这篇小说中的陈述：达菲先生有一种构思自传的奇特习惯，时常在自己的脑子里组成一个关于自己的短句，句子的主语虽说是第三人称，传主只能是他本人。《悲痛的往事》所采用的也是第三人称，这个叙事者与乔伊斯本人又有多少联系呢？

在达菲先生的辞典中，平庸、现代化、自命不凡是同一个概念，所谓的中产阶级当然是“愚蠢”的同义语。他们把本阶级的道德观念交给警察，把本阶级的美好艺术交给歌剧团的经理。如果我们认为达菲先生生来就与中产阶级过不去，对他们的庸俗趣味不屑一顾，这是不符合实情的。因为达菲先生对社会底层的工人也同样没有什么好感，在他看来，这是一群不能连续思考六十秒钟的空谈家。甚至对于乞丐，达菲也感到十分厌恶，他从来不给他们任何施舍。他时常在自己的书桌上写下一些费解的句子，比如说，男人与男人之间不可能有爱情，男人与女人之间不可能有友谊。由此看来，达菲先生并非只是讨厌生活中的某一类人，而是讨厌所有的人；不是厌恶生活中的某些趣味，而是厌恶生活本身。为了与这个世界斩断一切的联系，他似乎也只有离群索居这一条路了。这个世界是否存在着达菲先生所喜欢的事物呢？他认为就是“过去”。我们在前面已经谈到，“过去”或“往事”是乔伊斯非常喜欢用的一个概念，往往意味着幸福的回忆，但这个概念实际上是非常抽象而空洞的（没有什么实质性的内容），乔伊斯只是在某种象征的意义上使用它，用来反衬“现实生活”的绝望与无趣。在达菲先生看来，他内心的绝望感的最重要来源就是世界的与人的精神的双重“混乱”。为了与这种无处不在的混乱相抗衡，他用自己的全部生活建立起个人的“清洁”与“秩序”，就像陀思妥耶夫斯基所说的那样，希望在无望的人间建立起上帝的天国，而他把自己一生的全部奋斗与抗争，耗费在整理自己居室的日复一日的劳作中，这是一个意味深长的“代偿行为”，也是一个充满反讽的寓言。他的房间越清洁，他个人心灵的自闭壁垒也就越厚重；他自以为是的步伐越坚定，他内心的迷茫感也就越深刻。他看上去忙得很，工作，看书，写作，参加墓地遗体告别仪式，在圣诞节访问他的亲戚，甚至他还去剧院听音乐会，他这样做似乎只有一个目的，避免自己处在“闲暇”之中。与其说憎恶“闲暇”和无所事事，不如说他害怕面对自己的内心。

就在他去剧院听音乐会的过程中，一段悲哀的“艳情”故事发生了。他似乎“爱上了”一个有夫之妇，指导她读书。他接近她，与她交谈，充当她的“精神牧师”，使后者很快陷入情网，然后突然地、没有预兆与理由地断然离开她，导致她饮酒过度，精神恍惚而死于非命。这个“艳情”故事，我们可以把它与辛格的《市场街的斯宾诺莎》做一个比较。在辛格的小说中，主人公谢菲尔德教授因为女佣的“献身”而奇迹般地获救，从而让他明白了歌德“生活之树常青”这个训诫的真谛，而在

《悲痛的往事》中，爱情的结果只不过是多了一个殉葬品而已。不仅如此，我以为乔伊斯的用意是让这段离奇而温馨的情感纠葛来测量一下主人公达菲先生的虚无的深度。所以，在《悲痛的往事》中，悲剧的主角并不是埃米莉·辛尼科太太，而恰恰是达菲先生本人。达菲觉得自己是一个“被人生的盛宴排斥在外的人”，他活着，而在某种意义上他已经死了。他没有了爱欲，没有了生活的动力与激情，甚至丧失了基本的意愿。假如说，达菲的身体与精神状况已完全麻木，他的悲剧性也许还没有那么深刻。问题在于，他的理智还能隐约感觉到自己的荒谬，他与埃米莉的交往显然不完全是被动的，他甚至主动接近对方，“抓住机会同她亲热一番”，只有当对方表现出明显“爱情”的信号时，他才发现自己的内心已经死去，没有任何能力。我们在埃米莉死后，也可以比较看得清楚达菲的追悔与悲伤。我个人认为，尽管乔伊斯在这篇小说中使用了淡淡的揶揄和讽刺，但达菲先生的精神状况正是这个时期乔伊斯本人的真实写照。关于这一点，我们将在《死者》中做进一步的分析。

《死者》

《死者》是《都柏林人》的压卷之作，篇幅也最长，其内涵的复杂与丰富，叙事上象征与暗示的频繁使用，也使它当之无愧地成为全书的精粹。这篇小说自始至终笼罩着压抑与忧郁，仿佛让人透不过气来，唯有窗外的雪，窗缝中的寒气以及积雪中的树林与公园雕像能让人感觉到一丝清冽。我们注意到，这篇小说中描写雪景的部分多达近十处，尤其是本文的结尾，乔伊斯笔下的雪花似乎已经变成了命运的精灵，伴随着加布里埃尔一泻千里的幽思与狂慧，整个爱尔兰，整个世界，包括这个世界的过去、现在与未来都为茫茫大雪所覆盖。大雪落在艾伦沼泽、香农河谷和十字架的顶端、荒丛中的墓石上，飘落到所有生者和死者的身上。大地白茫茫一片，它是这个世界最终的主宰。在我看来，这篇小说不止是悲哀，简直是哀恸。在快乐的对立面，不是悲剧，而是虚无和无边无际的寂静。这当然会使我们联想到曹雪芹的主题，联想到高鹗笔下的那埋葬一切丑恶、痛苦、青春、欢愉的“雪世界”，联想起梅勒里山中的修士——他每天夜里在棺材里睡觉，只是为了让自己不要忘记注定要来临的死亡。

王夫之早就有过“以乐景写哀，倍增其哀”的说法，乔伊斯显然亦深谙其中的奥妙。本文的中心事件描述的是一个节日，或者说一次盛宴、一次狂欢，就像《红楼梦》第七十八回的那个中秋之夜——墙外的一声叹息足以让贾珍勉力维持的欢乐消迹于无形。然而，乔伊斯并非在《死者》中特别使用了这种反衬与对比，尽管本篇不乏这种技巧的使用：比如屋内冬烘的温暖与窗外的寒冷、喧闹与寂静、嘈杂与谛听、高谈阔论与阒寂的记忆。我们在前面已经说过，在快乐中突然被悲哀的浮思所击中，是乔伊斯惯常的做法，忧伤之念来无影，去无踪，却在转瞬之间改变了“欢乐”的性质，这一直是作者的拿手好戏。

在《死者》中悲凉来自于两个方面，一个方面是爱尔兰社会现实的急剧演变所导致的痛苦与厌倦，就如加布里埃尔在回答艾弗丝小姐的诘问时冒冒失失所宣称的：“我的祖国已经让我厌烦了，厌烦了！”这一主题通过聚会中的客人对爱尔兰美好过去的缅怀而被表达得更为清晰。另一个方面则要复杂、深邃得多，它是一种无法说明的生死之念，含有虚无之忧以及对不可捉摸的时间的感知。与其说它来自理智的权衡，还不如说是源于某种直觉，而这种直觉恰恰容易在快乐的氛围中出其不意地击中人的心灵。这两个主题在《都柏林人》中一直时隐时现，各有偏重，然而到了《死者》中它们终于完美地结合在了一起。从表面上来看，这篇小说写得很实在，但实际上却是高度的抽象之作。作者一方面通过“显示”出来的部分让我们看到“隐藏”的内容，同时也通过频繁的象征暗示了隐晦的意图。毫无疑问，《死者》是对《都柏林人》各篇的总结，就如《老人与海》是海明威对自己一生创作的总结一样。两者都大量使用了暗示、隐喻与象征。

如果说《死者》只有一个主题，那么我倾向于认为这个主题就是时间。那是长达三十年一成不变的聚会所累积起来的“铺满悲哀的过去”，也是静静矗立在漫天大雪中的雕像向加布里埃尔暗示的未来。主人公加布里埃尔面临着两种截然不同的生活状态，其一是卑琐，自我欺骗，夸夸其谈。问题是，加布里埃尔本人能够清晰地看到自己身上的卑琐，从而充满自责与愧恨。在小说中，加布里埃尔一走进聚会的场所，立刻就对看门人的女儿莉莉来了一段露骨的调情，但艾弗斯小姐的诘难似乎立即使他只能处于尴尬的悔恨之中。而艾弗斯这个人物，在小说中只是一闪而过，但她的作用却至关重要，就像一面镜子，加布里埃尔一旦与她面对，立刻就会自惭形秽。从某种意义上说，她既是加布里埃尔内心的一道严厉的戒律，又是他纵情狂欢、自欺欺人的障碍，这就可以解释，为什么当他发表那段演讲的时候，知道艾弗斯早已拂袖而去，他是多么的庆幸。除了这种愧悔交加的卑琐生活之外，加布里埃尔显然在眺望另一种生活，它是什么？加布里埃尔一时无法回答，他不断地把目光投向窗外，而窗外除了飞扬的大雪，雪中的树林与雕像，别无所有。在这里，“雪”又成了另外一个象征。加布里埃尔的困惑与《一朵浮云》中的小钱德勒看起来相似，实际上截然不同，对于小钱德勒来说，困惑是“空间性”的，他的倒霉好像是因为没有离开爱尔兰，漂洋过海出去闯荡一番；而在《死者》中主人公的困惑则是“时间性”的，旧的时代，那个似乎是充满激情和诗意的传统已经死去，而新的生活尚未开始。我以为后者更比前者深刻得多。这当然也是作者本人所要面对的生活中的重大课题。

卢卡契曾说，只有当主体从封存于记忆的过往生命流程中窥探出他整个人生的总体和谐，才能克服内心生活与外部世界的双重对立。《都柏林人》是一部“往事追溯”之作，同时也是对人与外部世界的严重对立加以整合的尝试。《死者》尤其如此。它从某种意义上来说是乔伊斯对二十岁前在都柏林生活的总结与检视，同时也为《尤利西斯》的写作敞开了空间。

博尔赫斯的面孔

一

世界上有多少博尔赫斯的读者，就会出现多少种对博尔赫斯的误解。我知道，这句话说了也等于没有说。因为，从广义的阅读过程来看，这句话适用于任何一位作家。我这里要强调的是博尔赫斯的别具一格的写作方法。尽管有许多国外的学者在评价博尔赫斯时，都不约而同地认为，他的风格和创作方法是前无古人的，但我仍然认为，博尔赫斯属于一个时断时续却相对稳定的文学和哲学传统。在哲学上有叔本华、休谟、卢克莱修和帕斯卡尔，而文学上则有威尔斯、霍桑和卡夫卡。我说博尔赫斯易遭误解，首先一个理由是，他试图表达的内容，在常人看来本来就是虚幻的。其次，他用的手法是隐喻性的，他是一个无可争议的比喻收藏家。《玫瑰色街角的人》的作者与

《一个无可奈何的奇迹》的作者似乎并不能算是同一个人（博尔赫斯本人也有类似的描述）；而写作抒情诗、哲理随笔、叙事诗小说、文学论文的博尔赫斯分别具有不同的面孔。所有这些面孔糅合、叠映出一个完整的形象，这就是我要在这里谈论的博尔赫斯：一个阿根廷人，一个双目失明的人，一个家禽市场检验员，一个图书馆的馆长，当然还有更重要的一个身份，一位冥想者。

二

一个人要是过多地沉湎于冥想，沉湎于那些由宇宙的浩瀚和时空的无穷奥妙所组成的虚幻之境中，他本人也很容易成为虚幻的一个部分。博尔赫斯认为，他所面对的这个世界本来就是虚幻的，不堪一击，弱不禁风。它是由一个更高意志（智慧）的主宰（也许是上帝）所做的一个无关紧要的梦。另一个梦，是博尔赫斯和所有的人共同完成的，从某种意义上说，它就是日常生活。应当说，博尔赫斯的冥想或梦本身就是最完整的作品，它是秘密的，不可言说的，如果一定要说，只能借助于隐喻或比方，由此，博尔赫斯留下了一些关于这个世界图景的作品，诗歌、小说、随笔和文论，数量不算多。有些混乱复杂，曲径分岔；另一些则简洁、流畅。博尔赫斯一生依赖于书本，前人的文字不仅哺育了他的想象，给予他形式技巧和哲学方法，也给了他取之不竭的素材。但博尔赫斯对于书籍和文字亦持有某种深刻的怀疑，和所有的写作者一样，他意识到这是一个难以克服的矛盾。他曾经用暧昧的语调谈起人类历史上的焚书事件，谈起中国的秦始皇，那些没有成功的文化劫难。当然，他也曾不止一次地谈到卡夫卡焚毁自己手稿的行为，博尔赫斯不想模仿他。要是没有了文字和书籍，甚至没有了语言，这个世界会变得更好，还是更坏？博尔赫斯即便有了自己的答案，他也绝对不会说出来。

博尔赫斯虽然并不否认卡夫卡作为一个描述官僚制度和人类绝望困境的作家所具有的意义，但他更愿意将卡夫卡看成一个幻想小说的作家，卡夫卡的作品“修改了我们对于过去的观念”，也就是说创造了幻想小说的先驱，属于由芝诺、韩愈、克尔凯郭尔、勃朗宁、布洛瓦和邓萨尼勋爵共同创造的没有边界（国界）的传统的一部分。这一论述本身即带有幻想的成分。在谈到另一位爱好冥想的作家霍桑时，博尔赫斯同样充满了敬意。霍桑让博尔赫斯敬佩的，并不是他那部名闻遐迩的《红字》，而是那些想象奇特、气氛灰暗、主题古怪的短篇小说，包括那篇著名的《韦克菲尔德》。博尔赫斯在一篇分析霍桑的长文中，用了很大的篇幅来分析韦克菲尔德怪异的行为。读过这篇文章的人也许都会有这样的印象，博尔赫斯对故事的复述与解析，其魅力也许超过了霍桑的作品本身。一个人感到绝望，受到诱惑，在列夫·托尔斯泰那里，往往是生活现实的巨大压力所致，至少，被引诱意味着引诱者的存在。而在霍桑的那些多少有点深奥的短篇小说中，一个一闪而过的意念、一个梦就足以让人脱胎换骨，从日常生活的天堂坠入自我怀疑的地狱。也许正是这种倾向迷住了博尔赫斯，他和霍桑一样，都是意念大师。霍桑首先是一个幻想者，其次才是作家。博尔赫斯在做出这样的论断的同时也公布了他的理由：霍桑身后留下了多达数千个故事的构思，但霍桑并未将它们写成小说出版。也就是说，作者本人是作品唯一的读者。博尔赫斯认为，写作很像是一个人写给自己的愉快而无用的信件，只不过是游戏。他这样说，并非是故作惊人之语，因为，在他看来，整个人的生命都是游戏的一部分，没有任何实质性的意义。这是一种充满野心和自负的谦逊。他骨子里的优越感和悲哀都同样突出。

有人说，博尔赫斯的小说是超政治（或者说超越现实）的，他观察、思考世界的方式基本上是唯心主义的，他的哲学和世界观则是相对主义和虚无主义。从本质上来说，他认为世界是不可知的、神秘的。这些笼统的说法并没有错，也许正是这些笼罩在他身上的特殊的光环吸引了世界各地的大批年轻的追随者，当然也招致了很多批评和轻视。在众多的追随者眼中，博尔赫斯的小说由于远离了社会现实、政治层面的一般描述和典型化的创作方法，反而给“想象力”留下了足够多的空间，从而解除了创作上的许多束缚。

中国二十世纪八十年代中后期的创作广泛受到博尔赫斯的影响，并不意味着中国的作家完全理解并接受了博尔赫斯的哲学思想，相当一部分人只不过是借助于他作品的幻想色彩，为处于敏感政治学、庸俗的社会学、陈腐的历史决定论重压下的中国文学找到一条可能的出路，这是一个权宜之计。这也在某种程度上导致了副作用的出现，那就是对博尔赫斯的误解。

一位很有影响的当代著名作家（我在这里就不说他的名字了，但愿他看到这篇文章能够发出会心一笑）在向我推荐《小径分岔的花园》的时候，曾经严肃地向我指出，博尔赫斯是文学界的爱因斯坦，他改变了文学基本格局的发展趋势，从此，世界文学将翻开新的一页。还是这个人，到了九十年代中期（当时，博尔赫斯已经不那么时髦了），突然来到我的住处，再一次严肃地向我指出：我们的创作再也不能这样下去了，像博尔赫斯那样装神弄鬼是完全没有前途的。我记得我妻子当时是这么回答的：我们从来就没觉得博尔赫斯是在装神弄鬼。言下之意：你才装神弄鬼呢。我的这位朋友当然很不高兴。坦率地说，直到今天，我仍然对博尔赫斯有所眷恋，这被许多人认为不可救药。在八十年代，博尔赫斯是一个炙手可热的标签，一经贴上，作品似乎立即熠熠生辉。而如今，情况又倒了过来，他成了一个人人避之不及的猛虎，人们要去衡量一个作家是否还有前途，就要看他是否还在喜欢博尔赫斯。这使我想到，自从新时期以来，中国文学创作波诡云谲，各种思潮、观点、叙事方式你方唱罢我登场，很是热闹。一代又一代的作家，横空出世，如过江之鲫，各展身手，令人目不暇接。但仔细一想，热闹倒是热闹，若说真正在文学观念上有什么长足进步，倒也很难说。非此即彼的评价方式，以进化论为基础的文学史观，庸俗社会学的批评方式并无太大的改变。

说起非此即彼的评价方式，我想到了加西亚·马尔克斯在《霍乱时期的爱情》中的一个场景：一名歹徒在深夜用手枪拦住了一名行路人，在打死他之前，给了他一个机会，根据他的回答来决定他的生死。他的问题是："你是喜欢民主党，还是共和党？"行路人意识到，他活命的机会只有 50%（而实际上他的机会远远没有 50%），如果说错了，只有死路一条。小说读到这里的时候，我也不禁有些头皮发麻，我想象我要是那个行路人的话，大概会用抛硬币的方法来决定。因为很显然，我无法了解歹徒的政治倾向，只能任意选择一下，听天由命了。最后的结果出人意料。行路人想了一下，回答道："两个我都不喜欢。"歹徒满意地笑了："你答对了，我饶了你。"

事实上，我也经常碰到有人向我发出这样的逼问。不过，提问者手里没有枪，无论我怎样回答，后果没有马尔克斯小说中的人物那么严重。比如，"你是喜欢巴尔扎克，还是福楼拜？""喜欢凡高还是塞尚？""你喜欢德沃夏克，还是亚那切克？""你是喜欢《红楼梦》，还是《金瓶梅》？"诸如此类。这种二者必居其一的低智游戏真的让人不胜其烦。当我碰到"你喜欢博尔赫斯吗？"这样的问题时，我总是充满了警惕。

有一次，在华东师大，我骑车经过丽娃河上的大桥时，一个剃着光头的古代文学专业的研究生把我拦住了。他说要和我谈谈，让我去他的宿舍好好谈谈。我根本不认识这个人，但居然跟着他去了他的住处。开始我们谈得还好，但不久之后就说到了博尔赫斯。他像是若无其事地问了我一句："听说你喜欢博尔赫斯？"我点了点头。他又问："现在你还喜欢他吗？"我又点了点头。他忽然就不说话了。半天才摇了摇头，叹了口气，向我宣布道："你完了！"我一时没有回过神来，遂问他是什么意思。这个人挠了挠头，充满同情地重复了一遍刚才的话："你完了，彻底完了，竟然喜欢一个三流作家。"

"你凭什么说他是三流作家？"

"他只会玩弄文学游戏。"

"你有什么根据？"

"他自己就说过嘛，文学只不过是游戏。"

"他所说的'游戏'，跟你所理解的'游戏'也许不很一样……"

"一样，都是无病呻吟。"

接下来，他又发表了一通高论，大抵是人民养活了你们这些作家，你们却在玩文学游戏，很不道德之类。我想了想，就问他是否喜欢王国维。"那当然了，王静安这三个字可不是随便叫的。"

"王国维也说过'文学是游戏'同样的话呢。"

"他说过吗？"

我告诉他，王国维在《文学小言》一文中曾明确写道："文学者，游戏的事业也。"

"他怎么能说这么糊涂的话呢？不可能。"

我也没有与他争辩，就起身告辞了。后来，我又在校园里碰到过他一次，说来奇怪，仍然是在丽娃河的桥头。这一次，他告诉我，他已经决定抛弃王国维了，还说，这个人最后自沉于颐和园，境界有问题云云。望着他那瘦弱的背影，我心里忽然生出一种怅惘之感，总觉得自己有什么地方对不起王国维。

至少就中国的文学界而言，博尔赫斯为人诟病最多的莫过于他的“游戏说”。尤其是在那些以倡导所谓“终极关怀”“精神归宿”“现实苦难”为己任的批评者眼中，“游戏”二字实在是过于刺眼了。他们全然不去考虑，作为一个人，博尔赫斯所持有的严肃的政治立场，创作上一丝不苟的态度，他对极权、独裁政治的憎恶与蔑视。他就是因为在反对庇隆政权的宣言上签名而被革去市立图书馆馆长一职的。他们不去探究博尔赫斯的游戏与阿根廷的社会现实构成的隐喻关系。他们忘记了，博尔赫斯所描述的主题，不仅在西方渊源已久，在中国亦是代代相续，从未断绝。

三

除了“游戏说”之外，博尔赫斯还时常在文章和讲演中发表一些费解的惊人之言。比如，一个人只能成为众人，而不能成为他自己；比如，作家创造他的先驱，而不是相反；再比如，一个人其实并没有生命，他的无数个夜晚连一夜也不存在；全世界的人都在写同一本书；世界各个民族地区的文学都具有完全相同的价值；等等。

假如我们仅仅从这些话语的字面来看（而不去考虑他的上下文关系，不管他的言论中所包含的隐喻），这些话无异于痴人说梦。我们不妨来看看，“一个人其实并没有生命”这句话的上下文，他在耸人听闻的言词之下，究竟想表述什么样的思想。

> 在一八二四年八月上旬，伊西多罗·苏亚雷斯上校率领着秘鲁的轻骑兵队，决定了胡宁的胜利；一八二四年八月上旬，德·昆西发表了一篇对 Wilhelm Meisters Lehrjahre 的激烈抨击；这些事件并非同时代的（它们现在是了），因为这两个人死去时——一个在蒙得维的亚城，另一个在爱丁堡——都不知道对方的一切……每一个时刻都是自立的。无论是复仇，宽赦，甚至遗忘，都无法修改无懈可击的过去。对于我，希望与恐惧似乎也同样的虚幻，因为它们总是指向未来的事件，即指向不会发生在我们身上的事件，我们是细致入微的现在。我被告知现在，心理学家们的似是而非的现在，延续期介于几秒钟到一秒钟的一段微小碎片之间；那也可以是宇宙历史的持续时间。也就是说，并没有这样的历史，正如一个人并没有生命；他的无数个夜晚甚至一夜也不存在；我们生活的每一个时刻存在，但不是它们想象性的联结。宇宙，事物的总和，是一堆聚集物，同莎士比亚在一五九二至一五九四年间梦想的所有马匹的聚集一样只在于臆想之中——一个，许多，没

有？我补充：倘若时间是一个心理的过程，那么成千上万的人——甚至两个不同的人——如何能够将它分享？

博尔赫斯在这里试图证明的，是历史和时间的非连续性，也就是说，我们习以为常的连续性和因果关系只不过是一种假象，一种装饰物。卡夫卡曾经论述过这种装饰物的各种变形。随着文明的发展，这种装饰物亦会变得更加繁多（用博尔赫斯的话来说，“像镜子一样迅速繁殖”），令人眼花缭乱。这种因果关系、连续性表面上看来是不言自明的，异常坚固，逻辑严密，而实际上却经不起推敲。从时间上来看，伊西多罗·苏亚雷斯上校和德·昆西的不同作为，发生于同一时刻（一八二四年八月上旬），但这种时间上的重叠在博尔赫斯看来毫无意义，他们有着不同的文化背景，不同的行为动机，行为也产生不同的后果，由此，博尔赫斯认为，这两个处于同一时间段的人其实不属于同一个时代，每一个个人的时刻实际上都是自立的，单独的，孤立的。另外，即使是一个人的生命，其实也是不连续的，因为一个人假如因为犯了罪而被处死或监禁，惩罚是不能修改过去的。而对于未来，博尔赫斯进一步论证道，我们对于未来有着无数的想象、希望或恐惧，但绝大部分对于未来的想象都不会被证实。即便勉强被证实（比如一个人的命运兑现了他期待中的成功），那也是一种假象。（我记得歌德在《浮士德》中也表述过类似的思想）博尔赫斯就此得出结论说，一个人的生命的每一个瞬间其实也是不连续的，而我们认为它是连续的，这是一种文化、文明进程带来的幻觉。你不会两次踏入同一条河流：河流早已变化，而你也是不同的。我们只能生活于每一个稍纵即逝的瞬间之中，这是个人命运的悲剧所在。

但是，博尔赫斯并不是在一个普泛的意义上决然否定文明进程的连续性和因果关系，他始终是从一个个人的立场来看待这个问题的。从人类、集体的角度来说，哲学、科学，甚至心理学所建立起来的连续性当然可以自圆其说，但具体到个人，一切都会成为问题。人类的文明、进步和愚昧都不能担保一个人的幸福与不幸。正如卡夫卡在极度悲哀绝望之中，也拒绝将个人的痛苦普遍化，荒谬或绝望只能是一个单独个人的荒谬感和绝望感。一个人不小心于某一个时间段沦为一个不幸的人，只不过恰好在这个瞬间，“上帝的心情不太好”。博尔赫斯引用萧伯纳的话进一步来证明上帝的正义：谁杀死一个人，谁就毁灭了世界。

> 你所能遭受的是世上所能遭受的最大的一份。倘若你死于饥饿，你将遭受曾经有过或将有的所有饥饿。倘若一万人与你一同死去，他们和你共命运不会使你一万倍地饥饿也不会使你的饥饿时间增长一万倍。别让自己被人类苦难的可怕总和所压倒；这种总和并不存在。无论是贫穷还是痛苦都不是累积的。

尽管博尔赫斯否认时间的连续性，但他并不否认在时间的长河中（或者说在一个人漫长的一生）所发生事件的暗中联系。实际上，博尔赫斯一直致力于寻找这种联系。这种联系并不由时间的先后顺序来排定秩序，当然，表面上的因果关系也不堪一击。他试图从不同的空间 / 时间发生的事件中找到共通点或相类性。博尔赫斯经常表述的一个内容是记忆或感觉上的似曾相识，他最喜爱的一个词语是"重复"。一个人就是所有的人（而非叠加与部分），在某一个时间的连接点上，韩愈就是卡夫卡或克尔凯郭尔，某一位莎士比亚的读者就是莎士比亚本人（否则，我们如何解释读者在阅读莎剧时的感同身受）。

除了时间的非连续性之外，博尔赫斯的另一个主题则是时间的非逻辑混乱，这种混乱与语言（表述）本身的逻辑性要求构成了矛盾，两者之间的缝隙正是博尔赫斯非凡的想象力得以驰骋的空间。《巴别图书馆》是一个很好的例证，另一个例证更为著名，那就是《小径分岔的花园》（一译《交叉小径的花园》）。

为了分析的方便，我们不妨将《小径分岔的花园》分为两个部分："故事"和"哲学"。我们先来说说"故事"的这个部分，它的确有些类似于美国或欧洲的间谍小说，情节安排十分紧凑，扣人心弦。

一个黄种人（作者暗示他是中国人），第一次世界大战中为德国人做间谍。他发现英国人布置了十三师的兵力（在一千四百门大炮的支持下）准备于七月二十四日向塞尔一蒙托邦一线发动攻击。英国的炮兵阵地在安克雷（又名阿伯特），这是一份重要的情报，他必须尽快将它报告给德国军方。问题是，他在得到这一情报的同时，一直在缉捕他的英国特工马登上尉也恰好发现他的行踪（时间发生了不可思议的重叠）。于是间谍在马登上尉的追捕下，开始逃亡。这名间谍知道，他一旦被马登发现，是很难逃脱的，他必须在被马登抓住或打死之前将那份重要的情报送出去。要完成这看来是不可能完成的使命，也只有一小段的时间可以利用。这段时间的长度恰好等于他与马登上尉之间的距离。其次是方式，他怎么才能把这份情报送出去呢，他灵机一动，想出了一个绝妙的方法（也只有博尔赫斯才会为他的主人公想出这么一个方法）：打死一个名叫阿伯特的人（我们已经知道，阿伯特是安克雷的别名）。他希望报纸对于这个名叫阿伯特的人突然被打死的报道，能够让他的德国元首有所警觉，从而能由这个人的名字猜到英军炮兵阵地的地名：安克雷（阿伯特）。他从电话号码簿上查到了一个名叫阿伯特的人，他住在范顿（这一行为是随机的，了解这一点，对于理解这篇小说十分重要）。于是这名间谍跳上一列火车，赶往范顿。他心里只有一个愿望，就是在被马登抓住之前杀死那个名叫阿伯特的人。

故事讲到这里，我们忽然发现，一个与事件原本毫无关系的人，阿伯特，已经被硬拉进了这个事件中来了，并成了某种关键的因素，具有荒诞意味的是，这个阿伯特对此一无所知。

博尔赫斯在这篇小说中有一句非常重要的话，重复了多次："未来提前存在。"我们也可以说，在这名间谍在电话簿上查到阿伯特的住址的那一刻，阿伯特在某种意义上已经死了。博尔赫斯在此揭示了个人命运的荒诞逻辑。最后，间谍来到了范顿，按照事先的设想打死了阿伯特（他在死的时候，仍然不知道自己为何要被打死）。

阿伯特到底是一个什么样的人呢？小说由此进入了第二个部分，我们把它称为"哲学"部分。阿伯特是一个中国通，对《红楼梦》有着精深的研究，在天津做过传教士。当间谍突然出现在他的花园中时，阿伯特并不知道造访者的隐秘意图，他们于是开始了交谈。小说的故事到这里突然陷入了停顿。这个停顿显示出了作者良好的文体意识以及叙述上的分寸感。马登虽然像影子一样跟随着这个间谍，但他要立刻找到后者，需要一段时间，因此这个停顿在情节安排上是合理的；其次，从阅读效果上来看，读者由于被紧张的故事所牵挂，他们在没有彻底弄清楚故事的来龙去脉之前，保持着足够的耐心，因此，这个停顿为博尔赫斯正面阐述自己的哲学主张提供了保证。这个部分在小说中几乎占据了 60% 的篇幅（由此也可以看出作者叙事的重心所在），当然这部分内容是通过间谍与阿伯特两人之间的对话来完成的。他们从《红楼梦》谈到迷宫，从一个名叫崔朋的云南总督谈到花园里的分岔的小径，所有这些事物都指向一个核心，那是一个谜语的谜底，是时间。阿伯特有这样一段话特别耐人寻味：

> 曲径分岔的花园是按照崔朋的想象而描绘出的一个不完整，但也不假的宇宙图像。与牛顿和叔本华不同，您的祖先不相信单一、绝对的时间，认为存在着无限的时间系列，存在着一张分离、汇合、平行的种种时间织成的、急遽扩张的网。这张各种时间的互相接近、分岔、相交或长期不相干的网，它包含着全部的可能性。这些时间的大部分，我们是不存在的；有些时间，您存在而我不存在。这段时间里，给我提供了一个偶然的良机，您来到我的家；在另一段时间里，您穿过花园以后发现我已经死了；在另一段时间里，我说着同样的这些话，可我是个失误，是个幽灵。

故事中的这两个部分是可以彼此印证，互相说明的："故事"为哲学提供了实例，而"哲学"表述则赋予了"故事"以更普泛的意义。而实际上，我们可以说"哲学"是"故事"的一个部分，反过来说也同样成立，通过阿伯特的死，两个部分融为一体。

博尔赫斯的早期小说，如《世界性的丑事》，主要是通过一个个清晰、单纯的故事来表述他的哲学观念，随着《小径分岔的花园》的出现，作者开始尝试在故事中插入另外一些因素，从而使文体变得更加繁复，这些被插入的因素涉及哲学、历史学、语言学、诡辩术、宗教史和地理学等等。而在《阿莱夫》《赫尔伯特·奎因作品分析》《一个无可奈何的奇迹》等小说中，博尔赫斯尝试用学术论文的方式写小说。由此观之，在作者一生的创作中，有一个逐渐淡化故事的总体趋向，尽管这样一个趋向并不能覆盖所有的事实——作者晚年仍然没有放弃写作单纯故事的癖好。关于这一点，我们在作者的诗歌写作中也能找到同样的例证。在诗歌中，尤其是《布宜诺斯艾利斯的热情》，博尔赫斯让我们看到了作者在小说和文学论文中被过滤掉的激情，但随着《圣马丁札记簿》的问世，博尔赫斯的创作变得冷静了许多，而在《另一个、同一个》《博物馆》等诗集中，博尔赫斯的书卷气和思辨性则变得更加浓郁。

一九六九年，作者在几本早期诗集的再版序言中，明确地对早期诗歌的伤感、雕饰和忧郁做了批评性回顾："那时候，我寻求日落，城市外围的陋巷，和忧伤，如今我寻求黎明，都市，和宁静。一个作家的命运是奇怪的，起初，他是巴洛克式的——炫耀的巴洛克式——多年以后，他会得到的，假如吉星高照的话，不是在其中毫无一物的简洁，而是一种谦逊而隐蔽的繁复。"

关于博尔赫斯的成就，似乎有两种说法：在诗人的眼中，博尔赫斯的诗歌是最值得珍视的，叙事性小说本来就不值一提；而小说家则相反，他们认为"短篇小说"的写作体现了博尔赫斯艺术的伟大成就，也奠定了他在文学史上的地位。但在我看来，这种分辨并不重要，无论是诗歌，还是小说，博尔赫斯在写作过程中都具有一种向学术论文过渡的倾向，也就是说，他在骨子里也许既不是一个惠特曼式的抒情诗人，也不是一个卡夫卡式的小说家，而是一个卢克莱修式的感知命运偶然性，并加以审慎表述的散文作者，一个切斯特顿那样的幻想者。

现代文学的终结

一

众所周知，在当今的社会生活或精神生活中，文学的重要性已经显著降低。类似于“文学已死”这样的喧嚷不休，竟然也已成了一种老生常谈，不再具有耸人听闻的效果。文学之濒临绝境，其重要表征无需特别的观察即可一目了然。

首先，构成现代意义上文学殿宇重要基石的“学科机制”，其合法性和重要性均发生动摇。欧美（包括日本）的大学不约而同地削减文学研究的经费和项目、压缩编制和规模的举动，已经持续了相当长的时间。在中国的大学和研究机构中，“文学研究”作为一门学科，虽仍能维持表面的兴盛，但即便与二十世纪八十年代的状况相比，其每况愈下的边缘化趋势亦昭昭在目，不待详辨。在现代文学光芒四射的发展过程中，大学体制曾起到举足轻重的作用，而“文学研究”正式进入大学，成为现代知识生产的重要门类，其二百年的历史，基本上与现代文学的发展同步。如果我们认识到这一点，学科机制的这一变化，将会导致怎样的后果，应当不难判断。

其次，就文学的功能或作用而言，不论是从教化、认知，还是审美和娱乐的层面上看，文学都有了更实用的替代品——比如系统且门类齐全的大学教育、电影和电视、日益发达的现代传媒以及作为文化工业而存在的形形色色的娱乐业等等。

最后，由于社会形态和市场机制的变化，文学越来越成为成本高昂而前景难测的事业，其潜在目标与社会和市场的运行模式背道而驰。举例来说，在现代文学中，曾经被特别强调的“美”或“美感”，作为一种独异、敏感的经验，较之于社会生活日益粗鄙化的趋势，越来越显出它的空洞和多余。

不过让我觉得惊异的，与其说是文学危机的严酷性及其诸种表现，倒不如说是国内的文学研究和文学创作对这种危殆状况的视而不见。我以为，这种“视而不见”，并非完全由于个体缺乏足够的敏感所致，而是一种假装的视而不见。其背后潜藏着一个重要逻辑，是对这种危机麻木而平静的接受和迎合，同时也是在特殊意识形态虚幻的保护中，求得一时之安，甚至变相利用、苟延残喘而已。另一方面，那些宣称“文学已死”的声音，也包含着强烈的幸灾乐祸的意味。文学的死亡如果恰好意味着某种道德义务的解除，那么宣称其死亡就意味着一个价值虚无主义时代的到来。这种“文学已死”的声音与对文学危机的漠视，意见相左，但目标完全一致。

如果“文学已死”，不仅仅是一句空洞的口号，如果说这一论题多少还有讨论的价值，那么我们至少要对以下的几个问题进行追问：在文学史上，“文学已死”这样的论调究竟是从何时开始的？这一论调在不同的历史时期其潜在的动机分别是什么？死掉的是广义的文学本身，还是现代意义上的“文学”？是总体性的文学存在，还是在特殊时期形成的文学机制、观念，乃至于修辞方法？

我们总是用“文学”这个概念，来指称有史以来一切的文学写作和作品，殊不知现代意义上的“文学”这一概念，最早也是从十八世纪末才开始出现。从根本上来说，现代意义上的“文学”，不是什么自古以来传统文学的自然延伸，而是被人为制造出来的一种特殊意识形态，是伴随着工业革命、资本主义的发展和壮大、现代民族国家的形成而出现的一种文化策略。由于这种策略对传统的文学强行征用，同时更重要的，是将文学作为弥合资本主义社会秩序所导致的僵化和分裂、作为治愈资本主义精神危机的灵丹妙药，因此它一开始就是作为对传统文学的一种颠倒而出现的。不管怎么说，正是因为这种全新的“文学”观念的出现，十九世纪群星闪耀的文学格局才得以产生。因此，我们仅仅将十九世纪的文学看成是一个特例，看成是上帝赐予人类的礼物，看成是来无影、去无踪、不可解释的“神秘主义黄金时代”，是远远不够的。

事实上，文学的危机并不是从今天才开始发生的，其征兆也不是在二十年前、五十年前才开始出现。这种危机蛰伏于现代文学的内部，在现代文学的大厦奠基之初，斑驳的裂纹就已经清晰可见。自从文学被强行征用的那一刻起，“滥用”也就不可避免。自从文学一夜之间变得辉煌无比的那个时刻起，就已经埋下了巨大的隐患。就我的记忆所及，早在一百五十年前，福楼拜就已经发出“文学已死”的警告。那么，福楼拜从他所处的社会状况中，从他自身所面对的文学现实中，到底观察到了什么？

我们知道，福楼拜是一个对写作十分严谨，既现代又保守的作家。从“现代”的意义上说，他的《包法利夫人》《情感教育》作为现代小说修辞的奠基之作，对法国文学，特别是自普鲁斯特到 1950 年代的法国新小说都产生了重要的影响。从保守的一方面来说，福楼拜晚年一改《包法利夫人》《情感教育》的创作路径，写出了让读者多少有点迷惑不解的《布法与白居榭》（一八八二）。这部作品未能写完的根本原因，从某种意义上说，正因为它是无法写完的（这会使我们联想起写作《城堡》的卡夫卡）。写作《布法与白居榭》时的福楼拜，似乎是毫无来由又出人意料地陷入到了彻底的怀疑主义境地之中，与他创作脍炙人口的《包法利夫人》时的明晰与控制力形成强烈对照。这部小说写法上的回归传统，特别是描述对象的复杂和玄奥，哲理思辨层次上的晦涩艰深，构成了一种奇妙的统一体。我以为，莫泊桑对他老师的评价是十分切中肯綮的：这部小说所预设的描述对象，本来就不是什么社会生活，而恰恰是观念本身。由于种种原因，这部著作在文学界一直没有得到应有的重视。[1]

我们知道，在十九世纪之前，现代文学的实践恰恰将对“现代”的质疑和批判作为自己的首要前提，这种悖论式的实践本身就是现代文学最重要的特征之一。陀思妥耶夫斯基和卡夫卡对“现代”的质疑与批判，不约而同地指向了现代社会最隐秘的核心——法律；而福楼拜的《布法与白居榭》则将反思的锋芒指向了资本主义机制的另一个堡垒——知识和知识生产。正是从这个意义上，我认为《布法与白居榭》作为对当时社会精神困境的隐喻，其重要性甚至要超过《包法利夫人》。

生活于巴黎的两个抄写员，布法与白居榭，因对现代都市生活感到厌倦，产生了悲观厌世的情绪，幻想着离开这个世界，离群索居。一笔意外的遗产，使得两个人不切实际的计划得以实现。他们断然辞掉了抄写员的职位，出发前往乡间，隐居于偏僻的庄园别墅，将自己的余生贡献给各种知识和学问的探讨，并试图梳理这些知识与当代生活之间的关系。他们所涉及的知识领域囊括了园艺学、农学、医学、天文学、地质学、文学、历史、政治、宗教、法学、社会学，甚至还涉及骨相学和养生学。（福楼拜似乎像歌德那样，试图将人类一切存在及相关知识认真参详。作者本人为写这部著作，阅读了一千五百本以上的各类文献。）

然而，从他们抵达乡间的那一天起，各种意想不到的困

1 在《布法与白居榭》中译本问世之前，我曾多次向包括米歇尔·布托在内的法国同行请教，征询他们对这部作品的看法。出乎我的意料，他们要么没有读过，要么完全没有兴趣。

境和悲哀，一直紧紧地跟在他们身后。这其中有他们与当地居民之间的矛盾，与庄园管理者之间的争执，当然也包括他们两人之间的意见不一。但最大的绝望（尽管福楼拜一开始没有点破），是他们想象或理想中的隐居生活与现实的“所是”构成的巨大反差。钻研学问也不能给他们解决上述问题提供什么帮助。因为他们悲哀地发现，不仅各个门类、各学科的知识之间充满了矛盾和悖论，甚至在单个的知识内部，也充满着矛盾和悖谬的状况。（在卡夫卡那里，法律也是作为一个荒谬和充满悖论的存在而出现的）最后，这两个在乡居生活中被弄得焦头烂额、身心疲惫的现代隐士，终于重新回到了巴黎，回到原来的公司，重操旧业，去当一名抄写员。布法与白居榭，就像卡夫卡笔下的“急性子的年轻人”一样，对资本主义社会严酷性的估计既天真，又单纯，其结局与卡夫卡的人物完全一致。这个结尾充满了暗示性和象征意味，可以看成福楼拜的卡夫卡式的遗言。

在《布法与白居榭》中，福楼拜针对现代资本主义社会，特别是精神困境的复杂思考，其中至少有两个方面值得我们认真关注：第一个方面是福楼拜对现代知识生产的全面怀疑。它最终导致作者像列夫·托尔斯泰一样，陷入了彻底的虚无主义。但作品批判的锋芒所向，直接切入资本主义的核心区域，从一个侧面清晰地向我们展示了作者对现代的基本态度。第二个方面，通过对布法、白居榭试图重返“古代”或“传统”而遭到彻底的失败，福楼拜从另一个侧面提醒我们，集资本化、知识的专门化、民族国家体制为一体的资本主义社会，已彻底改变了人类社会的进程，它并非是传统的延续，而是一个全新的“怪物”，而“悖论”和“荒谬”就是它存在的具体形式。（关于这一点，福楼拜在写《包法利夫人》时，对此就已经有所察觉。包法利夫人和夏尔的命运虽发生于现代都市，但整个作品仍然暗含着重返“古代”的强烈动机[1]。）白居榭与布法孜孜以求的封建庄园制的理想生活，实际上已经无法复原。从某种意义上说，现代资本主义的城市，并非仅仅是对于乡村的简单反动，反过来说，乡村也不是城市地理上的对应物，城市化恰恰意味着乡村的终结。布法和白居榭的错觉在于，“乡村”或“传统”在城市化的过程中未受撼动，仍然矗立在某个隐秘的地带，他们两人只要跨过塞纳河，就可以随时投入它的怀抱。他们没有意识到，城市的发展必然包含着对乡村的彻底改造——民俗学意义上的乡村固然存在，但也已面目全非。

通过上述讨论，我们再来分析福楼拜所提出的“文学已死”的警告，就不难看出他的针对性所指，也不难看到这个警告隐喻性的内涵。考虑到在福楼拜写作的那个年代，欧洲文学仍处于上升通道之中，文学仍然是社会生活（特别是精神生活）的重要存在，严格意义上的“现代主义”小说尚未真正成型，这部作品的问世就更加意味深长了。

在一般文学史的描述中，福楼拜的创作，被认为是欧洲现

1 实际上，福楼拜写作《包法利夫人》的动机之一，是想看看堂吉诃德这样的古代骑士，在现代资本主义社会中将会有何等遭遇和命运。从某种意义上说，现代的堂吉诃德是包法利（善良、诚实）和爱玛（爱幻想、不切实际）的合二为一。

代主义的重要起点。这一观点正确与否暂且不论，我们或许可以借用这个所谓的起点，对日后成为文学主要潮流的“现代主义”，进行一番清理和考察。

从世界文学的范围来看，福楼拜在写作《布法与白居榭》的同时，陀思妥耶夫斯基也正在创作他的《卡拉马佐夫兄弟》，事实上这两部作品也差不多同时出版[1]。一个有趣的观察角度是：对二十世纪“文学现代主义”做出过重要贡献的福楼拜与陀思妥耶夫斯基，与日后实际意义上的现代主义文学运动，究竟构成怎样一种关系？换句话说，“现代主义”是对福楼拜、陀思妥耶夫斯基的自然继承，还是对他们的借用、歪曲，甚至反动？

二

十八世纪以降，随着现代版权法的确立，随着文学写作者的身份由贵族和精英转向一般大众，作者与读者之间渐渐地建立起了一种新型的交流关系。在过去的时代，在作家写作与读者阅读这样一种古老的关系中，文学的赞助人和供养人是维持这种稳定关系的重要力量之一。在作者、读者、贵族赞助人所组成的三角关系中，赞助人的角色很容易被忽略（他们的名字

---

1 《卡拉马佐夫兄弟》自 1879 年起开始在刊物连载，单行本问世于 1881 年，而《布法与白居榭》则于作者去世（1880）后的第二年发表。

往往在文学、绘画、音乐作品的“题献”中出现)。到了十九世纪末，传统意义上的赞助者日渐减少，而稳定的文学消费市场似乎已经渐趋形成，这就使得文学的作者有可能离开传统赞助人的支持，直接从市场中获取一定的回报。(在中国，“赞助人”的角色虽然并非完全不存在，但却不像欧洲那么重要。中国的文学作者更类似于某种业余的写作者，他们往往集官员与文人为一身。身或有余力，时或有闲暇，则著书立言，吟诗作赋。归隐或致仕，通常是中国文人埋头写作的开端。这也可以反过来解释文学和小说在古代社会结构中的次要和从属地位。)

确实有很多人对这样一个时代的到来感到欢欣鼓舞，对“市场”这个新兴的赞助者的出现感到欣慰。然而没有过多久，人们逐渐发现，“市场”对传统赞助人角色的替代，导致了以下一系列严重问题的出现：

首先，传统文学艺术的赞助人虽然人数不多，有时还很吝啬，但至少在经济上是不图回报的；而市场运行机制却与此截然相反，它基于一种回报或交换逻辑。那么，文学到底能够给市场带来什么样的回报呢？除了帮助市场获利之外，难道还有其他任何途径吗？这样一来，文学中一直隐藏着的幽暗内核之一，即商品属性，直接暴露于光天化日之下，让人触目惊心，却又无法回避。

其次，以中产阶级和一般大众为主体的市场经济，逐渐建立了自己的美学和价值取向。当文学写作者试图拥抱这个市场的时候，这种取向不可能不反过来对写作或文学构成某种无形而又强硬的干涉。这当然触及了写作者的基本尊严。一劳永逸的做法，也许就是向这个市场彻底臣服。二十世纪初的第一个十年，形形色色的激进主义流派应运而生，这些在“先锋派”旗号下所酝酿的运动，所要抛弃的，恰恰是传统的文学，而潜在的写作策略，无非是与这个“市场”融为一体。然而，并不是每一个作家都愿意在日益强大的市场面前放弃自己的尊严和写作的独立性，这就导致了如下的困境：他们不愿意向市场屈服，可古老的文学供养制的时代（也就是写作者天然地作为一种精英而存在的时代）已经一去不返。这个困境的压力以及在困境中寻求出路，我认为就是欧洲的“文学现代主义”产生的基本动力之一。

通常我们自然会认为，现代主义在政治上是激进的，因其无一例外地采取了对现代资本主义批判的立场和姿态；而艺术上的特征则是先锋和前卫，他们试图打破一切固有的障碍，带来了结构、文体、语言方面的重要革命，极大地丰富了文学表现的手段，并在相当程度上改变了文学发展的进程；而在作者与读者的关系方面，现代主义是蔑视大众的，同时也是反市场的。据说现代主义的标准口号可以被概括为“我写作，读者学会阅读”。最后，现代主义的实验是成功的，甚至这种成功一度被描述为是空前的。正如布努埃尔所指出的一样，超现实主义运动使得达利、艾吕雅，当然那也包括布努埃尔本人，都成了功成名就的大师。因此，现代主义在一定程度上被神圣化了。

然而美国学者劳伦斯·雷尼在《现代主义文化经济》[1]一文中，却敏锐地观察到了一种“反向运动”。至少，雷尼向我们揭示出，“文学现代主义”与资本主义市场之间的关系远非我们想象的那么简单和纯洁。

劳伦斯·雷尼通过对现代主义重要作家艾兹拉·庞德、T. S. 艾略特、詹姆斯·乔伊斯于1900年代至1930年代在英国伦敦的文学活动的描述，细致地考查了《荒原》和《尤利西斯》的问世过程，特别是作品的写作、包装、销售与资本主义市场机制之间的复杂关系。由于《荒原》在现代诗歌界的重要地位、《尤利西斯》在现代小说史上的重要影响，都是不言而喻的，因此，我认为雷尼的这种考察，无疑为我们从整体上反思现代主义文学运动提供了重要的视角。

按照雷尼的描述，《尤利西斯》的成功，是一系列隐晦而高明的市场操作的结果，其成功的奥秘不在于对市场的漠视和轻蔑，而恰恰相反，得益于对市场机制的某种竭泽而渔的利用。

一九二二年三月前后，《尤利西斯》在英国莎士比亚书店出版。而早在一年前，乔伊斯即和他的密友兼出版人西尔维娅为该书的出版进行了详细而周密的策划。他们的策略是，《尤利西斯》首印一千册精装版，分三个版次，印制在三种不同等级的纸张之上，价格也相应分为了三种。在《尤利西斯》第一版一千册图书中，前一百册的售价是三十美元，第一百零一到

1 感谢学陀先生向我推荐并复印这篇文章。

二百五十册的售价是二十二美元，而最后七百五十册的售价也达到了十四美元。如果考虑到这些书籍在市场上的实际价格的一路飙升，《尤利西斯》精装版的售价至少是普通图书的几十倍。[1]也就是说，这个策略的奥秘不在于大量销售图书以扩大市场占有率，而恰恰相反，是通过对图书的印量进行严格的控制，将书籍变成一种类似于艺术收藏品的特殊商品。因此，这是一个神秘主义的策略。

艾略特的《荒原》发表时的市场操作手法与《尤利西斯》不尽相同，但是，将文学作品变成一种带有神秘色彩的商品，从这一点上来说，两者如出一辙。艾略特和庞德的出版人本身就是艺术品的收购商，他们的策略是通过投资人的赞助和推动，使文学作品作为高价的艺术收藏品进入流通领域。伦敦的《小评论》《日晷》《名利场》等重要杂志的编辑，在没有见到《荒原》一个字的情况下，即互相竞价，争夺该作品的版权，就是一个明显的例子。不论是庞德、艾略特还是乔伊斯，他们本来计划的核心，是通过限量版的发行，或类似于艺术收藏品市场的机制，吸引资产阶级精英和投资人，然后再通过这些精英和投资人来激活市场，让大量的普通读者跟进，这样的操作手法与现代证券市场的操作模式十分类似。也就是说，这种操作的真正动机，是将读者变成文学作品的“投资人”。但具有讽刺意味的是，通过一千册高价的限量版《尤利西斯》的发行，出版

1　参见［美］劳伦斯·雷尼:《现代主义文化经济》,《现代主义》,［美］莱文森编，田智译，辽宁教育出版社 2002 年版，第 71—73 页。

人已经收回了投资成本，获得商业回报，而作者本人也得到了满意的收益，这使得作家和出版人有了一个新的发现，即普通读者是可有可无的，完全可以被晾在一边："出版《尤利西斯》的结果，非但没有证明聪明读者的意义，反而证明读者或许是多余的。"[1]

通过劳伦斯·雷尼的上述分析，我们不难发现，在每一个毛孔都渗透着鲜血的资本主义市场中，现代主义为何敢于无视普通读者的存在，为何敢于撇开这些读者，在形式乃至修辞学革命的意义上高歌猛进，为何敢于将对大众文化的拒绝作为其写作的基本策略。至少现代主义文学革命并不是文学史发展的自然阶段，而是有意识的市场运作的结果。由此，劳伦斯·雷尼得出了一个惊人的结论：与其表现形式上激进的姿态和革命行为相反，文学上的现代主义实际上是一种保守的退缩：

> 文学现代主义造成的退却是奇特的，或许是史无前例的。这是从文化生产和文化辩论的大众领域里退却，退缩到一个孤立的世界，一个集赞助、投资和收藏于一体的世界。人们对赞助的道德合理性深感不安，一齐努力把赞助纳入投资和盈利的概念之中，随后试着按照珍版图书或精装图书的形式将文学价值对象化——在作家、出版商、评论家和读者之间的关系中，这一切造成了深

---

1 ［美］劳伦斯·雷尼：《现代主义文化经济》，第 71—72 页。

刻的丕变。[1]

除了文学表现形式的实践和革新之外，文学现代主义成功地将传统的贵族供养人变成了现代资本主义市场的投资人和赞助商。但问题是，这些投资人和赞助商并不是无私的、纯洁的、不图回报的。无孔不入的市场机制渗透到文学的一切领域，投资人和赞助商当然也不能自外于这个结构。到了1930年代，随着这种投资人的减少，特别是经济危机的到来，现代主义最后不得不转向大学，在高等院校这样一个新兴市场中，找到自己最后的托迹之所。

文学现代主义成为二十世纪最重要的文学存在之后，自我神圣化的过程随之而来，其中之一就是将现代主义的出现伪装成自然的历史演进，同时重新描述文学史，从十九世纪末的作家中追认它的先贤和祖先。他们将福楼拜、陀思妥耶夫斯基，甚至列夫·托尔斯泰册封为现代主义的始作俑者，将他们供奉在先贤祠中，从而抹平了二十世纪与十九世纪文学的巨大鸿沟。我们固然不能一概否认十九世纪作家的创作与文学现代主义手法的联系，不过，存在这种联系是一回事，而将福楼拜、陀思妥耶夫斯基等人的创作内置于现代主义的结构之中则是另一回事——这就给人造成了这样一个错觉，好比说福楼拜、陀思妥耶夫斯基于1920年代在伦敦与庞德、艾略特等人一起酝酿和策

1 ［美］劳伦斯·雷尼：《现代主义文化经济》，第79—80页。

划了文学现代主义。

十九世纪那些具有创新倾向的作家与二十世纪现代主义的深刻差异，表现在许多的方面。而其中最为重要的就是作家与读者的关系。在这一点上，现代主义与其说是对那些人的继承，还不如说是一种歪曲和反动。福楼拜作品中出现了新的表现手法，如限制叙事，为大家津津乐道，但从整体上说，第一人称限制叙事与第三人称全知叙事并行不悖。在《包法利夫人》中，全知叙事的阴影甚至十分浓郁。福楼拜的实践是渐进式的，因而也是保守的，他的革新根植于一般大众知识论辩的框架之中，并未扭曲这个交流的模式，也就是说，既未使购买书籍的行为变成一种收藏，也没有使阅读变成一种神秘主义的解码过程。陀思妥耶夫斯基也许更为典型，他之所以发明"复调"叙事，并不是一种市场策略，甚至也不是单纯的艺术手法的革新。由于在俄罗斯社会生活中，"复调"，也就是"多声部性"的思想冲突和碰撞，客观上已经出现。陀思妥耶夫斯基不过是顺应了时代的变化，通过"复调"这一结构，将社会各个阶层的思想观念、观点、意识置入同一个交流关系中，让它们展开复杂对话。

而现代主义之所以是一种竭泽而渔的革命，是因为它通过对市场过分的、超前的滥用，从根本上改变了阅读和写作的关系。当然造成这种奇怪景观的责任，不应由现代主义单独承担。实际上这种运作手法本身就是现代资本主义经济的主要逻辑之一，它是迟早要到来的。如果不改变这种资本主义的生产关系、市场机制和文学观念，它仍然会变换方式，以更激进的面目出现。因此，对现代主义的反思，我认为至少要重新将视线拉回到十九世纪末，回到福楼拜、陀思妥耶夫斯基的那个所谓的现代主义的“起点”，并重新分析这个起点。

常有人说，假如纳博科夫没有前往欧洲和美国，一直按照《菲雅尔塔的春天》那样的路子走下去，他最终会写出什么样的作品来呢？相对于《洛丽塔》和《微暗的火》，是更好还是更坏？假如说詹姆斯·乔伊斯沿着《都柏林人》最后一篇《死者》那样的道路进行创作，相对于《尤利西斯》和《芬尼根的守灵夜》，其结果又将如何？假如没有后来的现代主义极端运动，福楼拜的文学实践又会在后来的文学进程中引发怎样的变化？历史是无法假设的，更何况我们自己也置身于这样一个具体的历史进程中，但上述问题对于我们重新思考文学现代主义并非没有价值。

3

从尼采、海德格尔到福柯，在西方思想界对于“现代性”的批判中，“现代文学”一直是其中最为重要的核心之一。其内在依据主要是，由资本主义机制催生的新闻和商业出版，直接导致了现代文学的产生，而现代文学（尤其是小说）也反过来强化了民族国家的形成。而在非西方的殖民地国家和地区中，现代文学对于社会、语言和文化上的民族主义产生了更大的影响。这也就是本尼迪克特·安德森在《想象的共同体》一书中所论述的重要问题。经典马克思主义对资本主义的批判虽不常涉及文学问题，但自卢卡契以后，运用马克思主义的方法对现代文学的批判已经成为一种相当普遍的风气。尽管马克思主义的革命理论到了二十世纪七十年代逐渐衰落，但对现代文学的质疑和批判从未停止。马克思主义的批判话语已经像粉末一样，弥漫于俄国形式主义、法兰克福学派直至后结构主义的文学空间中。

在亚洲，正面对现代文学这一概念提出质疑并加以批判的，是日本的柄谷行人。他的《日本现代文学的起源》并非通过回溯传统来揭示现代与传统的分裂，而是追溯日本现代文学是如何起源的，特别重要的，是这种起源如何构建了文学观念、特质乃至手法方面的一系列的“颠倒”。事实上，在西方现代性的威胁和影响之下，亚洲国家的现代文学进展较之于西方现代文学，并不是次一级的存在，相反，它比西方更为典型和复杂。正由于这个原因，柄谷的这部著作可以带给我们更多的思考。

在《日本现代文学的起源》中译本的序言（二〇〇三）中，柄谷行人通过对 nation 一词的词源学分析，揭示出这一概念一旦确立，它是如何改变并遮蔽实际上的社会现实和历史的。他认为：“民族国家成立后，人们将以往的历史也视为国民的历史来叙述，这正是对 nation 起源的叙事。其实，nation 的起源并非那么古老遥远,毋宁说就存在于对旧体制的否定中。”[1]从文学角度来看，情形也大致相仿。

正如我们在前文所谈到的那样，现代主义一旦确立并获得合法性之后，首先要做的就是对它在十八、十九世纪乃至更远的历史中追溯其起源，仿佛文学现代主义不是一个全新的东西，而是传统的自然延续，只不过是现代主义历史长河中的一个典型阶段（很多人认为还是“最高的阶段”，比如“后现代主义”一词的发明，就是这种意识的集中反映）。而整个现代文学也在追溯它的传统起源，仿佛现代文学产生以前的全部文学史都是对它的出现所做的必要准备。由此我们不难理解，柄谷行人在批判现代文学的同时，强烈反对追溯起源走得太远而落入陷阱。如果现代文学的任何现象都是“古已有之”，那么这种追溯事实上就成了一种掩盖，同时也是对现代文学合理性的强化，从而忽略掉现代文学产生过程中的一系列重要的反转和颠倒。所以，《日本现代文学的起源》也暗藏着这样一个动机，那就是对文学史研究中追溯起源方式的批判。

在柄谷行人看来，整个现代文学之所以已日暮途穷，其重要表征不仅仅在于，这个现代文学已经丧失了其否定性的破坏力量，成了国家钦定教科书中选定的教材，成为文学的僵尸；同时更为重要的是，现代文学根植于资本主义制度模式—民族—国家三位一体的固化圆环之中。如果不能打破这个圆环，

1 ［日］柄谷行人:《日本现代文学的起源》中译本序，赵京华译，生活·读书·新知三联书店 2003 年版，第 4 页。

文学就不可能获得新的生机。[1]

由于沦为半殖民地的这一历史事实，由于日本对中国的侵略，中国近代社会的现代化进程与日本很不一致；由于日本文化和传统汉学之间的关系，由于中国现代社会接受西方文化影响的渠道方面，日本是一个无法忽略的存在（我们仅举出东洋一词，即可以看出近代日本在中国人心目中的暧昧存在）；因此，中国现代文学的进程，较之于日本，既有相似的地方，也有很大的差异。因此，我们在对中国现代文学进行整体性的思考时，必须依据不同的事实，做出全新的描述。然而，中国文学界对现代文学的思考呈现出普遍的惰性、混乱和麻木，令人吃惊。我认为，这种惰性和麻木主要表现在以下几个方面：

首先，西方话语、西方中心主义乃至于全盘西化的话语在今天中国的现实中，仍然是一个顽固的意识形态。与晚清至五四那些激进主义知识分子所不同的是，对西方化话语的肯定和膜拜，并不是作为一种启蒙话语而被尖锐地提出来，在当今的社会中，其表现多半是隐形的、潜在的，但是却扎根于心理意识的深处。现代西方，作为一个神话化的进步象征，仍然在不知不觉中宰制着我们的价值判断，不管这种宰制是一种明确的意识过程，还是无意识的。即便在中国获得完全的国家独立，经济获得空前的飞跃式发展的今天，也是如此。从文学上说，在中国写作，到西方领取奖赏和肯定，这样的写作心态依然随

1　参见［日］柄谷行人：《日本现代文学的起源》中译本序。

处可见。诺贝尔文学奖，西方电影节，《纽约时报》的关注，都是这种褒奖的重要形式。我这里当然不屑于去描述一种更为糟糕的情境，利用中国和西方不同的政治差异，人为地制造文学的政治性事件，来获取利益——从表面上说，这种操作方式反映的是政治见解、价值判断的差异，但实际上其背后的推动性力量则相当暧昧。我的意思当然不是说，文学不需要对正义、道德的承担，不需要政治性，不需要对社会的尖锐批判，而是说，这种政治性和价值诉求在多大程度上成了一种故作姿态的表演，成了某种功利目的的外衣。由于这样的情形在二十世纪九十年代以后大量出现，并愈演愈烈，无疑值得我们关注。

第二，我们总是将西方看成是一个一成不变、铁板一块的概念。从空间和时间方面来说，我们一度把外国等同于西方，一度把东欧、西欧和美国都看成同一概念，把古希腊、文艺复兴、巴洛克、古典主义、浪漫主义、现实主义、现代主义，看成是同一个西方。在二十世纪八十年代中国的文学创作和批评中，这方面的混乱表现得尤为突出。其中最为重要的，我们用十八世纪以后（福柯认为是十九世纪以后）才得以出现的“文学”这个概念，来指称所有的西方语文，而无法认识到即便在西方，现代文学乃是作为对其传统的一种反动或颠倒而出现的。

第三，十九世纪中期以来，随着西方的“现代文学”通过政治和军事的征服影响中国，中国所谓的现代文学与西方意义上的现代文学在功能、目的、文化策略方面的巨大差异不难看到。简单地说，我们必须加以区分的关键在于：十八世纪以后文学在西方资本主义社会中扮演了何种角色？而在救亡图存的巨大政治压力下，这种现代文学试图在中国扮演怎样的角色，实际上又扮演了何种角色？更重要的是，在近代帝国主义征服中国的过程中，西方的文化话语、殖民主义政治话语与殖民过程构成了怎样的关系？这种殖民话语在当今又是如何被继承并改换面目而出现的？

第四，随着中国经济的高速增长，随着分配所导致的中国社会的急剧分化，随着当代国际政治空间和经济格局的微妙变化，二十世纪九十年代以来，一种“反西方”的思潮在中国悄然出现。这种思潮在某种程度上说是非理性的，要么向狭隘的民族主义靠拢——我们似乎忘记了法侬的重要警告，民族主义和殖民主义实际上是一回事，只不过方向相反；要么向所谓的传统回归——我们忘记了这个传统不仅无法回去，事实上甚至无法复原，通过“古已有之”这样的论调来为西方现代文学做注解，只能反过来强化这一现代性结构；要么重新回到“毛文学”，回到“十七年文学”，将文学重新政治化、道德化——我们要摆脱一种宰制的努力，为什么总是要寻求另一种宰制取而代之？由于这种思潮的种种表现形式的交互作用，中国近二十年的所谓复古运动、国学运动、底层文学运动，皆应运而生。作为对现实危机和困境的一种简单化反映，这些盲动不仅无助于问题的解决，反而加剧了混乱的状况。举例来说，由大众化传媒所主导的“讲经”和国学热，从表面上看似乎意味着一种对传统的回归，但它以市场占有率为旨归、以出版利润为目标的操作方式，耸人听闻的传播模式，都深深地依附于当代资本主义的经济关系，甚至构成了对这种经济关系的前所未有的滥用——它不仅构成了传统知识的曲解，同时也是对所谓传统的扭曲和讽刺。

与二十世纪八十年代的“新时期文学”对西方现代文学的盲目拥抱所不同的是，九十年代以后的文学（包括一部分所谓80后文学）所拥抱的并不是西方现代主义，甚至也谈不上西方文学，而是其背后的市场机制。因此，就对市场的依附关系而言，九十年代的文学并不是对八十年代文学的解放，而是对它的反动，表现出对市场的更深的依赖。八十年代的文学对西方现代主义文学的盲目推崇，从一定意义上来说，是对西方的误解和幻觉而导致的，而在九十年代，对市场的利用一开始就是一种主动的策略。这种策略之所以被认为是合理或合法的，其根源在于现代版权制度的保护。而现代版权法之所以会在写作活动与个人财富的占有之间建立牢固的联系，其背后的资本主义文化逻辑的作用一目了然。我们心安理得地在享用现代版权法获利的同时，完全忽视了现代版权法的出现，本来就是一种颠倒，我们忘记了在相当长的人类文学发展时期，作家的写作没有任何商业利润这样一个事实。这些在消费主义旗号下所进行的文学实践，由于迫不及待地要去文化—市场的银行中提前支取丰厚的利息，而置整个文化生态的良性循环于不顾。这不仅与中国社会经济发展的一系列“畸变”具有内在的一致性，同时也和1910年代至1930年代现代主义在伦敦的文化策略遥相呼应——所不同的是，现代主义归根到底从一开始只是一种策略和“权变”而已，它毕竟留下了大量的优秀作品和重要的思考，而中国九十年代以来的文学，却将这种文化策略完全当成了自己的目的；现代主义对市场的利用与对市场的批判构成了极为复杂的悖论关系，而中国九十年代后的文学则干脆将市场销售的数量作为衡量文学作品价值高低的唯一标准。

真正意义上的文学在进入九十年代以后，似乎忽然“盹着”了，进入了集体休眠的状态，而倒是在为精英文学所不屑的电视剧制作领域，出现了某种新的活力。但这种活力对于文学创作而言并非福音，至少，它向文学也发出了这样的警告和质问：当文学（特别是小说）赖以存在的“故事”被电影和电视攫取之后，沦为次一级存在的“文学”，其根本出路何在？这是否意味着我们要把乔伊斯以来现代主义精英的老路再走一遍？或者通过宣布“文学已死”而根本取消这一焦虑，进入某种狂欢化的时代？

实际上，文学不会死亡，正在死去的是现代意义上的文学。

我在本文中所提出的“现代文学的终结”这一概念，并非指向作为一个研究领域而存在的现代文学学科本身（但即便是在现代文学研究的内部，同样的尴尬、暧昧、困境和危机也十分明显，近些年所兴起的跨文化研究和跨学科研究，既是危机的信号，同时也是现代文学研究重新寻求出路的征候），甚至也不是对当今文学创作的简单批判，而是针对支撑当今文学研究和创作的社会文化机制，针对自十八世纪以来以现代版权法为基础，伴随着资本主义发展和殖民主义扩张而形成的整体性的现代文学观念以及相应的文化策略。

如果我们不走出这种“现代文学”总体观念的禁锢，不走出资本—民族—国家三位一体圆环的循环，真正意义上的文学的出路便无从谈起，文学中最宝贵的解放和超越力量，也不会重新焕发出应有的光彩。

伯格曼的微笑

是相非相

沉默

一九七五年，英格玛·伯格曼终于如愿以偿地将莫扎特的歌剧《魔笛》搬上了银幕。早在影片《最可怕的时刻》（一九六七）中，伯格曼为了增加影片的恐怖气氛，穿插了木偶剧《魔笛》的片段，用来召唤那些他所熟知的幽灵。伯格曼对于歌剧《魔笛》的迷恋，也许是源于他一生中对音乐的热爱。因为在他看来，没有什么艺术比音乐更像电影。另一个原因是，他认为莫扎特的《魔笛》中包含了这个世界最重要的真实和奥妙。伯格曼曾通过女钢琴家安德丽亚之口说出了他的一番疑虑：作为天主教徒的莫扎特为何会选择巴赫的大合唱？唯一的解释也许是：爱是超越一切的。

拍摄《魔笛》时的伯格曼，正处于一生中最幸福的时期之一，欢乐和安宁的情绪奠定了这部影片的基调：幽灵被驯服了。影片展示给观众的是一个金碧辉煌和光彩夺目的童话世界，就连地狱的想象和幻象都是那么绚丽而富有幽默感。对于那些熟悉伯格曼电影的观众来说，《魔笛》的确是一个不可多得的特例——它让我们看到了伯格曼的另一面：温文尔雅、明朗和优美。这部影片一经问世，就成为众多歌剧发烧友的经典收藏。在电影的拍摄过程中，伯格曼也加进去了一些歌剧舞台之外的因素：序曲阶段观众的面部特写、幕间休息时演员的换装和交谈、一个小女孩自始至终凝视着舞台的那张纯洁动人的脸等等。然而，在这部歌剧中，我们多少也能找到一些伯格曼影片中反复出现的主题，比如说，受难和拯救、充满陷阱幽灵出没的世界图景、人与人心灵的隔膜，诸如此类。与伯格曼的电影一样，《魔笛》中的上帝也是沉默不语的。当王子三次试图探询上帝的秘密时，他都遭到了坚决的拒绝。至少，在伯格曼看来，一个尘世中人要想获悉上帝创造这个世界的密码，除了把自己变成上帝之外，他没有别的办法。而伯格曼总是不厌其烦地告诉我们，上帝是不存在的。《魔笛》中的主人公最终都获得了拯救。与其说这是由于爱的力量，还不如说是因为幸运。

我们知道，伯格曼电影中的人物并不总是这么幸运，或者说，绝大部分人物都是相当不幸的。这些人物大多由精神病患者、处于弥留之际的教授、受病痛折磨的妇女、失去了信仰的牧师等角色组成，他们几乎无一例外地处于某种孤绝状态。伯格曼一度把这种孤绝归咎于上帝的缺席。但不管怎么说，在伯格曼早期的电影中，上帝还是存在的。问题是，它总是对这个世界的苦难熟视无睹，一声不吭。在《处女泉》（一九六二）中，杀戮和复仇都在一种极其平静的氛围中展开。故事推进得相当缓慢，就像是履行一场繁冗的宗教仪式——当影片中的父亲决定为女儿报仇的时候，他首先想到的就是去砍桦树枝抽打自己的身体，然后去一个木桶里洗澡。画面中除了黎明的风和树枝抽打身体的声音之外，没有一句台词。导演这样处理是有理由的，他或许相信，整个事件都是在上帝和观众的双重注视下发生的。正是这种静穆让观众听到了主人公向上帝的发问。然而上帝一言不发。唯一显示上帝存在的依据，是被奸杀的少女身体下汩汩流出的泉水。这是一种超自然的力量。

伯格曼在谈到自己与宗教的关系时，曾这样说："对我来说，宗教问题始终伴随着我。对它，我从来没有不曾关切的时刻；每日每时都是如此。"然而，在早期创作中，对于伯格曼卓越的想象力而言，上帝既是一个资源，又是一个障碍。他采取的方法就是通过超自然的象征物直接与上帝展开对话。超自然的力量作为上帝存在的隐喻在伯格曼早期的影片中比比皆是：在《魔术师》中，它是肆虐的闪电和暴风雨；在《野草莓》中，它是梦中的棺材；在《沉默》中，它甚至是街上行驶的坦克。

如果要在伯格曼的所有影片中，找出一个贯彻始终的意象来说明人与存在的关系，那么，恰当的意象无疑是挂在墙上的古老的时钟。伯格曼是如此喜爱这个意象，以至于从《夏夜的微笑》(一九五五)到《芬尼和亚历山大》(一九八四),他都频繁地使用了这个道具。这并不是一个偶然的现象,上帝的形象与时间合二为一的趋向,贯穿了伯格曼的大部分创作。虽然座钟或挂钟仅仅是作为一种不参与情节发展的道具而出现,但它沉重而清晰的嘀嗒声,又使观众无法忽略它的存在。尽管伯格曼本人认为,对于宗教和上帝问题的思考常常使他陷入一片混乱,但在我看来,拍摄《沉默》三部曲时的伯格曼其思路是相当清晰的,甚至是过于清晰了。作为一个牧师的儿子,他的童年生活受到了宗教气氛的压抑是明显的,记忆也给他带来了不安的想象,这些被压抑的力量迫切需要找到一个释放的适当出口。

一九六二年问世的《冬日之光》是伯格曼最优秀的影片之一,这部影片十分简洁的画面处理与人物内心的急剧波动形成了强烈的反差。失去了信仰的牧师,同时也失去了爱的能力,他实际上已经变成了一具枯干的僵尸。但问题是,他本人尚能够清醒地看到这一点。精神生活的重压,从两个方面轮番对他发动袭击:其一是通过一名被原子弹吓破了胆的渔夫的纠缠而展开,渔夫自杀的冲动深深地感染了牧师,也使得牧师的恐惧变本加厉;另一个力量来自于深爱着他的女教师,她的爱情对牧师来说更具有讽刺性。她就像一面镜子,照出了牧师的麻木、空洞、腐朽。在万般无奈之下,他只得一遍又一遍地向他的上帝求援,同时,一遍遍地喃喃自语:上帝沉默着……上帝沉默着……上帝沉默着……

在拍摄《沉默》三部曲之后，所有直接对上帝的发问包括神秘的超自然的意象，都从他的作品中消失了。“我与整个宗教上层建筑一刀两断了。上帝不见了；我同地球上所有的人一样成了茫茫苍穹下的独立的一个人，同时也感到十分激动。”他的兴趣转移到了日常生活、婚姻、文化批判等一系列世俗主题上来。然而，严格地来说，有关上帝的思考并没有完全敛迹。它只不过改变了思考的路径和形式，或者说，它被日常生活化了。上帝存在的象征让位于生活意义的隐喻；真理让位给真相，各种超自然的力量让位于时钟所象征的时间。但日常生活的真相、生命的意义、个人痛苦获得抚慰的途径，甚至人与人交流的可能性成了另一类问题，正像《魔笛》中的神祇对王子的答复一样，世界仍然是缄默不语的，心灵是封锁的，一切重又归于沉寂。生活中的每一个人都被各自的局限压得喘不过气来，既无力支配自己的命运，也无法对别人施以援手，最为常见的生活形态就是冷漠，各人仍然处于孤绝状态。

波·维德伯格曾批评伯格曼在影片中反复谈论上帝，用有关上帝的思考来代替人与人之间最为迫切的问题，因而歪曲了瑞典的民族性格，故意制造有关瑞典的低劣的神话来迎合外国人的口味。这一批评在我看来是有欠审慎的。因为上帝、真理、获救、生命的奥秘、日常生活的意义在伯格曼那里始终是同一个问题。应当这样说，伯格曼并非是从抽象的上帝概念出发来演绎日常生活；而是相反，他从日常生活中个人的孤立无援被迫导出了对上帝的发问。

说话

有一次，伯格曼偶然看到剧组的两位女演员伸出各自的手在阳光下比较。她们也许只是出于好奇，比一比谁的手长得更好看。可这一场景深深地迷住了伯格曼，他觉得两个女人在阳光下比手，简直是太富有诗意了。他几乎立刻决定将为这一场景写一个电影剧本，并把它搬上银幕。问题是，实际拍摄出来的电影（《假面》，一九六六）却并未表现出相应的诗意，最初促使他创作、给予他灵感的那个核心场景在影片中也并未占据突出的地位。但在“阳光下比手”作为一个比喻，还是糅进了《假面》的创作中。在伯格曼看来，也许两个女人伸出的不同的手可以被看成同是一双手，因为在阳光的照耀下，两双手同样优美，看不出区别，推而言之，一个人可以是另一个。我觉得，在创作之初，伯格曼显然已经打算将这两个女人合而为一了。有些评论者认为，《假面》是伯格曼最好的影片，我以为，把它称为伯格曼最费解的影片也许更合适。伯格曼从来都拒绝直接评价和解说自己的影片，从一个单纯、优美的画面基础上发展起来的影片显然偏离了初衷，但我们如果把它放到伯格曼一生的创作中去考察，还是能够看到主题上的承继关系。

女演员伊丽莎白在扮演一个心理病态的角色时突然变得沉默不语。她是精神上出现了什么问题，还是故意不说话，导演自始至终都没有交待。医生建议她去海滨疗养，一个名叫阿尔玛的护士陪伴着她。在疗养过程中，伊丽莎白始终一言不发，而阿尔玛则向伊丽莎白谈起了自己的身世，絮絮叨叨，没完没了。而且阿尔玛所谈论的内容与整个剧情看不出有什么关联。开始的时候，她只是为说话而说话，不连贯的、没有意义的台词充斥了整个影片。到了后来，阿尔玛发现她所照顾的对象竟然没有说过一句话，这一点连她也感到不安，尤其是当她从伊丽莎白的眼神中看到了傲慢与冷漠时，她变得愤怒了。她开始千方百计地引诱伊丽莎白说话，自己也变得歇斯底里。她发现伊丽莎白在写给医生的一封信中用轻蔑的语言谈起自己，遂开始粗暴地强迫后者说话，甚至威胁用沸水去浇她。最后，伊丽莎白说出她在整部影片中唯一的台词：没有。

伊丽莎白对阿尔玛的确具有某种程度的优越感，但这种优越感在某些批评家的笔下，被解释成了绝对权力。比如，乌利希·格雷戈尔就认为，伊丽莎白依靠阿尔玛生活，直接吸吮着她的膏血，两个女人的关系中的吸血鬼这个主题在影片里表现得非常明确。他进而认为，“在这个主题里暗含着对寄生虫式的艺术家生活的抨击”。这一看法显然过于表面化了。实际上正如前文所说，伊丽莎白和阿尔玛完全可以被看成是同一个人，伯格曼在影片中不时通过摄影将两张脸置于同一个画面之中，就像两个女人的手被放置在阳光下比较一样，这两张脸有时甚至重叠在一起。导演的暗示是再明显不过了：一张脸与另一张脸可以互为镜子，沉默与说话也是如此。我觉得《假面》的主题是伯格曼一九六三年拍摄的《沉默》主题的延续，只不过，宗教的阴郁背景淡化了，取而代之的是富有诗意的幻觉画面。在《沉默》中，姐妹俩带着一个小男孩旅行到了一个陌生的国度，所有的一切都构成了压力，他们听不懂那里的任何语言。当小男孩用清澈的眼睛打量饭店的走廊、擦灯的侍者和一群侏儒的时候，我们似乎能够听见他在说话。

伯格曼非常善于通过静默来表现声音，通过人物的行为来表达内心激烈的思想波动。在《马戏团》中，当马戏团老板发现他的妻子背叛了自己，他与前妻、孩子之间的隔阂难以消除，他终于陷入了孤立无援的境地的时候，似乎失去了控制，决定反抗。但他拿这个世界有什么办法呢？他只象征性地开枪杀死了马戏团的一头熊而已。影片的结尾极其令人难忘：马戏团又要上路了，背叛了他的妻子撑着一把花伞远远地看着他，似乎在等待着他做出抉择。老板显得犹豫不决。他当然可以抛弃这个女人，解散马戏团，与这个世界决一死战，但就像《城堡》中的那个K即便发现了荒谬仍然不可能离开城堡一样，或者说像现实中的芸芸众生一样，选择成了被选择。他默默地走到了妻子的伞下，默默地上路，他们的背影消失在了地平线上：问题没有解决，生活还要继续。整个画面长达数分钟之久，没有一句台词，但主人公和导演本人内心的声音却表达得异常清晰、完整和准确。

从另一个方面来说，“说话”在伯格曼的影片中往往却意味着静穆。在《假面》中，护士阿尔玛滔滔不绝的说话映衬出了伊丽莎白的沉默。说话与沉默，是同一个人的白昼和夜晚。伯格曼恰如其分地揭示了语言的性质：语言之于它的所指物、谈话之于情感交流存在着巨大的缝隙，这个缝隙在很长一段时间变成了伯格曼展示自己想象力的舞台。

一九七二年拍摄的《喊叫与耳语》在伯格曼的影片中占有十分突出的地位，也是伯格曼争议最多的影片之一。影片讲述了三姐妹在一座古老庄园相会的故事。三个人都深陷于各自的烦恼中不能自拔，老二考琳将自己一生的失败全部归咎于她的那个颇有绅士风度的丈夫，婚姻生活的压抑和冷漠将她推到了疯狂的边缘。她把打碎的玻璃杯的碎片塞入阴道，将血抹在自己的嘴唇上或许是一个双重的象征：既是对自己病态的惩罚，也是对婚姻的极端仇恨。妹妹玛丽亚醉心于性游戏，正是这一点，导致了丈夫的自杀。来到庄园之后，她唯一关心的事是勾引前来为大姐看病的医生。然而，倘若要医治干枯的心灵，“性”未必是一剂良药。两人在影片中的对话不多，但却十分耐人寻味。医生从玛丽亚的嘴唇上看到了冷漠、自私、刻薄，而在玛丽亚看来，医生投射在镜子中的那张脸也镌刻着同样的内容。这两个人也是互为镜像。大姐安德里斯处境最为悲惨，因为她身患绝症，已不久于人世。整个故事中，安德里斯的弥留与死亡是中心事件。

影片中的大部分场景在“病榻”和“客厅”之间来回切换。病榻是喊叫的场所，每当病痛袭来，安德里斯所能做的只有喊叫，伯格曼在处理“喊叫”的声音时显然经过了一番深思熟虑。那是一种粗犷的、不加任何掩饰的、绝望的喊叫，那是巨大痛苦的自然分泌物。安德里斯的喊叫同时朝向两个对象：上帝和姐妹们，前者部分重现了伯格曼的宗教主题，后者则暗含着对亲情、温暖和交流的吁求。当然，安德里斯不可能不知道，无论她的喊叫针对哪一个对象，她注定得不到实质性的回应（安德里斯死后，牧师用冷冰冰的口气宣布道：上帝以为，安德里斯无力承受尘世的苦难，因而把她召去了；而两个妹妹对她喊叫的反应则是：她故意用喊叫来嘲笑我们）。虽然她知道自己的喊叫得不到回应，但她还是在喊叫中竭尽全力，其中包含了对人生痛苦、绝望、悖谬的抗议。相对于病榻，“客厅”则是“耳语”的地方。考琳和丈夫，玛丽亚和医生，考琳和玛丽亚一刻不停地窃窃私语。那些声音有时较为清晰，有时，交谈的内容观众甚至无法听明白，不过是一些嘈杂的人语、叹息和呻吟而已。伯格曼故意不让观众听到说话的内容，当摄影机的镜头摇向她们的脸，她们的眼神是僵滞的，目光是空洞的，表情是静默的。导演的用意十分明显，持续不断的耳语只不过是交流的障碍的另一种形式，是人物内心不安和绝望的声响，并无多少实质性的内容。

客厅的内景被处理成深红色（实际上，整个影片也以偏暖的红色作为基调），它无疑是人的内心世界的一个隐喻，是渴望交流的背景，在这样一个背景中，言谈和说话实际上却滑向了无言。耳语与喊叫，作为说话的两种不同的方式，所指向的中心还是隔阂。这使我们多少想到了加缪的那句名言：真正的无言不是沉默而是说话。

微笑

我是在二十世纪八十年代中期开始接触伯格曼电影的，后来又糊里糊涂地在大学的电影专业开了一门“伯格曼与欧洲电影”的选修课，主要介绍伯格曼、布努艾尔、安东尼奥尼、费里尼的电影。选修的学生本来就不多，往往一场电影放下来，学生们甘美的午觉就该醒了；环顾教室，逃课的学生常有三分之二。我记得，最少的一次，教室里只有四个人。再后来，有一些学生向系里提出了抗议，说某某教师总是将他个人的偏见强加给我们，伯格曼，什么老掉牙的片子……系里当时主管教学的副主任还很严肃地找我谈过一次话，让我注意同学们的情绪。我虽然很想改进教学方法，但伯格曼就是伯格曼，我又不能把他的电影重拍一遍来照顾同学们的口味，所以收效不大。最后这门课，也就糊里糊涂地停掉了。不过，就我个人而言，跟着五六个对我“死心塌地”的学生一遍又一遍地观摩伯格曼的影片，倒也是一件十分有趣的事。说实话，对于伯格曼的电影，我从未感到过厌倦。直到最近，我在重看他的《夏夜的微笑》时，依然觉得兴味盎然。

《夏夜的微笑》拍摄于一九五五年，是伯格曼早期电影的代表作之一。导演通过男仆福里德之口告诉我们，北欧夏日的夜晚要微笑三次：第一次是从午夜到黎明，地平线露出温柔的曦光，它是送给年轻的恋人的；第二次，天空破晓，鸟声啾啾，夏夜的微笑献给丑角、傻瓜和无可救药的人们；第三次微笑出现时，天光大亮，这次微笑是送给那些愁苦、忧郁、失眠、迷惑、担惊受怕和孤独的人们。一九九六年盛夏，我在斯德哥尔摩郊外的一个湖边，透过木板房的窗户，留意着午夜的天空，期待着夏夜微笑的降临。大概是由于缺乏耐心，我很快就睡着了，结果什么也没看到。如果不把《魔笛》包括进去，《夏夜的微笑》也许是伯格曼唯一一部带有轻喜剧风格、有着圆满结局的影片。这个时期的伯格曼，还没有来得及把自己变成一位哲学家、神秘主义者和所谓的现代派叙事大师。正因为如此，这部影片能够较好地帮助我们理解伯格曼电影中那些极容易被人忽略的重要因素。

一些批评家（包括电影史的作者），总是习惯于把伯格曼描述成一位带有明显精神分裂症倾向的绝望的艺术家。正是这一点，吓退了许多不求甚解的观众。在我看来，伯格曼不免有些悲观，但描述绝望并不是他的唯一使命，他对人在现代社会的孤独状态的描述，其真正意图在于寻找人在孤独之中沟通的途径；他对宗教问题的关注，是在思考一个没有上帝的国度中人的存在所可能具有的意义；他对现代资产阶级社会的批判是着眼于找到一条拯救心灵危机的道路。说伯格曼由于个人主义世界观的局限性而看不到，也不可能看到出路，未免太过轻率。实际上，他至少提出了部分答案，只不过他的回答拒绝用虚伪的乐观主义来敷衍了事。这一点，有些类似于奥地利作家卡夫卡。正因为如此，我们不难理解，在绝望的生存背景中我们总是能够同时感受到诗意、温暖和感人至深的精神慰藉。

对伯格曼来说，诗意和慰藉的重要来源之一就是记忆，这一点尤其容易被伯格曼的研究者所忽视。在导演晚年所撰写的自传《魔灯》中，伯格曼认为，记忆，尤其是童年生活的记忆构成了自己创作的直接动力。有一次，作者离家多年后返回家乡，听到教堂的钟打着五点，忽然想到，当他推开自己的房门时，屋内的景象与自己的记忆究竟会有多大的反差，正是这个念头促使他拍摄了《野草莓》。这部影片的结尾，当弥留之际的老人回想起自己五六岁时父亲带他去河边钓鱼的情景，影片的格调突然变得宁静而优美。在《喊叫与耳语》中，大姐安德里斯死后，导演透过她的日记，展示了一幅绚丽的画面：三姐妹回到了少女时代的花园，她们打着花伞在树林中散步，荡着秋千。她们有说有笑，亲密而温馨。而在一九八四年拍摄的《芬尼与亚历山大》中，类似的画面更是层出不穷。这部影片被认为是伯格曼一生创作的总结，其重要的推动力仍然是童年记忆。影片中最让人难忘的镜头就是亚历山大所珍爱的那架幻灯放映机：寂寞的小男孩独自一个人轻轻地旋转着幻灯机的转轴，充满诗意的童话故事投射在对面的墙上，在“咔咔”的换片声中，夜晚静谧无声。顺便说一句，《芬尼与亚历山大》这部影片在苏联放映时，彼得堡（列宁格勒）的观众在电影结束后爆发了大规模的游行，观众情绪失控的理由之一，就是伯格曼所展示的波罗的海另一侧的生活，帮助他们恢复了一度失去的对传统的记忆。

伯格曼对记忆的开掘当然不是仅仅停留在个人的视野之中。在他看来，从一个更广泛的领域整合个人的记忆包括文化记忆，是克服当代社会生活分裂的重要途径。从某种意义上说，这一记忆最好的保存者大概就是那些目不识丁的仆人一类的角色。

据此，我们也可以理解，在这些人物身上伯格曼为什么会倾注那么大的热情。《夏夜的微笑》中的福里德和彼得拉，《喊叫与耳语》中的女仆安娜，他们不仅人格健全，而且充满了旺盛的生命力。

在叙事语言的层面上，将伯格曼描述成一位现代主义的大师是又一个误会。尽管在精神气质上，伯格曼的确与斯特林堡、卡夫卡等人有共通之处，但他的相当一部分电影都拍得简洁优雅；叙事风格内敛而朴实，与布努埃尔和安东尼奥尼的现代主义电影叙事语言迥然不同。《处女泉》、《夏夜的微笑》、《冬日之光》，甚至还包括《喊叫与耳语》在表现技法上虽然使用了一些隐喻和象征，但总体而言，电影语言的简朴犹如舞台戏剧。早在一九四五年，当伯格曼拍摄他的第一部影片《危机》的时候，就发誓要走一条完全不同于好莱坞的道路。他的艺术信条是：简单而深入人心。

布努埃尔与超现实主义运动

如今，现实已经在远离艺术家的梦想了。这句话并非源于路易斯·布努埃尔之口（如果我记得不错，它是罗兰·巴特在死前写给意大利导演安东尼奥尼信中的一句话），但在《我最后的叹息》中，布努埃尔不止一次重复过这句话的意思。一条船远离了现实的堤岸，既没有方向，亦无归宿。晚年的布努埃尔在回顾超现实主义运动时充满了无奈、茫然若失的情绪："今天我们在与不计其数的各种力量的关系中，在不断变革的历史现实中来衡量超现实主义所占据的卑微位置。被如地球一样宏大的梦想吞噬之后，我们什么都不算，不过是一伙儿傲慢的知识分子，只会在咖啡馆里大放厥词，出些杂志而已；只是一小撮一旦在行动中必须面对要强行和直接做出的抉择时，就会四分五裂的理想主义者。"

在布努埃尔拍摄的近三十部影片中，你固然不难发现主题或题材的复杂与丰富——宗教，暴力与极权，爱情，欲望，性倒错，社会学记录，诸如此类，但导演的隐晦批判锋芒（布努埃尔很喜欢用“隐晦”这个概念）始终指向资产阶级为主体的社会本身。我们不需要频繁引用《无粮的土地》（一九三二）中的经典镜头就能说明导演的社会学意图。我想说的是，从《一条安达鲁狗》（一九二八）到《欲望的隐晦目的》（一九七七）这一意图始终存在，他从来没有偏离，更没有背叛。这是作为一个电影艺术家的布努埃尔与作为一个政治妄想狂的布勒东最重要的区别所在。

在二十世纪三十年代的巴黎，布努埃尔与达利、布勒东、尤奈斯库、艾吕雅、本哈明·哈雷特等人保持着较为密切的接触。每一个人都从自己的立场来解释所谓的“超现实主义”。用布勒东的话来说，“超现实主义最简单的行动就是拿手枪上街随意向人开火”。这样的逻辑在今天看来实在荒唐，但它不可能不对年轻的布努埃尔产生影响。举例来说，在影片《资产阶级隐秘的魅力》中有一个使人难忘的镜头：米兰达共和国的大使操起一杆猎枪朝街上的行人瞄准。就在观众以为他只不过是无聊中摆弄一下枪支之时，枪声就响了，子弹击碎了玻璃，街上一名年轻的女游击队员抱头鼠窜。后来，这个镜头在《自由的幽灵》（一九七四）中再度出现。布努埃尔一生都对暴力充满了兴趣，但这一兴趣大部分时间都不过是一闪而过的意念而已，布努埃尔对“超现实主义”的迷恋是一种象征。用他自己的话来说：“如果一个人感觉到世界如果继续存在是耻辱，那他就应该甘愿炸毁它，并与之同归于尽。”这当然是最极端的说法。

如果说需要我们指明布努埃尔电影中那些复杂的态度、见解、意图和潜在意念，我们也许会无所适从，但假如将问题变成“布努埃尔的电影中没有什么”时，回答这个问题就变得轻而易举了。我的答案是，没有甜俗的画面。没有什么人比布努埃尔对甜俗的画面，即所谓的诗意或“美”更反感的了。有一次，他在爱森斯坦的影片《感伤曲》中看到随风波动的麦田里有一架白色的钢琴，几只天鹅在水池中游来游去这个镜头时，被大大地激怒了。他怒气冲冲地到蒙巴那斯各个咖啡馆去找爱森斯坦，一定要打他几个耳光。

一九一七年前后的布努埃尔曾把“甜蜜而安逸的生活”视为一生的梦想，但在几年后的巴黎，他决定放弃这一理想，因为他认为这个理想是不体面、无意义的、资产阶级化的，因而也是卑下和虚伪的。巴黎急进的“超现实主义”团体从各方面为他提供了滋养和理论依据——尤其是布勒东一九二四年发表的那篇著名的《超现实主义宣言》，当然还有可怕的激情。这种滋养还给他带来了某种幻觉，他觉得世界可以在一夜之间被改变。于是，他就像卡夫卡《城堡》中的那个急性子的K一样，迫不及待地开始了野心勃勃的行动。

拍摄于一九二八年的处女作《一条安达鲁狗》，时至今日已经成为超现实主义电影里程碑式的作品，尽管它只有短短的二十四分钟。这部影片自始至终充满了挑衅意味。导演的初衷是想在资产阶级群体为代表的生活理念严密的幕布上狠狠地划上一条口子，既是挑衅，又是嬉戏和反讽；既有严肃的主题，又有玩世不恭的游戏色彩。影片中充满了暴力和血淋淋的镜头：一片云削切着月亮，一柄剃刀割开一只眼睛，一只爬满蚂蚁的手，一只伏在钢琴上的死驴，变成臀部的乳房，等等。布努埃尔似乎要使所有的观众都大吃一惊，特别是那些资产阶级趣味的观众，给他们带来震慑。因此，他不惜一切代价，将他的卓越才华和想象力全部倾泻在那些令人不快的画面组辑中。他预想到了观众的厌恶与反感，抗议甚至是辱骂。为此，在影片首映的时候，他在自己的口袋里装满了石子，打算放映一结束，就将那些石子扔向观众，以便制造更大的混乱。问题是，具有反讽意义的奇迹出现了，电影放完了，没有嘘声四起，没有辱骂，而是长时间热烈的掌声。首映之后，影片又被连续放映了八个月。这部影片在商业上的成功使巴黎的那些超现实主义同事产生了忧患和反感。对于阿拉贡来说，更为严重的问题是导演竟然将这部电影的剧本交给了资产阶级的出版社（伽里玛）发表。于是，布努埃尔被告知，他必须拿锤子去砸烂伽里玛出版社的玻璃。他还真去了，与艾吕雅一起。超现实主义的团体给布努埃尔所下的最后结论是：资产阶级无耻阴谋的牺牲品。为此，布努埃尔在《超现实主义革命》杂志上发表了如下声明：

> 《超现实主义革命》是我唯一授权发表我这个剧本的刊物，这毫无保留地证明了我完全赞同超现实主义的思想和行动，没有超现实主义，就没有《一条安达鲁狗》。

从以上“宣言”不难看出，布努埃尔似乎很在意这个超现实主义团体的一切规箴，他小心翼翼，同时又不无疑惑地执行着这个团体的政治、道德和艺术信条。尽管晚年的布努埃尔试图从另一个层次上将自己与达利和布勒东等人加以区别，但实际上这些信条在布努埃尔的创作中留下了终身的印记。也可以这样说，“超现实主义”团体所信奉的一切艺术原则，布努埃尔无不具备。这些艺术原则，诸如自由书写、对无意识的强调、艺术符号与生活符号之间的暗合关系等等，所有这一切已无须交代，我在这里想谈论的是另一些替代性的概念，那就是梦、隐喻和极端化。

布努埃尔毫无疑问是一位梦幻大师，在他的电影中，梦境的处理通常只有“出梦”，却没有“入梦”。也就是说，当梦境在银幕上（故事中）出现时，观众并不知道其中的人物在做梦。在《资产阶级隐秘的魅力》中，这样的例子比比皆是。米兰达共和国的大使应邀前往一位朋友家吃饭，因为记错了时间，这顿饭没有吃成。而第二天他如约赴宴，由于主人贪恋床笫之欢而耽误了时间，他照例又是空等一场。大使决定去路边的一家餐馆，正巧碰上餐馆的主人去世。总之，这顿饭被无限地悬搁了，到了影片最后，当美味佳馔齐备之时，又碰上了军事演习，门外冲进来一队演习的士兵……故事的结构本身即具有梦幻性质和形式，而在动机（吃饭）被无限延宕的过程中，主人公不时从一次次梦境中醒来。观众渐渐适应了布努埃尔的叙事方式之后，另一个问题出现了：既然任何一个场景都有可能是一次梦的结果，那么这部影片中还有哪些部分不是梦中的幻影？这也许正是布努埃尔所期待的合理反应。在导演看来，电影本身就是一个伟大的梦幻，它是现实多少有些变形的投影。布努埃尔曾描述过电影院的这一特殊场合给观众带来的心理感受：剧场的灯随着铃声而熄灭，随着放映机的光柱投射在银幕上，观众与影片之间达成了一个默契：我开始做梦了……在《白日美人》（一九六七）中，影片开始就是在林荫道上缓缓驶来的一辆马车。它载着一对年轻的夫妇驶往郊外，丈夫将妻子拽入一片树林，开始脱下她的衣服鞭打她，随后又授意马车夫去强暴她。当然，这不过是一个梦。女主人从床上醒来，回到了现实中。在以现实生活为背景的故事中，导演一次次插入女主人的梦境片段，而现实中的马车也作为一个暗示性的道具频繁出现。到了影片的最后，片头的马车和林荫道再度出现，这使观众被迫对故事的真实性产生了怀疑：一个原本纯洁、美丽的家境优越的女子甘愿免费去妓院充当妓女，这是真实的吗？布努埃尔对观众的这一疑问做出了一个似是而非的回答。似是而非，也许这个观念可以概括布努埃尔在结构上的美学特征。拍摄于一九七四年的《自由的幽灵》更是一个梦幻场景的集锦。一个梦导向另一个梦，有时你觉得梦与现实开始重合，但不久之后你忽然发现它不过是一个梦中之梦。类似的艺术手法在当今的电影和叙事艺术中已屡见不鲜，但考虑到导演在一九二八年就“发明”了这样的结构并一生沉迷于其中，就不是一个单纯的风格或修辞问题可以解释的了。

频繁使用隐喻是布努埃尔的另一个习惯。卧在床上的母牛、顶着石块走路的人、海滩上的螺子（《黄金时代》）、闯入卧室的邮递员和大公鸡（《自由的幽灵》）、梦中的马车（《白日美人》）、钟楼上悬挂着的头颅（《特里斯蒂安娜》）都是电影史上经典的隐喻性片段。当然，还有一些隐喻在布努埃尔的各类影片中反复出现，比如飞机的轰鸣声将客厅里的谈话声打断，人物随心所欲、没有任何理由地开枪射击，性变态的鞭打和体罚，坦克，等等，这些场景无疑是布努埃尔生活经验的分泌物，其中既有潜在的欲望，也镌刻着难以摈除的恐惧。我觉得更为重要的是，它说明了布努埃尔看待现实的态度，这些隐喻显示出一个个“客观化”的偶然性，而后者则掩饰着既让人难以理解又令人忧心忡忡的神秘。（有一些隐喻，是带有很大的随意性，似乎源于作者的心血来潮，比如一个人顶着石头在公园里走路，这一细节来自画家达利的建议，从片中看不出什么深意和必要性。）

“极端化”是布努埃尔喜欢使用的另一种艺术处理方式。这里说的“极端化”有些类似于叙事学中的“反讽”概念，即对一个情境、人物、理念进行夸张性的歪曲，从而使它们彻底走向极端化的反面。比如说“妻子”这个概念，在《白日美人》一片中，纯洁、美丽和善良是女主人公的一面，它显示着爱情和婚姻生活的常态，但这仅仅是表面现象而已，她的内心是狂野而难以驯服的。她的夜晚是守护在丈夫身边的一个美丽贤良的妻子，而她的白天（丈夫不在身边的时间）则是一个妓院的妓女，所谓“白日美人”。在《资产阶级隐秘的魅力》中有一个主教，他常常化装成一个侍弄花草的园丁，戴着草帽，帮助别人整理花园。而在影片的结尾，他摇身一变，成了一个锲而不舍追杀仇人的残暴的凶手。没有教义的约束，没有仁慈，没有理性，好像他的眼睛里燃烧的只有仇恨。妓院是爱情的对应物，仇恨则是宗教仁慈的另一个极端。在影片《黄金时代》中有这样一个场景：看林人和他的儿子坐在地上玩耍，父亲搂着自己的儿子，他抱得很紧。他在阳光下慵懒地卷起一支烟，儿子调皮地看着他，他笑着，笑着；他琢磨着要给父亲开一个玩笑。他一把夺过父亲的烟，父亲似乎有点恼怒，也想要打他一下。那个孩子一边玩，一边笑，就在这个时候，不可思议的事情发生了。父亲拿起了身后的枪，并朝儿子瞄准。儿子仍冲着父亲做鬼脸。父亲会不会朝儿子开枪？熟悉布努埃尔电影的人都知道这个问题的答案。他一枪将儿子击伤之后，又仔细地瞄准儿子仍在抽搐的身体开了第二枪。这就是布努埃尔。类似的“二元对立”在布努埃尔的绝大部分电影中都会频繁出现（也许只有《无粮的土地》除外）——用餐时，风度翩翩的绅士们褪下裤子，同坐在抽水马桶上，杯盘的丁当声中混杂着马桶冲水的声音；(《自由的幽灵》) 宗教团体的慈善大使突然让司机停车，他急于从车上下来只不过是为了朝路边的一个瞎子踢上两脚；(《黄金时代》) 诸如此类。

而“乱伦”则是极端化的另一种表现形式。布努埃尔曾表现过母与子、父亲与女儿、侄子与姑妈、弟弟与姐姐之间的乱伦之恋，有些是直接的、显露的，有些则通过暗示。与其说这些动机完全来自弗洛伊德，还不如说是源于导演的恶作剧心理。布努埃尔的大部分电影都存在着“恶作剧”式的叙事模式。对布努埃尔来说，不可能的禁地恰恰意味着“自由”的空间。他在自传中说，有一次他和朋友雷乃·夏尔曾计划潜入一家儿童影院，把放映员捆起来堵住嘴，然后给少年儿童放映《凡士林修女》——一部臭名昭著的色情影片。我想他之所以这么做，也许只是为了看看那些儿童对这些色情电影有什么反应。但布努埃尔对此的解释是：童年的堕落在我看来是最有吸引力的反叛方式。

“反叛”，对布努埃尔来说是一个极其重要的概念，同时，这也是一个十分简单的现实态度。他在加入超现实主义团体之初，就立志反叛，其心理逻辑过程，无论是现实政治态度，还是艺术表现形式，都显得过于简单化。反叛的范围涉及宗教、国家形式、家庭伦理以及社会政治的各个方面，用一句我们熟悉的话来说，他试图把一切颠倒了的东西重新颠倒过来。凡是资产阶级认可的领域，均在颠覆之列。梦、隐喻、极端化无疑是布努埃尔艺术形式的重要组成部分，但也是他向资产阶级羽毛丰满的社会体制和腐朽没落的生活趣味开火的基本弹药。

我们今天回过头来总结二十世纪二三十年代西方（尤其是巴黎）的超现实主义运动，思索这一运动在世界范围内产生的影响，往往将注意力放在了修辞学和艺术形式方面，而忽略了这些艺术家参与社会变革，力图改造世界现实的行动本身。（特别值得一提的是这一运动对拉丁美洲的文学产生了十分重要的影响）而实际上，如果从纯粹形式的意义上总结超现实主义运动，布努埃尔的一生将无法得到合理的说明。对于布努埃尔而言，在夸张而大胆的艺术实践背后，有一个十分强大的情感动力，那就是拒绝日常生活的平庸和衰退的感觉，瓦解资产阶级意识形态，从而拯救并改变世界。在晚年，他在评价超现实主义运动时曾说："人们常问我什么是超现实主义。我不知道如何回答。有时我说超现实主义在次要方面取得成功而在主要方面失败了。……最渴望的，一种迫切但又不能实现的愿望是变革世界和改变生活。在这个方面——主要方面——只要瞥一眼周围的世界就能觉察到我们的失败。"

不管怎么说，超现实主义至少提供了某种资源，实际上也在相当程度上影响了社会生活本身。一九六八年法国的"五月风暴"虽然与超现实主义运动已相隔了三四十年，但超现实主义仍然是其思想的源头之一，"让想象成为主宰"之类的标语在大街上随处可见。时过境迁，对于布努埃尔来说，这个标语已经多少有一点讽刺意味了，而今天的电影对于市场的过分依赖则是更大的讽刺。一切都成了过眼烟云，留下的也许只有叹息。